十二國記

6

圖南の翼

옮긴이 추지나

—

대학에서 일본지역학을 전공했다. 출판 편집자로 일하다 지금은 일본 문학 전문 번역가로 활동하고 있다. 옮긴 작품으로는 오노 후유미의 십이국기 시리즈를 비롯해, 『잔예』, 『귀담백경』, 『시귀』, 『흑사의 섬』, 미야베 미유키의 『지하도의 비』, 오카모토 기도의 『한시치 체포록』, 나쓰키 시즈코의 『W의 비극』 등이 있다.

—

이 도서의 국립중앙도서관 출판예정도서목록(CIP)은
서지정보유통지원시스템 홈페이지(http://seoji.nl.go.kr)와
국가자료종합목록 구축시스템(http://kolis-net.nl.go.kr)에서 이용하실 수 있습니다.
(CIP제어번호 : CIP2015028680)

십이국기 6

도남의 날개

小野不由美
오노 후유미 지음, 추지나 옮김

엘릭시르

圖南の翼

차례

十二國記 6

십이국 전도

十二國全圖

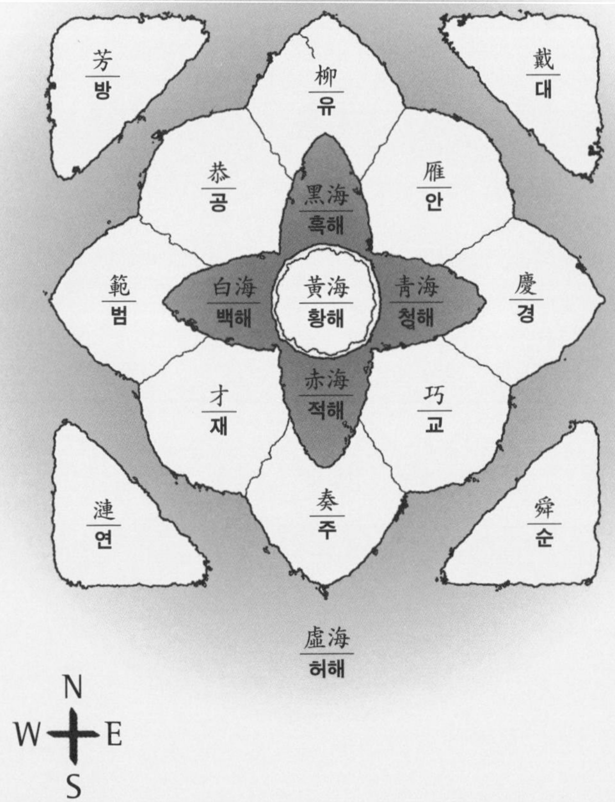

芳
방
柳
유
戴
대
恭
공
雁
안
黑海
흑해
範
범
白海
백해
黃海
황해
青海
청해
慶
경
赤海
적해
才
재
巧
교
漣
연
奏
주
舜
순
虛海
허해
N
W
E
S

황해도

黃海圖

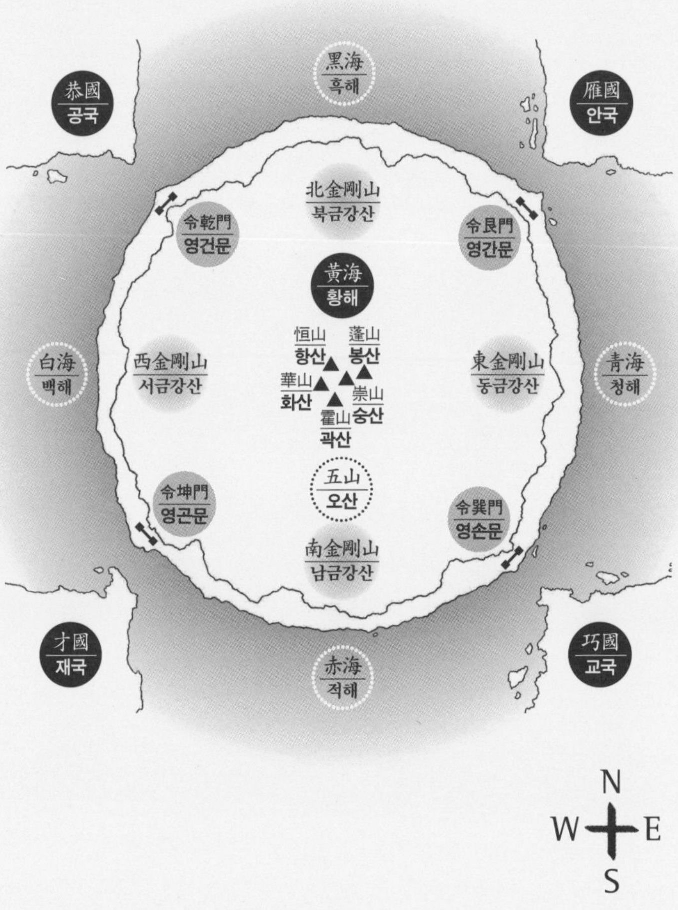

黑海
흑해
恭國
공국
雁國
안국
北金剛山
북금강산
令乾門
영건문
令艮門
영간문
黃海
황해
恒山
항산
蓬山
봉산
華山
화산
崇山
숭산
霍山
곽산
白海
백해
西金剛山
서금강산
東金剛山
동금강산
青海
청해
五山
오산
令坤門
영곤문
令巽門
영손문
南金剛山
남금강산
才國
재국
巧國
교국
赤海
적해
N
W
E
S

十二國記、圖南の翼、小野不由美

서장

001

세상의 중앙에 있는 황해黃海. 황해의 사방을 네 개의 광대한 내해가 둘러싸고 있다. 이른 아침, 그중 북쪽 흑해黑海 상공에 검은 점이 나타났다.

흑해 인근 공국恭國 연안에서 날아오른 기수騎獸 그림자는 춘분이 임박한 햇살을 받으며 이따금 은빛으로 빛나면서 곧장 남서쪽을 향해 하늘을 질주했다. 음울한 빛깔의 너른 바다 너머에는 어슴푸레한 신기루처럼 벽이 펼쳐진다. 하늘과 바다 사이, 상단에 새김을 넣은 장대한 병풍처럼 가로막은 그것이 황해를 둘러싼 금강산金剛山이다.

기수는 배와는 견줄 수 없을 정도로 빠르게 바다를 건넜다. 그런데도 금강산 바위 표면은 색만 짙어질 뿐 조금도 가까워지는 낌새가 없었다. 아니, 가까워지고는 있다. 그 증거로 산꼭대기가 서서히 높아졌다.

기수는 더 빠르게 하늘을 달렸다. 중천의 태양이 서쪽으로 기운다. 이제 금강산이 앞을 완전히 가로막았다. 바다에 우뚝 솟은 천길만길의 바위, 엄니처럼 몇 겹으로 돌출된 봉우리는 수직에 가까운 낭떠러지 형상으로 높이높이 이어지면서 거대한 산맥으로 하나가 되어 하늘을 향해 치솟았다.

절벽 기슭에 작은 모래톱이 보였다. 기수는 금강산에 비하면 아주 작은 돌출부일 뿐인 모래톱을 향해 천천히 크게 원을 그리며 하강했다. 가까워지자 그 땅은 모래톱이 아니라 넓은 토지라는 사실을 알 수 있었다. 더욱 가까워지자 금강산을 향해 비탈진 토지 해안선이 분명하게 보였다. 해안가 북쪽에는 항구가 있다. 적갈색 돛을 올린 배가 막 들어오고 있었다.

더욱 고도를 낮춰 항구 상공을 활공하던 짐승은 곧장 금강산으로 향했다. 논에 작은 그림자를 드리우고, 시커먼 땅 위에는 짙은 얼룩을 남긴다. 나무마다 가지 끝에 움튼 작은 싹 때문에 안개라도 낀 것처럼 보이는 산림을 스쳐지났다. 한적한 여廬와 오래된 이里의 하늘을 가로질러서 고을 하나를 뒤로할 때마다 고도를 낮추다가 이윽고 마지막 도시에 이르렀다. 금강산으로 이어지는 작은 봉우리 기슭에 펼쳐진 고을이다.

고을은 사방이 곽벽으로 둘러싸여 있고, 금강산으로 이어지는 봉우리에 바싹 다가붙듯이 펼쳐졌다. 성문으로 향하는 길은 단 하나, 기운 햇살에 긴 그림자를 드리우며 여장旅裝한 사람들이 고을을 향해 빠른 걸음으로 나아갔다. 그중 몇 사람이 머리 위를 올려다보았다. 상공에서 내려오는 그림자에 흠칫 놀라 걸음을 멈추고 허둥지둥 앞뒤 좌우로 흩어졌다. 그렇게 생긴 틈으로 기수가 내려섰다.

"뭐야, 뭐야!"

"기수를 타고 내려오려거든 길 말고 공터에서 해!"

사람들이 길에서 외친다. 남자는 고함소리를 귓등으로 흘려보내며 기수에서 뛰어내렸다. 서른 살 남짓한 남자는 주위 사람에게는 눈길도 주지 않고 고을 문에 걸린 편액을 쳐다보았다.

'건성乾城'이라 적혀 있다. 이곳이 금강산에 모래톱처럼 돌출된 토지, 공국恭國 건현乾縣의 현성縣城이다.

편액을 흘끔 보고 나서 상체를 가볍게 젖히며 팔다리를 쭉 뻗었다. 그러고는 기수의 고삐를 잡고 고을로 들어갔다. 남자는 사람들이 북적이는 큰길을 빠져나가 고을 북서부에 있는 여관 중 하나를 찾아갔다.

"어서 오세요."

그가 여관의 낡은 돌문을 들어서자 옆에서 쓰레기를 줍던 아이가 낭랑하게 외치며 서둘러 달려왔다. 그는 아이의 얼굴을 보고 활짝 웃었다.

"오, 네가 쇼메이小明냐."

"그런데요."

미심쩍어하며 대답하는 아이를 보며 남자는 몸을 수그렸다.

"간큐頑丘다. 기억 안 나? 많이 놀아줬잖아."

"간큐 아저씨?"

"그래. 생각났어?"

"아주 많이 오랜만이네."

소년이 환하게 웃었다. 간큐는 아이의 이마를 다정하게 콕 쥐어박았다. 이 년 전에 보았을 당시 열 살, 아버지의 가업을 도우며 이런저런 허드렛일을 했지만 아직 손님 응대는 하지 않았다.

"드디어 문지기로 출세한 건가?"

간큐는 놀리면서 아이에게 고삐를 건넸다.

"그럼 문지기 양반께 이 녀석을 맡기지. 소중히 다뤄. 절대로 다른 사람이 다가오게 하면 안 된다."

"알아."

아이는 장난스럽게 웃더니 간큐에게서 고삐를 받아들었다. 살짝 겁먹은 기색을 내비치며 무섭게 생긴 기수를 올려다본다.

"전에도 이런 기수였어?"

"이전 녀석은 죽었어. 요마에게 당했지."

아이는 몸을 틀어 간큐를 쳐다보았다.

"공격받았어? 아저씨는 괜찮아?"

"보다시피 그럭저럭. 여기는 어때. 요마는 나오지 않나?"

"가끔 나와."

아이의 말투가 퉁명스럽다. 이런 상황을 이미 체념한 탓일지도 모른다. 선왕이 붕어한 지 이십칠 년. 나라는 눈덩이 굴러가듯 빠르게 기울고 있다. 요마에 대한 대비가 충실한 이곳 건까지 요마가 나온다니까 다른 장소는 더욱 심하리라.

아이는 무언가를 잊으려는 것처럼 한숨을 내쉬고 자신이 고삐를 쥔 기수를 올려다보았다.

"얘는 어떤 기수야?"

말과 비슷한 요수妖獸인데, 예리한 뿔 하나와 발굽 대신 두꺼운 발톱이 무시무시하다. 간큐는 소년의 손에 돈을 쥐여주고 기수의 등에 묶어놓았던 짐을 내린다.

"박駮이다."

간큐는 기수의 옆구리를 가볍게 도닥이는 김에 소년의 머리를 툭툭 치며 지붕이 있는 작은 안뜰을 지나 건물로 들어갔다. 문을 들어서며 보이는 남자의 등에 대고 말을 걸었다.

"묵을 수 있어?"

남자는 발치라도 보는지 아래를 향하고 있던 고개를 움직여 간큐 쪽을 돌아보고 환하게 웃었다. 남자 앞에 있던 꾀죄죄한 소녀가 보였다. 할 일 없이 있는 줄 알았더니 아무래도 그 아이를 상대하고 있던 모양이다. 남자는 아이에게 등을 돌리고 간큐를 향해 성큼성큼 걸어왔다.

"간큐 아니야. 어쩐 일이야, 오랜만이로군."

"그렇게 오랜만도 아니잖아. 방은 있나?"

"그럼, 있고말고."

주인장은 뭐가 반가운지 얼굴 한가득 미소를 지으며 간큐의 손에서 짐을 받아들었다.

"이봐, 이봐. 말해두지만 그렇게 좋은 방이 아니라도 괜찮아. 잠만 잘 수 있으면 돼."

"그런 건 알고 있어. 마침 딱 하나 남은 방이야."

"잘됐군."

하기야 춘분이 내일로 닥친 건에서는 그게 당연하리라.

"마구간에 기수를 맡겼으니 부탁해."

주인장이 알았다고 대답했을 때 날카로운 목소리가 끼어들었다.

"잠깐만!"

주인장이 조금 전까지 상대하던 꼬마다. 꾀죄죄한 차림의 아이는 드센 눈빛으로 주인장을 노려보았다.

"내가 먼저 방을 부탁했어! 내게는 빌려주지 않았으면서 어째서 저 사람은 괜찮지?"

간큐는 조금 놀라서 소녀를 보았다. 주인장은 신음하며 머리를 움켜쥐었다.

"그러니까 아가씨, 말도 안 되는 농담 그만두고 엄마한테 돌아가. 여관은 어디지? 바래다주마."

"농담이 아니라고 했잖아. 묵고 싶다니까. 여기가 여관 아니야?"

분노 때문인지 하얀 볼이 붉어졌다.

재미있는 구경거리다.

간큐는 그렇게 생각하며 주인장의 팔을 잡고 손안에 돈을 쥐여주었다. 마지막 방을 놓치면 큰일이다.

"짐 좀 갖다 놔줘. 나는 밥부터 먹을게."

"잠깐만 기다려!"

아이는 간큐의 얼굴을 쏘아보았다. 쏘아보기만 하는 것이 아니라 간큐 옆으로 성큼성큼 다가와서는 위아래로 훑어보았다.

"중간에 끼어들어 가로채다니 부끄럽지 않아?"

문지기 아이 또래일까. 간큐는 살짝 웃었다.

“가로채고 뭐고. 어린애 혼자 여관에 묵으려고 생각하는 아가씨야말로 부끄러워해야 맞지 않나?”

“농담하는 거 아니야. 아이든 어른이든 손님은 손님이야.”

“그럼 손님으로 대접해주는 여관을 찾아.”

“있다면 벌써 그렇게 했어!”

간큐는 실소했다. 그렇지 않아도 춘분이 가까워지면 건은 타지 사람으로 북적인다. 춘분 전날에는 방을 얻지 못하는 사람이 있어도 이상하지 않다. 하지만 간큐는 잠자리를 놓칠 마음이 없다.

“이전 마을로 돌아가. 그쪽이 여행하기에는 편해.”

“지금부터 돌아가도 폐문 시각에 늦어! 이 추운 날에 노숙하라는 소리야? 그래, 나는 어려. 이런 어린아이가 묵을 곳이 없어 곤란해하고 있어. 아저씨는 길가에서도 잘 수 있잖아. 나는 이렇게 연약한걸. 노숙했다가는 얼어죽고 말 거야. 그 점을 배려해 상냥하게 양보해줄 마음은 없어?”

“안타깝지만 없어.”

“그래. 자비심도 없고 새치기하면 안 된다는 상식도 없는 거네.”

“그런 것 같군.”

소녀는 간큐를 노려보고서 허리에 손을 짚었다. 마치 철부지 아이를 타이르듯이 간큐에게 삿대질했다.

"당신, 대체 뭐하러 여기에 왔지?"

"뭐?"

건은 땅끝 마을이다. 가도에서마저 벗어나 건현 가장 안쪽에 위치하고 있다. 그 앞에는 황해밖에 없다. 유람하러 찾아올 고을도 아니고 지나가는 길에 들를 고을도 아니다. 유람하러 오는 괴짜가 전혀 없지는 않으나 춘분이 가까운 건에 볼일이 있는 이는 황해에 용건이 있는 사람뿐이다.

"그건 내가 할 말인데. 너 같은 꼬마가 왜 이런 고을로 흘러들었지? 길을 잘못 들었나? 부모는 어쩌고, 응?"

"흘러든 것도 길을 잘못 든 것도 아니야. 여기는 건이잖아. 부모님이라면 연장連檣에 계셔."

간큐는 눈을 동그랗게 떴다. 어쩔 줄 모르며 사태를 지켜보던 주인장 또한 놀란 듯이 소리를 지르며 눈을 휘둥그렇게 떴다.

"연장? 거기가 집이니?"

"맞아. 나는 연장에서 아주 먼 길을 왔어. 요 며칠 죽기 살기로 간신히 건에 도착했어. 그런데 묵을 곳이 없다니 너무하지 않아?"

"설마 혼자 오지는 않았겠지? 일행은?"

"없어. 나 혼자야."

딱 잘라 말하는 아이를 보며 간큐는 어안이 벙벙해지고 말았다. 연장이라면 공국의 도읍이다. 건까지는 가도를 따라 걷고 배를 타서 두 달 가까이 걸린다. 아이 걸음으로는 두 달로 무리일 것이다.

"아가씨가? 일행도 없이 연장에서 여기까지 혼자 말이야?"

"그래. 감동해서 숙소를 양보할 마음이 들어?"

간큐는 어이가 없었다. 이런 아이가 간큐마저 진저리가 날 만한 장대한 거리를 길잡이가 될 어른의 보호도 없이 혼자 왔다는 이야기인가.

"대체 어쩌자고 이런 곳까지……."

소녀는 눈을 치떴다. 간큐를 보는 눈빛에는 경멸의 기색이 노골적으로 드러났다.

"이유야 뻔하지 않아? 평범한 여행길이었다면 큰길가에 있는 고을에 들렀겠지."

"뻔하다니."

"봉산蓬山에 갈 거야."

간큐는 물론이고 주인장까지 입을 떡 벌렸다.

"승산昇山할 거야. 봉산에는 교키供麒(공국의 기린)가 있잖아."

"어이, 잠깐만……."

승산한다고?

"네가……?"

"뭐야, 아이는 승산하면 안 된다는 법이라도 있어?"

없다. 적어도 간규는 들은 적이 없다. 틀림없다. 하지만…….

"아무리 그래도 말도 안 돼……."

"어째서? 이 나라 어른 중에 왕의 그릇이 있었다면 벌써 옥좌가 채워졌을 거야. 그러니까 내가 가는 거야."

소녀는 더욱 경멸에 찬 눈으로 간규를 쳐다보았다.

"그렇게 말하는 당신도 건에 있다는 소리는 황해에 들어갈 작정인 거잖아. 말해두지만 가엾은 아이가 간신히 찾은 방을 가로채는 사람은 봉산에 가도 헛걸음일걸."

"……황해가 어떤 곳인지 알아?"

"당연하지."

소녀는 끝까지 간규를 어이없어했다.

"농지도 없고 마을도 없어. 여관도 없고 길도 없어."

"그뿐만이 아니야."

"요마가 나오지? 알아. 하지만 요마라면 어디에든 나와."

"비할 바가 아니야. 그런데 어떻게 갈 작정이지? 어린 네가 홀로 요마의 공격을 받으면 어쩔 거야?"

"그러는 당신은 어쩔 셈이야? 요마 상대로 이길 수 있다는 보장이 있어?"

"나는……."

"설령 그렇더라도 당신은 가도 헛걸음이야. 그러니까 방을 양보해."

간큐는 머리를 감싸쥐고 소녀 앞에 쭈그려 앉았다.

"아가씨, 있지……."

"여기에 있는 사람은 곧 왕이 될지도 모를 인물이야. 그 사실을 각오하고도 더 할 말이 있다면 들어줄게."

"황해는 그렇게 쉬운 곳이 아니야."

"그래서?"

소녀는 동요한 기색도 없이 간큐를 보았다.

"나는 봉산에 가는 것이 아니야. 황해에 들어갈 작정이지만 기수로 삼을 요수를 사냥하러 가는 거지. 사람들이 우리를 뭐라고 부르는지 알아?"

"글쎄."

"엽시사獵尸師라고 해. 황해를 잘 아는 사람끼리 도당徒党을 짜서 들어가도 정작 요수는 잡지 못하고 동료의 시체를 들고 돌아오는 장사지."

재작년 추분, 간큐는 황해에서 기수와 동료를 동시에 잃었다. 암석 지대에 묶어놓은 여섯 마리의 기수와 근처에 있던 두 동료, 모두 여덟 몸뚱이를 먹어치운 요마의 배가 차지 않았더라면 간규 역시 살아서는 돌아오지 못했으리라. 그대로 동지까지 황해에 머물며, 간신히 자신의 기수로 삼을 박을 포획했다. 잡은 박을 길들이는 데만도 힘에 부쳐서 작년 춘분에는 건에 올 여유가 없었다.

"덕분에 주머니도 텅텅 비었어. 건까지 오는 길에 여관이며 배를 이용할 여유가 있었을 것 같아? 이제 막 길들인 박의 등에 탄 채 2박 3일이나 졸면서 왔다고. 나도 지쳤어. 게다가 솔직히 돈도 없어. 여기라면 주인장과 아는 사이니까 조금쯤 깎아주겠지 싶어서 온 거라고."

"그랬구나."

소녀는 생각에 잠긴 채 중얼거렸다. 간큐는 소녀의 팔을 가볍게 두들겼다.

"황해는 그런 곳이야. 좋게 말할 때 집으로 돌아가. 오늘밤 숙소는……."

느닷없이 소녀가 더러운 얇은 외투를 벗는 바람에 하려던 말을 중단했다. 소녀가 외투 속에 입은 짧은 가죽옷을 벗어서 뒤집자, 옷자락에 하나씩 십자 모양으로 꿰매놓은 은화가 보였다. 간큐는 입을 떡 벌어졌다. 은화 한 닢의 가치는 닷 냥, 말단 벼슬아치 한 달 수입에 맞먹는다. 달려 있는 은화는 한두 닢이 아니다.

소녀는 가죽옷을 간큐에게 내밀었다.

"열세 닢, 예순닷 냥 있어. 나를 봉산까지 데려다줘."

간큐는 얼이 빠져서 소녀를 바라보았다.

"이걸로 고용할게. 단, 여행길에 돈이 들 경우에는 여기서 내야 해."

"이봐……."

소녀는 생긋 웃었다.

"나는 슈쇼珠晶야. 우선 나에게 오늘밤 잠자리를 양보하고 당신은 바닥에서 자. 알았어?"

1
장

001

바람은 허무와도 비슷한 캄캄한 바다에서 불어왔다.

가을부터 시작해 이 시기 허해虛海 북쪽에는 내밀히 흘러든 냉기가 모여 한기 덩어리를 만든다. 바닷물은 온기를 잃고, 바다는 따뜻한 중간층이 줄어들다가 이내 균일하게 차가워진다. 완만한 대류를 되풀이하는 바닷물은 표면에 떠올라 한기와 닿아 얼어붙어서, 어두운 바다에 하얀 반점을 그렸다. 바다와 마찬가지로 대기 또한 꽁꽁 얼고, 이윽고 얼어붙은 바람이 되어 넘쳐흐른다. 바람이 해상의 자잘한 얼음 덩어리를 흔들어 바다는 하얗게 넘실대고 마침내 해류를 뒤집을 만한 파도가 되어 대륙으로 불어닥쳤다. 계절풍이다.

허해 북동쪽에서 몰려오는 계절풍이 북방 연안에 불어닥친다. 유국柳國의 북동부로 밀려간 바람은 산맥에 부딪혀 그곳에 많은 눈을 내리고 유국을 꽁꽁 얼린 뒤 지나간다. 국경의 산들에 마지막 눈을 내리고 건조해진 바람이 공국 북부로 흘러들었다.

공국 수도 연장에는 그 이름대로 능운산凌雲山이 돛대처럼 줄지어 섰다. 붓을 한데 모아놓은 것처럼 몇 겹이나 겹친 봉우리는 산기슭의 고을을 끌어안듯이 호를 그리고 몇 개의 봉우리로 합쳐져 운해를 꿰뚫고 봉우리 숫자만큼 작은 섬을 만들었다. 건조한 찬바람이 봉우리 사이를 지나가는 탓에 연장의 겨울은 해명海鳴 같은 소리로 물든다.

불어드는 바람과 산을 훑고 불어내리는 바람, 바람은 햇살이 기운 길가 곳곳에서 작게 회오리바람을 이루어 소녀의 발치에서 치맛자락을 살짝 들췄다.

"싫다."

소녀는 짐을 옆구리에 안고 치맛자락을 한 손으로 매만졌다.

"추워……."

중얼거리자 등뒤에서 목소리가 들렸다.

"뭐야, 슈쇼, 집에 안 가?"

돌아보자 상학庠學의 한산한 안뜰에서 소년이 나왔다.

"당연히 가야지."

슈쇼는 문기둥에 기댄 채 고개를 휙 돌렸다.

"집에 간다면서 너 아까부터 줄곧 여기에 서 있었잖아."

"그걸 계속 보고 있었니?"

소년은 얼굴을 살짝 붉히고 슈쇼를 쏘아보았다.

"보고 있을 리가 없잖아. 우연히 눈에 띄었을 뿐이지. 너 같은 거 사정해도 안 쳐다봐."

"아아, 그래. 너한테 사정하는 일도 없을 거야. 잘됐네."

소년은 얼굴을 찌푸리고 슈쇼의 새치름한 옆얼굴을 노려보았다. 발길을 돌려 문 앞 돌계단에 발을 디디고는 뒤돌아본다.

"안 가?"

"갈 거야. 그러는 너도 갈 거지? 얼른 가지그래?"

"너야말로 집에 갈 거면 얼른 가지 그러냐."

슈쇼는 가볍게 한숨을 내쉬었다.

"일행이 없잖아. 어디서 노닥거리고 있는지 모르겠지만 두고 돌아갈 수는 없으니까 기다리는 거야."

하하 하고 소년이 웃었다.

"혼자 돌아가기가 무섭구나?"

"무서울 리가 있니. 곧장 돌아가면 그만인데."

"솔직히 말해봐. 슈쇼는 부잣집 아씨잖아. 곁에 누가 없으면 무서워서 길도 못 걷지?"

슈쇼는 야유하는 소년을 야무지게 쏘아보았다.

"그래. 나는 부잣집 아이라서 시종 없이 길을 걷지 않아. 그랬다가는 내가 아니라 시종이 야단을 맞으니까."

"무서운 주제에. 내가 바래다줄 수도 있어."

"애초에 너는 남의 이야기를 들을 마음이 없구나."

슈쇼가 말을 마치자 달려오는 사람 모습이 보였다.

"죄송합니다, 아씨."

다부진 남자 세 사람이 대문으로 달려왔다. 슈쇼의 부친이 집안 경호를 위해 고용한 장신杖身(호위 무사)들이다. 슈쇼는 기다렸다는 듯이 기둥에 기댔던 몸을 일으키고 호위 무사들의 모습을 보고는 작게 외쳤다.

"어떻게 된 거야. 그거 피야?"

호위 무사들은 서로 마주보았다. 그들 갑옷에는 붉은 얼룩이 점점이 튀어 있었다.

"죄송합니다. 아까 저쪽에서 비명이 들려서."

호위 무사는 대문 앞에서 곧장 남쪽으로 뻗은 큰길 끝을 가리켰다. 해가 저물 무렵의 큰길은 언제나처럼 사람들로 북적였다. 그 속에 굳은 얼굴을 하고 호위 무사가 가리킨 방향으로 서두르는 사람들이 보였다.

"무슨 일이 있었어?"

"뭘요, 벌레가 나왔을 뿐입니다. 저희가 처리하고 왔습니다. 기다리시게 해서 죄송합니다."

슈쇼는 눈살을 찌푸렸다. 선왕이 붕어하고 이십칠 년, 이곳 도읍 연장에도 요마의 모습이 자주 보인다. '벌레'는 요마 중에 비교적 무해한 작은 놈들의 총칭이다. 하지만 벌레는 전조라고도 한다. 벌레 무리가 나타나면 그것을 쫓듯이 거물이 나타나는 경우가 많다.

"어서 서두르시죠."

호위가 재촉해서 슈쇼는 고개를 끄덕이고 돌계단을 뛰어 내려갔다. 소년이 뒤를 쫓아온다.

"야, 슈쇼, 괜찮아?"

"뭐가."

"내가 따라가줄까?"

슈쇼는 어이없어하며 돌아보았다.

"네가 따라와서 어쩌려고. 그랬다가는 호위 무사들이 애써 집으로 돌아가도 다시 너를 바래다주기 위해 나와야 하잖아."

"하지만……."

소년은 말을 흐리고는 씩 웃었다.

"어차피 더 안 볼 건데 마지막 정도는 데려다줄게."

"필요 없어."

슈쇼는 중얼거렸다.

"……그보다 너도 집에 가지 그러니? 그럼 안녕."

슈쇼는 말을 남기고 대문 앞 돌계단을 뛰어 내려갔다. 그 모습을 지켜보는 소년의 작은 한숨은 바람이 낚아채 사라져버렸다.

002

슈쇼의 집은 상학에서 그리 멀지 않은 연장 북쪽 외곽에 있다. 연장은 능운산 기슭, 북쪽을 향한 오르막에 있는 고을이다. 비탈진 길을 올라 도관(도교 사원)과 사원이 늘어선 한적한 구역에서 고을 곽벽을 따라 더욱 올라가면 북쪽 곽벽이 끊기고, 누각이 있는 웅장한 대문이 나타난다.

문은 이 층, 양쪽 누각은 삼 층, 안쪽으로 안채의 복잡하고 으리으리한 지붕이 보인다. 선명한 푸른색 유약을 바른 기와, 형형색색의 용마루장식과 처마에 달린 장식, 대문 앞에 널찍한 환도環途가 있고, 천신가호를 기원하는 커다란 벽이 서 있다. 벽 좌우에는 섬세한 조각이 새겨진 창을 낸 옹벽이 둘러싸고, 단정한 수목의 가지 끝이 보인다. 이보다 훌륭한 저택은 연장에는 없다고들 한다. 집주인의 씨氏가 소相이고, 비탈에 펼쳐진 정원이 무척 유명하여 상원관相園館이나 상원相園이라고 부른다.

슈쇼는 이 집에서 태어났다. 성姓은 사이蔡라 한다. 부친인 소조쇼相如昇는 '만고万賈'라고도 불린다. 조쇼가 손을 대지 않은 장사가 없다는 의미였다. 공국의 대표 산업인 임업으로 입신양명하여 연장의 호상으로 이름을 날렸다.

연장에서는 만고의 부귀를 뛰어넘기를 바라지 말라고 한다. 그 이상의 부귀는 존재하지 않기 때문이다. 금전뿐만 아니다. 아내인 하조玻娘는 어진 부인으로 유명하고, 장사 재주가 탁월하고 인격이 훌륭한 삼남 삼녀가 있으며, 나이 차가 많이 나는 막내딸이 있다. 가족은 단단히 결속되어 있고 수많은 고용인들은 조쇼를 깊이 존경한다. 이 이상의 부귀를 바랄 수는 없다고들 하는 이유이다.

부를 상징하는 듯한 문루를 올려다보면 창문과 바깥으로 열리는 모든 부분이 섬세한 무늬의 철창으로 덮여 있다. 슈쇼는 그것을 흘끔 보며 대문을 지나면서 중얼거렸다.

"어리석어……."

아무리 견고히 누각을 쌓아올리더라도, 아무리 강하고 헌신적인 호위 무사가 있더라도 필방畢方 한 마리가 나타나 큰불이라도 한번 나면 깡그리 타버리고 말 것이다. 가뭄에 홍수, 한파에 사나운 바람, 만고의 부라 할지라도 요마와 재해에는 무력하다.

"이거, 어리석다니 듣고 지나칠 수 없군."

느닷없는 목소리에 슈쇼는 고개를 들었다. 앞뜰에 서 있는 사람에게 호위 무사들이 일제히 머리를 조아렸다. 온화한 얼굴을 한 초로의 남자가 바로 연장에서 모르는 사람이 없는 조쇼다.

"우리 막내 따님은 입이 여간 걸지 않아서 곤란해."

"그래요?"

조쇼는 미소 지으며 자기 딸을 끌어안았다.

"상학 근처에 벌레가 나왔다는 이야기를 듣고 나왔더니만 벌 받을 소리를 하는구나."

슈쇼는 고개를 으쓱했다. 조쇼는 그 모습을 보고 웃더니 호위 무사들을 치하했다.

"모습을 보아 하니 너희가 처리해준 모양이구나. 참으로 애써주었다."

호위 무사들은 공기가 차갑게 식은 앞뜰에서 고개를 깊이 조아렸다.

"슈쇼, 말했지. 이제 상학은 그만두렴. 네 신변뿐 아니라 바래다주는 호위 무사들까지 위험해."

"걱정하지 마세요. 상학은 문을 닫았어요."

슈쇼는 거침없이 중문으로 향했다. 호위 무사들을 기다린 탓인지 뼛속까지 추웠다. 상학에서 집까지 걸어왔지만 몸은 조금도 녹지 않았다.

"닫았다고?"

"네. 학두學頭가 돌아가셨거든요."

상학(그냥 상이라고도 부른다)은 향鄕별로 하나밖에 없고, 상학에서 우수한 자는 군郡마다 있는 상상上庠에 추천받을 수 있다. 추천을 눈앞에 두고 있었다. 상학 따위 갈 필요 없다, 서학序學으로 끝내라는 아버지와 대판 싸운 의미도 사라지고 말았다.

조쇼는 놀라서 눈을 부릅떴다.

"하쿠搏 선생이?"

"네. 오늘 아침 일찍 선생님 댁 부근이 요마의 습격을 받았어요. 마복馬腹이 선생님을 먹어버렸대요."

"슈쇼."

조쇼는 슈쇼를 쫓아와 그 앞에 무릎을 꿇었다.

"그런 끔찍한 일이……."

"그런 표정 짓지 마세요. 선생님께서 돌아가신 것도 이번이 두 번째인걸요. 상학의 학생들과 그 가족까지 포함하면 넌더리가 날 만큼 죽었고요."

"그런 표현은 그만두어라."

"하지만 사실이지 않나요."

슈쇼는 가볍게 어깨를 으쓱했다.

"그것도 어쩔 수 없죠. 선생님 댁 창문에는 철창을 설치하지 않았으니까."

슈쇼는 앞뜰을 둘러보았다. 앞뜰에 면한 모든 창과 문에는 아름다운 무늬의 철창이 끼워져 있다. 벽에는 날마다 새로 회반죽 칠을 덧바르고, 문에는 쇠로 된 징을 박고 밤낮으로 호위 무사가 경계를 서고 있다.

"옆 마을에서 온 남자아이의 아버지도 돌아가셨대요. 그 애 아버지는 멀리까지 나무통을 납품하러 가서는 저물녘까지 마을로 돌아오지 않았어요. 걱정이 되어서 이웃 사람들이 찾으러 가보니 십 리쯤 떨어진 농가 마을에서 겨울을 나던 사람들이 모조리 죽어 있고 거기서 머리가 발견되었대요."

"슈쇼……."

"그것도 어쩔 수 없는 일이에요. 그 아이 집에는 호위도 없는 데다 가을에 메뚜기 떼가 덮쳐서 밀 농사를 완전히 망치는 바람에 나무통을 납품하러 가지 않으면 먹고살 수가 없었으니까. 그 애 아버지는 입안에 나무통 대금을 물고 있었대요. 요마에게 습격받아 도망치는 도중에 떨어뜨리지 않으려고 했던 것일까요."

조쇼는 위로하듯이 막내딸의 등을 쓰다듬었지만 슈쇼는 그 손에서 도망치는 것처럼 안채로 걸어가기 시작했다.

"뭐예요. 괜찮아요. 이제 완전히 익숙해져서 누가 죽었대도 하나도 무섭지 않은걸요. 어릴 때 할머니께서 돌아가셔서 무서워했던 것이 우스워요."

"슈쇼, 그만해라."

조쇼는 딸을 쫓아가 어깨를 안았다. 끌어안다시피 하며 안채까지 따라와 입구에 있는 의자에 앉혔다.

"지금은 여러모로 괴로운 시대야."

"다들 그렇게 말해요."

"네가 주위 사람들을 보고 아파하는 마음은 이해하지만 그렇게 자포자기해서는 안 된다."

"자포자기한 적 없어요."

"슈쇼."

슈쇼는 앉은 채 부친을 올려다보았다.

"……아버지는 승산하지 않을 거예요?"

조쇼는 눈을 살짝 크게 떴다.

"승산?"

"왕이 계시지 않으니까 괴로운 시대가 된 거죠? 아버지가 왕이 되시면 문제가 없어지잖아요."

조쇼는 딸의 머리를 쓰다듬고 쓴웃음을 지으며 고개를 가로저었다.

"운이 좋았다지만 나는 일개 장사꾼일 뿐이야, 슈쇼."

003

"아씨, 저녁을 가져왔어요."

대청 쪽에서 게이카惠花의 목소리가 들려서 슈쇼는 붓을 놓았다. 의미 없이 글자를 끄적인 종이를 다시 살피면서 가지런히 모아 선반에 넣고, 벼루를 정리하고 있을 때 문이 열리고 게이카가 얼굴을 내밀었다.

"아씨, 학두께서 돌아가셨다면서요?"

"응, 그래."

"어머나, 또 공부하셔요? 상학은 이제 문을 닫는 거지요?"

"그러게……."

가솔인 게이카는 슈쇼보다 한 살 많다. 가솔은 집에 사는 하인들을 이른다. 그들은 품삯을 받지 않고 가족으로서 주인이 부양한다. 최소한의 의식주가 보장되는 대신에 지위가 낮다. 슈쇼의 집에는 품삯으로 고용한 이들도 있기는 하나 신분상 크나큰 차이가 있었다.

게이카는 그런 가솔의 자식으로 부모와 함께 이 집에 들어와 어릴 적부터 하녀로 일하고 있다. 신분에 차이가 있다 할지라도 어릴 적부터 함께 자라서 허물없이 지냈다. 특히 게이카처럼 나이가 비슷하면 더욱 그렇다.

"어쩐지 요새는 죄 그런 이야기뿐이라 지긋지긋해요. 울적해하고 계시면 안 돼요."

"울적해한 적 없어."

"차암, 방에서 식사하신다면서요."

"아버지 얼굴을 보기가 싫었을 뿐이야."

"그러세요?"

게이카가 믿지 못하겠다는 듯이 대꾸하면서 슈쇼를 옆 대청으로 억지로 끌고 갔다. 대청 탁자에는 이미 저녁 식사가 차려져 있었다.

"주인어른은 기뻐하셨어요. 하기야 원래부터 아씨가 상학에 다니는 것을 좋아하지 않으셨으니까요."

슈쇼는 의자에 앉아 진저리를 치며 탁자 위의 식기를 둘러보았다.

"그렇지……."

"어차피 상관없지 않나요. 공부라면 집에서도 하실 수 있지요? 이 댁에는 선생님이 계시잖아요."

슈쇼는 젓가락을 들 마음이 생기지 않아 한숨을 내쉬었다.

"여기 선생님들은 어차피 예의범절이나 장사밖에 가르쳐주지 않는걸. 무엇보다 상상에 추천받을 수 없으면 아무짝에도 쓸모없어."

상학은 상상에 진학할 준비를 위해 존재하며, 상상은 소학少學에 진학할 준비를 하기 위해 있다고 해도 과언이 아니다. 소학을 나오면 대부분은 관리가 된다. 요컨대 슈쇼는 관리가 되고 싶은데, 상인인 부친은 그것을 이해하지 못했다.

"……분해. 조금만 더 하면 상사上士가 될 수 있었는데."

상상에 추천받은 자를 상사라 한다.

"뭐 어때요. 주인어른도 그렇고 도련님과 아씨 들도 서학으로 참으셨는데요."

"참은 것이 아니라 상학에 추천받을 만큼 똑똑하지 못했을 뿐이잖아."

게이카는 황당하다는 듯이 슈쇼를 바라보았다.

"왜 그렇게 말씀하세요? 그럼 어때요. 이리도 대단한 집이 있는데. 대체 왜 관리가 되고 싶으세요?"

슈쇼는 찻잔을 입에 대고 창문을 보았다.

"높은 관리가 되면 앞으로도 쭈욱 나이를 먹지 않아도 되잖아."

"또 그런 어린애 같은 말씀을……."

"어린애 같아서 미안해. ……안 죽어도 되고, 계속 살 수 있고, 게이카의 어머니처럼 뒤룩뒤룩 살찌고 주름투성이가 될 일도 없고."

"실례세요. 저희 어머니니까 내버려두세요."

게이카는 얼굴을 찌푸리고는 슈쇼의 얼굴을 들여다보았다.

"안 드세요?"

"……입맛이 없어. 지긋지긋해."

"무슨 말씀을 하시는 거예요."

게이카는 젓가락을 들더니 슈쇼에게 쥐여주었다.

"그런 배부른 소리를 하면 벌을 받아요. 요새 먹거리가 얼마나 비싼데요. 이런 시기에 특별한 날도 아닌데 저녁상에 이렇게나 요리를 차려놓다니, 여염집에서는 있을 수가 없는 일이라고요."

슈쇼는 죽 늘어선 접시를 보고 젓가락을 탁자에 내려놓았다.

"……어리석어."

"아씨."

"우리집이 사치스럽다는 것쯤은 잘 알아. 여염집에서는 이럴 수 없다는 것도. 하지만 내가 이 음식을 먹고 안 먹고가 그 사실과 무슨 상관이지."

"남기실 거예요? 이런 진수성찬 먹고 싶어도 먹지 못하는 사람이 잔뜩 있어요. 심지어 오늘 끼니조차 거르는 사람이 있다고요!"

슈쇼가 게이카를 쳐다보았다.

"그러니까 그런 건 알고 있다잖아. 아버지 말씀대로 집안에 틀어박혀서 바깥에도 나가지 않으면 알 길이 없겠지만, 학교에 가서 사람들과 만나면 다른 집이 우리집 같지 않다는 사실 정도는 알고 싶지 않아도 알 수 있어."

"그러면……."

"그렇다고 그거랑 내가 무슨 관계가 있어? 내가 이걸 먹으면 어려운 사람들에게 똑같은 음식이 주어져? 못 먹는 사람이 가엾다면 이대로 들고 가서 주면 될 일이잖아."

게이카는 슈쇼의 말투에 볼이 빨개졌다.

"……한말씀드리죠. 이 음식들은 제 식사보다 몇 배나 훌륭해요."

최근에 부엌살림이 어려워서 게이카 같은 가솔의 식사는 반찬 한 가지를 줄였다. 원래부터가 한창 자랄 나이에 먹기에는 결코 많은 양이 아니었던 터라 요즘에는 한밤중에 배가 고파서 잠이 깼다.

분노를 담아 슈쇼를 노려보자 당사자인 슈쇼는 태연한 얼굴로 게이카를 보았다.

"그렇다면 게이카에게 줄게. 나는 원치 않아. 잘됐지?"

"아씨!"

게이카는 새된 목소리로 소리를 질렀다. 슈쇼는 게이카를 나무라는 듯한 눈빛이었다.

“게이카, 선생님은 댁 창문에 철창을 끼우지 않아서 마복의 습격을 받고 돌아가셨어. 어떤 아이네 집은 죽은 아버지 입안에서 꺼낸 나무통값으로 사흘 만에 제대로 된 밥을 먹었어. 너는 안전한 집안에서 자고, 끼니도 거를 일 없이 밥을 먹을 수 있잖아. 너 역시 행운아인 거 알고 있니?”

“무슨 말씀을 하시는 거예요!”

“그런 사실을 적당히 보고도 못 본 체하며 귀가 닳도록 들은 잔소리를 늘어놓지 마. 나는 원치 않으니까. 이딴 거 물려줘.”

게이카는 이번에는 얼굴에 핏기가 가시는 것을 느꼈다.

“아씨, 아씨란 분은……!”

게이카가 소리치자마자 슈쇼가 국그릇을 들고 일어나면서 그대로 게이카에게 뿌렸다.

“시끄러워! 필요 없다고 했잖아!”

게이카는 얼이 빠지고 말았다. 국은 벌써 많이 식어서 그다지 뜨겁지 않았지만 그런 짓을 당했다는 사실이 게이카에게는 충격이었다.

“무…… 무슨 짓을…….”

분하기도 하고 처량하기도 해서 눈물이 나온다. 고개를 숙이고 허둥지둥 옷에서 국물을 털어내도 솜옷과 치마저고리로 스며들어 손쓸 길이 없었다.

가솔은 품삯을 받지 못한다. 식사와 잠자리는 곤란하지 않은 수준으로 보장받아도 입을 것까지는 그렇지 못하다. 해마다 두 번, 주인이 천을 내려주기는 하지만 한창 자랄 때인 게이카의 몸은 이미 치마저고리보다 커졌다. 게다가 종일 허드렛일을 하며 지내는 가솔의 옷은 천과 실이 빠르게 해진다. 부족한 부분은 오래된 천을 덧대고 터진 부분은 기워서 간신히 입는다. 그래도 부족하면 보다 못한 누군가가 헌옷을 주기를 기다리거나 새해에 주인이 내주는 상여금을 변통해서 마련하는 수밖에 없다.

"너무해……."

새해에 받은 천으로 맞춘 지 얼마 되지 않았는데.

오열하면서 채소와 고깃조각을 터는 게이카의 손을 슈쇼가 붙잡았다.

"미안!"

수건을 꺼내 닦아주었다.

"미안해, 게이카, 뜨거웠지?"

"뜨, 뜨겁지는…… 않아요. 하지만……."

"미안해, 나도 모르게……."

게이카는 얼굴을 비빈다. 가솔 입장에서 슈쇼를 나무랄 수는 없다.

눈물을 닦아 젖었던 눈앞이 밝아진 게이카의 발치에서 슈쇼가 무릎을 꿇고 미안해하며 게이카를 올려다보았다.

"정말로 미안해. 내가 짜증이 좀 나 있었어."

"아니요……. 괜찮습니다."

"게이카, 잠깐 벗어봐. 화상을 입었을지도 몰라."

"괜찮습니다. 미지근했으니까……."

"하지만 이런 차림으로 방으로 돌려보낼 수는 없어. 바깥은 춥잖아. 얼어버릴 거야. 잠깐만. 지금 갈아입을 옷을 가져올게."

슈쇼는 침실로 달려가 물건을 찾는지 부산스러운 소리를 낸 뒤에 돌아왔다.

"저어, 입던 옷이라 미안하지만 이걸로 갈아입어. 게이카에게 줄게."

슈쇼가 내민 옷은 예쁜 비단으로 지은 한 벌이었다. 게이카는 놀라서 슈쇼를 보았다.

"아씨, 하지만……."

"괜찮아, 나 때문에 게이카의 옷이 못 쓰게 돼서 줬다고 부모님께도 잘 설명할게. 제일 큰 옷이니까 네게도 아주 짧지는 않을 거야. 아니면 별로 마음에 안 드니? 괜찮으면 마음에 드는 옷으로 골라."

"당치도 않아요!"

"미안해. 정말로 괜한 화풀이였어. 이렇게 심한 짓을 하려던 것이 아니었어. 이걸로 제발 용서해줘."

게이카는 고개를 끄덕였다. 애초에 용서고 뭐고 할 필요가 없는데 이런 훌륭한 옷을 받다니.

"저…… 정말로 괜찮으세요? 이렇게 훌륭한 옷을."

이 옷은 슈쇼가 올 초에 새로 입은 설빔이 아니었던가.

"용서만 해준다면 전혀 상관없어. 감기 들기 전에 어서 갈아입어."

"아, 네. ……예에."

게이카는 그 자리에서 입은 옷을 벗고 슈쇼의 도움을 받아 따뜻한 한 벌을 몸에 걸쳤다.

"꿈만 같아요……."

"그래? 잘 맞아서 다행이야."

슈쇼는 그렇게 말하며 게이카의 치마저고리를 집었다.

"이 옷은 내가 깨끗하게 빨게. 미안해, 게이카……."

"안 그러셔도 괜찮아요."

아무리 그래도 빨래를 시킬 수는 없는 노릇이다. 허둥지둥 손을 뻗은 게이카를 슈쇼가 가로막았다.

"국이 뜨거웠다면 게이카는 화상을 입었을 거야. 이 정도는 해야지 내 마음도 편해. 괜찮아, 나는 공부뿐만 아니라 집안일도 잘할 수 있는걸. 아마도 말이지……."

슈쇼는 웃으며 말하고 치마저고리를 두고는 의자로 돌아갔다.

"미안해. 잘 먹을게."

슈쇼는 게이카를 방까지 데려다줬다. 게이카의 부모와 자신의 부모에게 사정을 설명하고 잔소리를 듣고 나서야 제 방으로 돌아왔다.

한동안 의자에 앉아 생각에 잠겼다. 제법 시간이 흐르고 나서 가볍게 한숨을 내쉬고 일어나 의자 위에 걸쳐놓은 게이카의 얇은 솜옷을 펼치고 꼼꼼하게 살펴보고 나서 얼굴을 살짝 찡그렸다.

"차를 뿌릴걸 그랬나……."

슈쇼는 철창을 끼운 창문을 보았다.

"국 냄새가 나."

004

저택 뒤편에는 양원涼院이라 불리는 구역이 있다. 부엌 옆에 우물이 있고, 빨래터나 곡물을 저장하는 곳간이나 채소밭이며 축사, 물고기가 사는 연못이 있고, 그곳의 수확물을 가공하는 방앗간과 작업장이 있다. 채소밭을 끼고 그런 건물들이 줄지어 있었다.

아침 일이 간신히 일단락될 즈음 공단 외투를 잔뜩 껴입어 두툼해진 슈쇼가 양원에 모습을 비추었다.

"안녕하세요."

바시馬子라 불리는 할아범이 슈쇼의 모습을 알아보고 고개를 숙였다.

"안녕, 바시."

"얘기 들었습니다. 상학이 문을 닫았다면서요."

"아버지가 어쩌고 하는 이야기라면 안 들을 거야. 바시, 하쿠토白兔에게 밥을 줘도 될까?"

"그럼요."

바시는 활짝 웃으며 대답했다. 이 할아범 역시 가솔이다. 선왕이 붕어한 뒤 그 여파로 집도 재산도 잃고, 맨몸으로 아이를 안고 이 집에 고용되었다. 세 아이는 다른 저택이나 점포의 잡역부로 뿔뿔이 흩어졌지만 모두 가솔이었다.

"학두께서 돌아가셨다고요."

바시는 외양간으로 슈쇼를 안내하면서 말했다. 슈쇼가 기억하는 한 이 할아범은 줄곧 외양간을 맡고 있었다.

"안되셨네요. 요새 연장에서는 그런 살벌한 이야기뿐이에요."

"맞아."

"저희는 어르신 덕택에 무사태평하지만요."

"그게 언제까지 지속될까."

"그런 벌받을 소리 마세요."

바시는 허리를 숙여 외양간으로 들어갔다.

슈쇼는 외양간 냄새가 좋았다. 특히 겨울에는 깔짚 냄새와 많은 말과 당나귀의 체온으로 푸근하게 따스해서 마음에 든다. 모친은 지푸라기를 집안에 들이면 냄새가 밴다며 싫어하지만 말을 좋아하지 않으니까 이 냄새를 악취라고 생각하는 것이다.

"안녕. 다들 건강하구나."

한 마리 한 마리의 얼굴을 들여다보며 슈쇼는 외양간 안쪽으로 향했다. 짚을 쌓아놓은 구역을 지나면 그 너머에 슈쇼가 아끼는 하쿠토가 있다.

"안녕, 하쿠토."

슈쇼의 목소리에 울타리 너머에 엎드려 있던 하얀 짐승이 고개를 들었다. 하얀 표범 같은 기수, 맹극孟極. 영리하여 사람의 마음도 잘 알아차리고 온화하며 주인을 잘 따른다. 지금도 슈쇼를 알아보았는지 고양이 같은 동작으로 고개를 내밀며 조용히 가르릉거렸다.

바시는 부드럽게 말을 거는 슈쇼를 보며 실눈을 지었다. 줄곧 말을 돌보며 살아왔다. 외양간 일에 나름대로 긍지를 가지고 있고, 외양간에서 맡고 있는 동물들에게 애착이 있었기 때문에 슈쇼가 이렇게 자신과 똑같이 애정을 드러내주는 것이 흐뭇하다.

슈쇼는 울타리를 잡고 당장이라도 열 것 같은 모습으로 바시를 돌아보았다.

"잠깐 놀아도 괜찮아?"

맹극은 온순하기도 하고 슈쇼는 맹극에 익숙하다. 수없이 외양간에 왔고 가끔은 자신을 도와 돌보기도 하니까 해도 되는 일과 해서는 안 되는 일을 잘 안다. 그래서 바시는 허락했다. 외양간 밖에서도 할 일이 있기 때문이다.

슈쇼는 멀어지는 바시를 지켜본 뒤 가슴 부근까지 오는 울타리를 위로 올려 열고 안으로 들어갔다.

건조되어 풍성해진 두둑한 짚 위에 앉아, 엎드려 있는 하쿠토에게 다가가서 목덜미에 얼굴을 묻는다. 커다란 머리를 끌어안고 귀 뒤의 매끈한 털을 쓰다듬었다. 하쿠토의 털에서는 향긋한 짚 냄새가 났다. 바시가 잘 손질해준 덕에 짐승의 체취는 별로 나지 않는다.

말들에게 말을 거는 목소리가 잠시 들리다 끊기더니 바시가 외양간을 나갔다. 귀를 기울이자 흙바닥을 밟는 발소리가 멀어져갔다.

"응……."

슈쇼는 혼잣말을 하고서 하쿠토를 보고 웃으며 일어났다. 울타리는 열어놓은 채 하쿠토가 있는 칸을 나와 좌우를 둘러보면서 짚더미로 다가갔다. 눈앞에 쌓여 있는 짚더미를 헤치고 안쪽에 쌓아올린 네모나게 다진 짚을 기어올라 벽과의 사이에서 보따리를 끄집어냈다. 간밤에 숨겨둔 짐이다.

의기양양하게 짐을 들고 짚 사이를 허우적거리며 돌아와서 서둘러 하쿠토가 있는 칸으로 다가갔다. 슈쇼의 움직임에 호기심을 드러내며 고개를 드는 하쿠토를 향해 살짝 웃고 안쪽 벽에 걸려 있는 안장을 꺼낸다.

하쿠토가 채비하는 데에는 얼마 걸리지 않았다. 안장을 얹자 하쿠토는 외출할 것을 알아채고 벌써 일어나 있었다.

"잠깐만 기다려."

슈쇼는 하쿠토에게 말하고 품에서 종이 한 장을 꺼냈다. 신기하다는 듯이 들여다보는 하쿠토의 목에 팔을 두른다.

"바시를 혼내지 말아달라고."

슈쇼는 서신을 사료통 안에 넣었다.

"혼내면 두 번 다시 돌아오지 않겠다고 적었어."

하쿠토는 어리둥절해서 슈쇼를 올려다보았다.

"좀 멀리 갈 건데 함께해줘. 네 다리라면 제시간에 도착할 수 있을 거야."

말을 걸었지만 당연히 하쿠토는 대답하지 않는다. 신기하다는 듯이 금빛 갈색 눈을 깜빡일 뿐이었다. 슈쇼는 머리를 쓰다듬었다.

"이십칠 년이야, 이십칠 년. 선왕이 붕어하신 지. 요새는 연장에도 요마가 나와서 사람이 계속 죽어나가……."

외양간의 들창 격자 너머로 하늘을 올려다보았다. 왕을 잃으면 나라에는 재난이 내리고 요마가 어슬렁거린다고 한다.

"그런데 다 큰 어른이 집에 철창을 끼우고 안심하고 있어. 웃기잖아. 나라님이 계시지 않으면 더욱더 상황이 나빠질 텐데 무슨 생각을 하는 걸까."

알아들었는지 못 알아들었는지, 자신을 바라보는 하쿠토를 보고 웃은 뒤 슈쇼는 고삐를 쥐었다.

처마 밑, 볕이 드는 부근에 모여 주저앉아 수작업을 하던 바시와 일꾼들은 양원을 달려오는 맹극을 보고 기겁했다.

"아씨!"

자리에서 일어나 불러 세우기 위해 달려나간 일꾼들을 맹극은 가볍게 도약해 뛰어넘고 햇살 속으로 뛰쳐나갔다.

"아씨, 슈쇼 님!"

바시는 목소리를 키웠지만 맹극은 처마를 향해 뛰어올라 누각의 선명한 푸른 지붕 위로 올라갔다. 어찌할 바를 모르고 올려다본 바시를 향해 슈쇼의 경쾌한 목소리가 쏟아졌다.

"잠깐 다녀올게."

"아씨, 어쩌시려고요."

"동행은 필요 없어."

맹극은 안절부절못하는 그들을 내버려두고 안채의 지붕을 달려 올라간다. 맹극에 탄 슈쇼가 돌아보며 손을 흔들었다. 유약을 발라 반들반들한 광택이 빛나는 기왓장 위에 맹극의 하얀 꼬리가 빛난다. 누각 위층에서 사방을 감시하던 호위 무사가 기수를 가리켰다.

슈쇼는 그들에게도 웃으며 손을 흔들고 맹극을 몰았다. 안채의 지붕을 넘자 눈앞에는 봄에 어울리는 푸른 하늘이 펼쳐진다.

파르스름한 빛깔에 연보라색을 살짝 푼 듯한 하늘, 하얀 구름은 비단실을 바람에 날린 것처럼 뻗어 있었다. 눈 아래에 펼쳐진 것은 아래로 즐비하게 뻗은 연장의 기와집, 도시 뒤쪽 능운산에 둘러싸이듯 꺾인 곽벽은 햇살에 비쳐 노란빛을 띤 흰색이고, 벽 너머에는 검은 흙과 푸른 산야, 모든 것이 다가오는 봄을 예고하며 부드럽게 빛났다.

하얀 기수는 짚더미를 발로 차고 바로 밑의 곽벽에 뛰어내렸

다. 놀란 것처럼 소리를 지르는 병사를 곁눈질하고 곽벽 위를 달렸다. 질주하는 맹극이 등에 올라탄 슈쇼를 이제 됐느냐고 묻듯이 돌아보았다.

"됐어. 연장에 맹극은 하쿠토뿐인걸……. 아버지의 기수를 쏠 수 있을 리가 없잖아."

슈쇼는 하쿠토에게 웃어 보이고서 별이 내리쬔 산야를 보았다.

"답답해서 살 수가 없어. 어른들이 가지 않는다면 내가 가겠어."

어디로 가느냐고 묻는 것처럼 재차 돌아보는 하쿠토를 재촉해 슈쇼는 기수를 연장 바깥으로 뛰어오르게 했다.

"봉산에 갈 거야. 승산하겠어."

005

세계 한가운데에 황해가 있다.

한 나라에 맞먹는 광대한 토지는 물이 없는 바다, 요마가 날뛰는 인간이 살 수 없는 땅이다. 그곳은 인간의 영역이 아니고, 또한 신의 영역도 아니다. 다만, 황해 중앙에 있는 오산五山만이 서

왕모西王母와 관계된 신선의 정원이라 불렸다.

인간과 신은 교류하지 않는다. 인간은 그저 사당과 종묘에 빌 수밖에 없고, 신선은 사당의 기도를 받아들일 뿐 세상 돌아가는 일에 관여하지 않는다고 한다. 설령 오산이 신선의 정원이고, 황해가 요마의 소굴이라 하더라도 인간과는 관계없는 세계다. 하지만 오산 동악, 봉산만이 인간과 인연이 있다.

봉산은 신수神獸 기린이 태어나는 성역. 기린은 인仁의 성향을 지녔고, 막대한 요력을 지닌 짐승, 자비롭고 세상의 섭리를 깨우쳤으며 천의를 통해 천명을 듣는다. 열둘로 분할된 인간 세상은 각각 왕이 다스리는데 왕은 출신이나 공적으로 선택되는 것이 아니다. 천명만이 왕을 옥좌에 앉힐 수 있다. 따라서 기린이 왕을 고른다고 일컬어진다.

기린은 봉산에서 태어나 그곳에서 여선의 비호를 받으며 자란다. 봉산을 찾아가 기린에게 천의를 묻는 것을 '승산'이라 한다. 승산하기 위해서는 당연히 봉산에 가야 한다. 봉산은 황해 중앙에 있고, 황해는 운해를 관통하는 험준한 봉우리로 막혀 있다. 금강산이다.

등반이 불가능한 험준한 산맥, 금강산을 넘는 길은 겨우 네 개밖에 없는데 길마다 문이 가로막고 서 있다. 이를 사령문四令門이라 한다. 사령문은 각각 일 년에 하루만 열린다. 북서쪽에 있으며 공국에 접한 영건문令乾門은 춘분 단 하루만 열린다.

춘분을 목표로 슈쇼는 연장에서 출발했다. 맹극은 잘 날지는 못하지만 공행, 육행 모두 하루에 말의 세 배 가까운 거리를 벌 수 있다. 멀리 있는 영건문까지는 슈쇼 혼자 걸어서는 도저히 도착할 수 있는 거리가 아니지만 맹극이 있으면 여행의 고단함이 삼분의 일로 줄어든다.

슈쇼는 집에서 노잣돈을 듬뿍 가지고 나왔다. 연장에 무슨 일이 생기면 집을 버리고 별장으로 도망칠 생각인 부친이 당장의 생활을 위한 금전을 비축하고 있음을 알고 있었다.

부친은 슈쇼의 행방을 찾겠지만, 그렇지 않아도 요마와 재해에 애먹고 있는 관리가 어린아이 한 명의 행방을 그리 열심히 찾지는 않으리라. 제아무리 소가相家라지만 주인이 소유한 맹극보다 발 빠른 기수가 있을 턱이 없으니 뒤늦게 따라잡기는 지극히 어려운 일이다. 소가의 점포가 공국 전역에 흩어져 있지만 모든 도시를 망라하고 있지는 않고, 각지에 소식을 띄우고 어딘가에서 기다리고 있으려 해도 슈쇼의 행선지는 상상조차 하지 못할 것이 틀림없다.

슈쇼는 도시만 잘 골라서 들르면 어떻게든 되리라고 믿었다. 실제로 추격의 기척조차 느낄 새 없이 연장을 떠난 지 엿새 뒤 저녁에는 영건문까지 가는 여정의 삼분의 이 가까이 소화했다.

"그러면……."

작지도 크지도 않은 적당한 마을을 골라서 마을을 둘러싼 공터에 하쿠토를 세우고 슈쇼는 중얼거렸다. 곧장 마을 안으로 들어가지 않고 뒤쪽에 있는 총당冢堂으로 향한다.

어느 마을이건 남쪽에 가도가 있고 북쪽에는 묘지가 있는 법이다. 사람 눈에 띄지 않고 느긋하게 쉴 장소가 필요해서 슈쇼는 마을 북쪽으로 돌아갔다. 그렇게 큰 마을은 아니라서 공터 구석에 세운 사당의 노란 지붕이 금세 보였다.

대부분 공동묘지에는 울타리가 없다. 이 마을도 마찬가지라 공터 한쪽을 차지한 새 무덤들이 보였다. 지금까지 들른 여섯 마을 어디에서든 본 광경이다. 봉긋하게 얹은 흙, 무덤에 꽂은 가래나무 가지는 하얗게 칠해져 있다. 여기서도 이만큼 사람이 죽었다.

슈쇼는 총당 옆에서 하쿠토에서 내렸다. 총당은 대개 지독히 살풍경한 건물이다. 사당다운 꾸밈도 없이 총당 건물만 덩그러니 있고, 건물이래봤자 겨우 비바람만 막을 벽이 있을 뿐이다. 문조차 없는 곳에 죽은 이를 모신 제단이 있는데, 공터에 매장된 사람은 이 마을에서 객사한 사람뿐이니까 제단에는 마땅한 공물도 없었다. 제단 뒤쪽에는 매장을 기다리는 사망자를 안치하고 빈소를 차릴 작은 방이 있을 뿐이다.

슈쇼는 총당 옆 뚜껑을 덮은 우물로 다가가 멋대로 뚜껑을 열고 두레박을 내렸다. 물을 길어 올린 통을 하쿠토에게 주고, 옆에 쪼그려 앉아 하쿠토의 등을 쓰다듬으며 오는 길에 익숙해진 묘지의 광경을 바라보았다. 마을 하나를 지날 때마다 조금씩 새로운 무덤이 늘어난다.

"사람은 죽으면 저리되는구나……."

관에 넣어 구멍 속에 묻고 봉긋하게 흙을 덮으면 끝.

죽은 자는 허해의 동쪽, 봉래蓬萊에 태어나 신선이 된다거나 혼백이 봉산의 호리산蒿里山으로 날아가 하늘에 죄의 판결을 받고 선행과 악행에 따라 신의 세계에서 관위를 얻는다고 하는데, 슈쇼가 생각하기에 이는 상당히 미심쩍다. 정말로 그렇다면 죽은 자만 점점 늘어나 봉산이든 신의 거처인 옥경玉京이든 발 하나 디딜 틈도 없어지지 않을까.

또는 인간으로 환생한다고도 하는데 안타깝게도 여태껏 돌아가신 할머니가 환생해서 슈쇼에게 말을 걸어온 적은 없다. 모습이 바뀌고 슈쇼조차 잊어버렸다면 할머니가 돌아온 것이 아니다. 새빨간 남일 뿐이다.

어쨌거나 인간이 다다르는 곳치고는 무척 적적한 풍경이라고 슈쇼는 묘지를 바라보며 생각했다.

화재가 고을에 미치지 않도록 마련한 공터에는 건물을 세우거나 작물을 기를 수 없다. 풀을 벤 초원이 황량하게 펼쳐지거나 자갈이 널브러져 있을 뿐인 황무지에 오로지 그곳만 온전한 흙색을 띤 봉분을 만든다. 무덤에 꽂은 가래나무 가지는 겨울바람에 기울어 흔들린다. 쓰러진 가지도 있지만 그것을 일으켜 다시 세워줄 이는 없다.

죽은 사람은 보통 가족이 거둔다. 자식, 손자, 형제, 부모. 멀리 떨어져 있더라도 부고를 듣고 달려와서 죽은 이를 인도받는다. 그리고 데리고 돌아가 자신의 토지 한쪽에 장사를 치르고 모신다. 무덤을 만들어 가래나무를 심고, 유복한 사람은 사당을 세워 물품을 바치고 계절마다 종이로 만든 옷가지를 올린다. 혼백은 이미 멀어졌다지만, 죽은 이를 그리워하고 죽음을 아쉬워하는 마음에 혼백을 담은 약소한 물건으로나마 죽은 자와의 교류를 이어가고자 했다.

공터의 묘지는 본디 가족이 거두러 오기를 기다리는 동안 임시로 매장하는 곳이다. 그렇기에 가족이 웬만큼 먼 곳에 있지 않으면 빈소에 안치하는 기간을 연장해 매장을 조금이라도 더 미룬다. 지금은 겨울이라 더욱 그렇다.

결국 공터에 매장되는 것은 맞으러 올 사람이 없는 쓸쓸한 망자다. 객사라고 하면 듣기는 괜찮지만, 떠돌다가 죽은 사람뿐만 아니라 거둘 가족이 없는 자 역시 객사 취급한다. 가족이 없거나 가족이 있어도 죽은 이를 맞으러 올 여유가 없거나 맞으러 올 정도의 경애심이 없거나, 일가가 한 번에 죽어버렸거나, 부민浮民이라 거둘 가족이 있어도 장사를 지낼 만한 땅이 없으면 필연적으로 객사로 취급되어 공터에 묻힌다.

공터에 매장된 채 거두는 이 없는 망자는 칠 년이 되는 해에 관을 파내 총당에서 묘지기가 관째로 뼈를 부순다. 부순 뼈는 관아의 종묘에서 거두고 끝이다.

애초에 사람들이 소유한 토지는 나라에서 빌린 것이나 마찬가지니까 소유자가 죽으면 새로운 소유자가 생긴다. 보통은 여의 경계에 있는 가래나무에는 아무도 손대지 않지만, 어쩌다 가래나무가 쓰러져 관이 드러나면 파내서 묘지기에게 넘기고 똑같이 처리한다. 어차피 인간은 그렇게 끝나버리는 존재다.

"그때까지 하고 싶은 일을 해야지."

슈쇼는 중얼거리고서 하쿠토의 목을 쓰다듬었다. 금빛 갈색 눈을 보며 웃고 솜을 둔 외투를 벗는다. 공단 외투를 벗자 게이카의 얇은 외투가 드러났다.

"추워……."

아무래도 아직은 해가 지면 추위가 매섭다. 연장에서 상당히 남동쪽으로 왔지만 조금도 나아진 것 같지 않다. 아득히 먼 남쪽, 주국奏國에는 겨울이 없다고 할 정도니까 따뜻하리라 기대했건만.

슈쇼는 아쉬워하며 따뜻한 공단 외투를 개서 하쿠토의 등에 나누어 얹은 짐 꾸러미 안에 넣었다. 그럼 오늘밤에는 어디에 묵지.

게이카의 외투를 입은 까닭은 지나치게 부유한 차림을 하면 화적의 표적이 될 뿐이라고 생각했기 때문이다. 물론 그전에 게이카가 옷을 벗어주어야 했지만 말이다.

그런데 슈쇼에게는 맹극이 있다. 맹극을 위해서는 기수를 익숙하게 다루는 마구간지기가 있는 여관이 필요한데, 어디를 어떻게 보아도 슈쇼의 차림은 여관 격식에 어울리지 않는다. 게다가 기수를 가질 만큼 풍족하게 보이지도 않으니 여관 사람이 수상쩍어한다. 한번은 관아로 끌려갈 뻔해서 허둥지둥 도망쳐야 했다.

"이제 정말 방법이 바닥났어……."

슈쇼는 지금까지 대개 주인의 심부름으로 기수를 배달하는 일꾼을 가장하며 왔지만, 열두 살 어린아이가 기수를 맡아서 혼자 먼 길을 가는 것은 어떻게 봐도 수상쩍다. 게다가 남동쪽으로 나아가면 나아갈수록 치안은 점점 나빠져서 여관 손님을 보는 눈도 매서웠다. 이전 고을에서는 끝내 숙소를 잡지 못해서 총당 바닥 밑에 기어들어가서 잤다. 아무래도 두 밤 연달아 추운 총당에서 자고 싶지는 않았고, 무엇보다도 오늘밤은 꼭 하쿠토를 쉬게 해주고 싶었다.

치안이 나쁜 이유는 남쪽일수록 황폐화가 심각하기 때문이다. 재해는 장소를 고르지 않지만 요마는 남쪽에서 온다. 특히 날이 저물면 요마의 기척을 느끼는지 하쿠토가 안절부절못한다. 밤새 으르렁거린 탓인지 오늘은 다리에 힘이 없었다. 무슨 연유인지 야목野木 아래는 안전하니, 하다못해 야목이라도 찾으면 좋겠지만 이렇게 추운 날씨에 노숙은 아무리 생각해도 슈쇼에게 좋지 않다.

일전에 한 것처럼 마음 약해 보이는 여관 주인에게 눈물로 애원해 잠자리를 청할까, 아니면 순진해 보이는 나그네를 새빨간 거짓말로 구슬려 일행인 척해달라고 할까. 그러나 이런 방법도 이전 마을에서는 헛수고로 끝났다.

"큰일이네……."

슈쇼의 혼잣말을 나무라듯이 하쿠토가 나직하게 울었다. 슈쇼는 허둥지둥 하쿠토의 턱밑에 손을 넣고 목을 쓰다듬어주었다.

"미안. 괜찮아, 오늘밤에는 너만이라도 꼭 마구간에서 쉬게 해줄게."

말을 걸었지만 하쿠토는 계속 으르렁거렸다. 그뿐만 아니라

하쿠토의 눈은 슈쇼가 아니라 총당을 보고 있다.

“……왜 그러니?”

하쿠토의 목을 끌어안았을 때 작은 소리가 귀에 들어왔다.

슈쇼는 저도 모르게 하쿠토를 끌어안은 손에 힘을 주었다. 그 소리는 하쿠토가 그르렁거리는 소리와 무척 비슷했기 때문이다. 호랑이 같은 생물의 소리다. 공국에는 범이 살지 않지만 호랑이와 비슷한 요마는 자주 나타난다.

총당 그늘에서 들려오는 것 같았다. 도망칠까 상황을 살펴볼까. 슈쇼는 망설였다. 도망치는 것이 좋은 줄 알지만 어째서인지 그곳에 무엇이 있나 확인하지 않고 도망칠 수 없었다. 어쩌면 확인하지 않는 것이 무서운지도 모른다.

도망치고도 싶고 확인하고도 싶지만 둘 다 못 하겠다. 그런 사념에 움츠러든 사이에 다시 한번 그르렁거리는 소리가 들렸다. 그와 동시에 총당 옆에서 불쑥 얼굴이 드러났다.

슈쇼는 목에 힘을 주고 소리를 지르며 뛰어올라 하쿠토를 껴안은 채 도망치려다가 넘어져서 허겁지겁 총당을 돌아보고는 이내 한숨을 쉬었다.

“뭐야…….”

하쿠토의 머리보다 한층 커다란 머리가 엿보였다. 호랑이 같지만 호랑이가 아님은 한눈에 알았다. 범의 눈이 하쿠토와 마찬가지로 금빛 갈색임은 주정朱旌(유랑 극단)의 공연에서 호랑이를 본 적이 있어서 알고 있다. 고삐가 걸려 있는 것으로 보아 기수임은 자명했다.

"놀라게 하지 마, 진짜."

슈쇼는 그 생물을 노려보고는 일어나서 총당 뒤로 향했다. 기수는 딱히 도망칠 낌새도 없이 슈쇼를 뚫어지게 응시했다.

"역시 추우騶虞야."

총당 뒤에 있던 기수는 안장을 얹은 채 제 키만 한 긴 꼬리를 땅에 끌고 엎드려서, 목만 들고 슈쇼를 쳐다보았다. 슈쇼는 추우의 눈을 들여다보았다.

"굉장해. 정말 예쁜 눈이야……."

흑진주 같은 색. 진주보다 훨씬 강렬하고 선명한 작은 빛이 숨어 있다.

아버지에게 추우는 없다. 용맹하고 과감하며 기수 중에서는 가장 빠른 속도를 자랑하지만 쉽게 손에 들어오는 물건이 아니다. 무슨 행렬에서 금군禁軍 장군이 데리고 있는 모습을 본 적이 있다.

슈쇼는 고개를 갸웃했다. 만져도 될까. 기수 중에는 사납고 주인 말고는 절대로 말을 듣지 않는 놈도 있다는데 이 추우는 그래 보이지는 않았다. 추우는 무척 영리하다는 이야기도 들었다.

살며시 손을 뻗었을 때였다.

"이봐."

들려온 목소리에 슈쇼는 말 그대로 펄쩍 뛰었다. 당황해서 돌아보자 바람막이 천을 뒤집어쓴 남자가 서 있었다.

"손대지 않는 것이 좋아. 물리면 아가씨의 팔 같은 건 순식간에 없어져버리지."

남자는 말은 그렇게 해도 쾌활한 미소를 짓고 있었다.

"오빠 기수야? 추우 맞지?"

이십 대 초반쯤 되었을까. 활짝 웃자 더 어리게도 보였다. 추우에 걸맞게 옷차림도 상당히 좋은 편이다.

"잘 아는군. 용케 추우인 줄 알아봤구나."

추우는 귀해서 그리 쉽게 볼 수 있는 기수가 아니다.

"기수를 좋아하니까. 추우는 물어?"

"기분에 따라 다르겠지. 좀처럼 물지 않지만 아예 물지 않는 것은 아니야. 그러니까 조심성 없이 만지지 않는 것이 안전해."

"만지면 안 돼?"

남자는 웃더니 추우 옆에 무릎을 꿇고 목을 안으며 만져보라고 슈쇼에게 권했다.

"기수를 좋아하는구나."

"아주 좋아해."

슈쇼는 대답하고 추우의 커다란 이마를 쓰다듬었다. 보기보다 털은 거칠다.

"그랬군. 저 맹극은 아가씨 건가?"

슈쇼는 남자의 웃는 얼굴을 바라보았다.

"아니. 저 아이는 주인어른의 맹극이야. 하쿠토라고 해."

남자는 가볍게 소리 내서 웃었다.

"재미있는 아가씨군. 자신보다 기수 이름을 먼저 소개하는구나."

"그러면 안 돼? 나는 슈쇼야."

"이 녀석은 세이사이星彩."

슈쇼도 가볍게 웃었다.

"어머, 멋지네. 좋은 이름이야. 오빠는?"

"리코利廣."

명랑하고 선해 보이는 웃는 얼굴에 슈쇼는 마음속으로 무릎을 쳤다.

"오빠는 이 고을 사람이야? 아니겠지. 짐이 있으니까."

슈쇼는 추우 옆에 놓은 짐을 보았다.

"나그네지."

"이 고을에 머물 거야?"

"그럴 작정인데."

"부탁이 있어. 오빠가 불편하지 않다면……."

"뭔데?"

상냥하면서도 어째 재미있어하는 것도 같은 목소리에 슈쇼는 눈동자를 위로 뜨고 리코를 응시했다.

"주인어른께 기수를 전해야 하는데 오늘밤에 묵을 곳을 찾을 수 있을지 불안해. 나 같은 어린애가 기수를 데리고 여관을 찾으면 이상하잖아? 어제 묵은 고을에서는 숙박을 거절당했어."

"그거 큰일이었겠구나. 이렇게 추운데 방도 없이?"

"그렇다니까. 총당 바닥에 들어가 잤어. 가엾지?"

리코는 눈을 동그랗게 떴다.

"터무니없는 행동이군. 요마가 여기저기에서 출몰하는 걸 모르니?"

"하지만 달리 묵을 곳이 없었는걸."

"대담한 아가씨로군. 요마에게 습격당하면 어쩔 작정이었어?"

"그런 일은 일어나지 않아. 나는 평소 행실이 좋으니까."

"그런 거랑은 상관없을 텐데."

"심각하게 생각해도 소용없어. 하지만 노상 총당에서 자다가는 아무리 나라도 운이 다할 것 같아."

"그렇겠지. 목적지는 어디지?"

"으음…… 건."

리코는 눈을 동그랗게 떴다.

"건이라면 영건문이 있는 고을?"

"맞아."

"그건 정말로 큰일이로군. 혼자서 거기까지 가려고?"

"일이니까 어쩔 수 없어. 오빠도 숙소를 잡을 거지? 추우가 있으니까 제대로 된 여관을 고르겠지? 일행이라고 해주면 안 될까. 물론 내 몫의 숙박비는 확실히 낼게."

"응?"

"으음, 그러니까…… 주인어른께 이자는 우리집 가솔이고 이런 사정으로 맹극을 데리고 있으니 의심하지 않아도 된다는 증서를 받았는데 잃어버렸어."

"어이쿠, 저런."

"그렇다고 인제 와 돌아가면 주인어른께 혼날 거야. 주인어른은 무척 무서운 분이거든. 나는 틀림없이 아주아주 모진 꼴을 당하겠지. 하지만 증서가 없으면 여관에서 수상쩍게 여길 테고. 그래서 난처하던 참이었어. 부탁이야, 도와줘."

리코는 "흐음" 하고 중얼거리고 재미있다는 듯이 슈쇼를 바라보았다.

"안 될까. 으음, 도저히 안 된다면 하쿠토만이라도 부탁하고 싶은데……. 오빠가 절대로 싫다면 내가 마구간지기가 되어서 하쿠토와 마구간에서 자도 괜찮아. 아, 그것도 싫다면 나는 뭐든……."

리코가 뜬금없이 큰 소리로 웃었다.

"알았어. 그쯤이야 손쉬운 일이지. 일행이라고 하면 되지?"

"정말로? 고마워, 절대로 은혜 잊지 않을게."

리코는 웃으며 고개를 끄덕이고 일어난다.

"그럼 문이 닫히기 전에 갈까."

"응."

하쿠토 곁으로 달려가는 슈쇼를 리코가 불러 세웠다.

"아가씨, 유용한 사실을 가르쳐줄까?"

"뭔데?"

걸음을 멈추고 돌아본 슈쇼에게 리코는 너그러운 미소를 지었다.

"거짓말을 할 때에는 말을 적게 하는 편이 더 진짜 같아."

슈쇼는 눈을 동그랗게 뜨고는 하늘을 올려다보며 한숨을 내쉬었다.

006

"어린애의 잔꾀란 이런 거구나……."

리코 덕분에 문제없이 묵은 여관 식당에서 슈쇼는 새삼 한숨을 내쉬었다. 양손으로 찻잔을 감싸쥐고 곱은 손을 녹였다.

"그래도 제법 괜찮았어."

탁자 맞은편에 앉은 리코는 술로 몸을 덥히며 웃었다.

"위로해주지 않아도 괜찮아. 스스로는 머리를 썼다고 생각했으니 화가 날 뿐이야."

"맹극이 있었으니까."

"하쿠토가 없으면 도저히 건까지 갈 수 없는걸. 그렇다고 하쿠토가 있어도 이상하지 않을 만한 차림을 하면 곧바로 화적에게 습격당할 테고."

리코는 술잔을 멈추었다.

"……정말로 건에 가려고?"

"응."

"집은 어딘데?"

"연장. 연장에서 건은 도저히 걸어서 갈 만한 거리가 아닌데다 지금 길을 서두르고 있어."

"부모님이 계시지? 말씀은 잘 드리고 나온 거니?"

"말했을 리가 없잖아. 건에 가는 걸 허락해줄 리가 없는데."

슈쇼는 대답하고 나서 리코를 올려다보았다.

"아, 아니야. 거짓말이야. 잊어줘."

리코는 키득거리며 웃었다.

"벌써 들어버렸군. 그렇다고 연장 관아에 통보할 마음은 없어. 아가씨가 미아라면 통보하겠지만."

슈쇼는 한숨을 쉬었다.

"방심할 수 없네. 오빠는 사람이 좋아 보이니까 나도 모르게 말이 튀어나와."

리코가 큰 소리로 웃었다.

"그 말은 칭찬으로 받아들이지. 가족에게는 말없이 나온 거구나?"

"맞아. 나는 가출중이야."

"어이쿠. 이거 큰일이군. 그래서 건까지 가는 거야? 건에 뭐가 있지?"

"영건문이 있지. 나는 봉산에 갈 거야. 그렇다고 딱히 봉산에 아는 사람이 있는 건 아니지만."

리코는 미소를 지우고 눈을 깜빡였다.

"승산하려고? 네가?"

"안 돼?"

리코는 잠시 진지한 표정으로 슈쇼의 얼굴을 빤히 응시했다. 슈쇼는 그 시선에 괜히 주눅이 들어 자연스레 눈을 치떴다.

"……안 될 이유는 없군."

리코는 대답하고 고개를 끄덕였다.

"그래, 안 될 이유가 없어. 하지만 여기서 건까지는 아직 멀어. 나는 남쪽에서 왔는데 여기보다 남쪽은 더욱 치안이 나쁘지. 숙소를 잡으려면 고생깨나 하겠구나."

"그렇구나……."

슈쇼는 입술을 깨물었다. 인정하고 싶지 않지만 안일했다. 맹극만 있으면 여정에 고생은 없을 거라고 믿었다.

"그래. 뭐든 증서가 있는 편이 좋겠지. 이 아이에게 기수를 맡겼으니 편의를 봐달라든가. 관리의 도장을 받으면 더할 나위 없어. 뭐라고 둘러대도 꼬마 아가씨가 기수를 데리고 홀로 여행하는 것은 이상한 이야기니까."

슈쇼는 눈을 동그랗게 뜨고 리코를 쳐다보았다.

"협력해줄 거야?"

"아가씨는 봉산까지 여정이 어떤 것인지 알지?"

"알아. 위험하다고 하려는 거지?"

"응."

고개를 끄덕이더니 리코는 다시 웃었다.

"그걸 알고 있다면, 음, 괜찮겠지."

리코는 이튿날 아침 관아로 가서 추관秋官을 입회인으로 한 증서를 준비해주었다. 실제로 어떤 거래를 거쳐 발행된 물건인지는 슈쇼도 모른다. 관아는 슈쇼 같은 어린애가 기웃거릴 수 있는 곳이 아니라서, 하쿠토와 리코의 추우를 데리고 바깥에서 기다리고 있을 수밖에 없었기 때문이다.

"이걸로 됐나?"

리코가 내민 증서는 간밤에 여관에서 슈쇼와 상의하여 마련한 것이다. 입회인이 된 관리의 서명과 도장이 들어 있는 대단히 훌륭한 증서가 되어 있었다.

"고마워……."

"마음에 들지 않아?"

"그렇지는 않지만."

기수의 소유자는 부친의 이름, 운반하는 사람은 슈쇼의 이름으로 되어 있다. 여기서 리코의 이름을 적었다가 나중에 하쿠토의 소유권을 주장하면 곤란해지지 않을까 생각했는데, 리코는 애초에 그럴 마음은 없는 듯했다. 부친의 이름도 소 조쇼라고 씨자氏字로 적어버리면 소가의 점포에 알려질지도 모르지만 성명이라면 큰 걱정은 없으리라.

'그런데…….'

슈쇼는 생각했다. 타지 사람인 리코가 어떻게 이런 서장에 관헌의 도장을 받을 수 있었는지 아무래도 마음에 걸렸다.

"오빠는 어디에 살아?"

"먼 곳."

"멀어?"

"응."

리코가 고개를 끄덕였다.

"주奏. 아니?"

"알아. 남쪽 나라지? 유명한 나라잖아."

긴 치세와 부유함으로 이름 높은 주국. 역시 리코는 이 고을 주민이 아니다.

추관은 죄인을 재판할 뿐만 아니라 주고받는 계약의 증인이 되고, 그와 비슷한 각서의 입회인이 된다. 공적으로 틀림없는 서면임을 보증해준 것이다. 추관에게 그런 직무가 있다는 사실은 슈쇼도 상학에서 배워서 알고 있다. 추관의 도장이 있는 증서가 얼마나 신뢰받는지도 말이다.

그렇기에 관리는 제출한 서면에 두말없이 도장을 찍어주지는 않을 것이다. 당연히 신분을 밝힐 필요쯤은 있지 않을까. 리코는 타지 사람이니 정권旌券(여권)을 보여주었을 것이다. 그리고 증서에 적힌 이름은 리코의 이름이 아니다.

"왜 그러지?"

"어째서 추관이 도장을 찍어주었나 해서……."

리코가 웃는다.

"아아, 그야 나는 너보다 거짓말을 잘하니까."

"그 말은 나를 속이고 있다는 소리야?"

리코는 그런 게 아니라며 추우의 고삐를 잡고 큰 소리로 웃었다.

"음, 이런 일에는 온갖 방법이 있지."

슈쇼가 품에 손을 집어넣었다.

"얼마야?"

"얼마냐고?"

리코가 고개를 깜빡거렸다.

"그런 거지? 대신 치른 값, 지불할게. 관리에게 돈을 쥐여준 거잖아."

"그런 걸 어디서 배웠을까."

"어머나, 이런 건 장사꾼의 상식이야."

리코는 웃고서 슈쇼의 팔을 가볍게 두드렸다.

"그런 게 아니야."

"하지만……."

리코는 슈쇼 앞에 허리를 굽혔다.

"이제 곧 가게가 열릴 시간이야. 그렇지?"

"응, 그러게."

"가게가 열리자마자 상인들이 우르르 서면을 가지고 와. 이른 아침 그런 업무로 추관은 눈코 뜰 새 없어."

"……그래?"

"그런 와중에 남자가 뛰어들어 근처 마을에서 부친을 잃은 불행한 소녀 이야기를 시작해."

"나?"

"그렇지. 죽은 남자는 형 밑에서 일했는데, 딸과 함께 기수를 다른 곳으로 운반하는 길이었지. 그런데 가엾게도 화적의 습격으로 딸을 감싸다 죽어버렸고, 딸은 야무지게도 그곳에서 간신히 목숨을 건져 도망쳤어. 원래 책임감이 강한 기특한 아이라서 부친의 공양보다도 부친이 남긴 일을 자신이 마무리짓는 쪽이 우선이라고 생각하여, 눈물도 얼어붙는 이 추운 날씨에 여정을 이어가고 있는데 안타깝게도 기수가 걸림돌이 되어 숙소를 구하지 못하고……."

청산유수처럼 떠드는 리코의 소매를 슈쇼가 끌어당겼다.

"아, 저기 말이야."

"이 얼마나 갸륵한 소녀냐 이 말이야. 그렇게 생각하지 않나.

이봐, 안 그러냐고. 대체 요즘 세상은, 그 뭐냐. 애초에 형제를 부려먹다니, 그 형이란 놈이 지독한 남자인데…….”

“그렇게 말한 거야?”

“관리는 점포가 문을 여는 시각을 신경쓰지. 바쁜 시간이 오기 전에 눈앞의 서면을 얼른 정리하고 싶은 마음으로 가득해. 그런데 눈앞의 남자는 가여운 소녀 이야기를 그칠 줄 모르고……. 그런 거지.”

“……어이없어.”

리코는 여전히 쾌활하게 웃었다.

“거짓말은 많이 늘어놓는 편이 나을 때도 있다는 소리야.”

“많이 배웠어.”

슈쇼는 어깨를 으쓱하고 리코를 올려다보았다.

“있지, 어째서 이렇게까지 해주는지 물어도 돼?”

리코는 일어나서 추우의 고삐를 고쳐 잡았다.

“그 질문은 하지 마. 나도 아가씨에게 어째서 승산하는지 묻지 않았지?”

“어쩌고 자시고도 없어. 나 말고 달리 변변한 인간이 없기 때문이야.”

“그래? 아무튼 조심해서 가렴.”

“덕분에 잘 갈 수 있을 것 같아.”

"건까지는 말이지. 마음을 단단히 먹어야 하는 것은 그 뒤야."

"응. 고마워."

리코는 미소 지으며 추우를 재촉했다. 슈쇼는 한동안 멀어지는 리코를 지켜보았다.

007

리코가 떼어준 증서 덕분에 그 뒤로 숙소를 걱정할 필요가 없었다. 예정대로 곧장 가도를 지나 흑해로 갔다.

슈쇼는 여태껏 바다를 본 적이 없었다. 연장 밖으로 나간 일이 거의 없으니 당연하다. 광대한 수면에 놀라 처음으로 불안해졌다. 연장은 능운산에 감싸인 고을이다. 그곳에서 태어나고 자란 슈쇼에게 이토록 시야가 탁 트인 장소는 불안하게만 느껴졌다.

"다양한 곳이 있구나……. 가자, 하쿠토."

주인의 불안을 감지했는지 마찬가지로 불안해하는 하쿠토를 쓰다듬은 뒤, 슈쇼는 기수를 질풍처럼 몰았다.

흑해 연안의 가도를 며칠 남하해 임건臨乾이란 고을로 향한다. 임건은 공국의 끄트머리에 있다. 건해문乾海門을 사이에 두고 건너편은 건현, 그곳에 영건문이 있는 건이란 고을이 있다.

"춘분까지 아직 엿새 남았어. 하쿠토 덕분이야."

그리고 리코 덕이다.

올라탄 슈쇼가 칭찬하듯이 목덜미를 토닥이자 하쿠토는 한층 더 걸음을 재촉했다. 하쿠토는 앞으로 나아가고 싶었다. 이유는 알 수 없다. 남쪽에서 바람이 불면 여정의 피로조차 잊고 마음이 조급해졌다. 슈쇼의 고삐가 없다면 이대로 눈앞의 푸르고 광활한 장소를 달려 앞으로 나아가보고 싶은 마음에 좀이 쑤신다.

"그렇게 서두르지 마. 어제처럼 다리를 다치겠어."

슈쇼가 고삐를 당겨도 하쿠토는 다리 힘을 줄이지 않는다. 가도를 따라 산야를 달리고 산과 숲을 말 그대로 뛰어넘는다. 마을을 지날 때마다 슈쇼는 손가락셈을 한다.

임건까지 하나 남았다.

해는 기울어 서산의 산등성이로 떨어지고 있었다. 하늘이 붉게 물들 때까지는 아직 여유가 있지만 하쿠토가 지상에 드리운 그림자가 길다. 황혼이 지면 산 빛깔이 짙어질 뿐만 아니라 바다 빛깔 또한 짙어진다는 사실을 슈쇼는 이번 여정에서 알았다.

하쿠토가 마을을 뛰어넘으려고 짧게 비상하자 저편으로 임건이 보이고 동시에 그것이 일순간 보였다.

"하쿠토……."

슈쇼는 하쿠토의 고삐를 당겼다. 그대로 공중에 머물러 있고 싶었다. 하지만 하강을 시작한 하쿠토에게 가능할 리도 없고, 그것에 시선을 빼앗긴 채 슈쇼의 시선은 허공을 가로질렀다.

"하쿠토, 날아."

하쿠토는 명령을 이해하고 땅에 내려서자마자 혼신의 힘으로 비상했다. 하쿠토의 시야가 트이고 동시에 하쿠토에 탄 슈쇼의 시야도 급격히 확 트인다.

은근히 봄이 찾아온 산야가 눈 아래에 펼쳐졌다. 인근 마을이 거무스름한 이유는 화재라도 나서 불타버렸기 때문이겠지만, 슈쇼의 눈에는 그런 황폐한 상흔은 보이지 않았다. 눈에 들어온 것은 물마루로 가장자리에 흰 선이 그어진 해안선, 바다를 향해 튀어나온 곶과 안쪽에 있는 항구 도시, 더욱 휘어져 펼쳐진 잿빛을 띤 바다, 그 너머로 어렴풋이 보인다.

비탈진 들판은 하늘의 푸름에 녹아들고, 간신히 구분한 산등성이도 색조만 다른 푸른색이다. 연보라색을 띤 파란 하늘에 푸른 그림자가 벽처럼 엿보였다.

바다 너머에 거대한 무언가가 떠올랐다.

서쪽으로 기운 햇살에 어렴풋이 음영을 드러내고 해상에 띠처럼 펼쳐진 그것. 한층 밝은 구역에 조각 같은 산등성이가 또렷이 드러나고, 거기서부터 좌우로 장대하게 늘어서 마침내 푸른색 속으로 녹아들어 사라진다.

"금강산……."

이토록 클 줄이야.

소름이 돋았다. 저도 모르게 고삐를 잡은 한 손을 놓고 더듬은 하쿠토의 털 역시 속에 공기를 채워 넣은 것처럼 곤두서 있었다.

황해의 곽벽, 거대한 벽 너머는 사람이 살지 않는 땅, 그 중앙에는 오산.

드디어 도착했다. 저곳이 바로 그곳이다. 두 가지 마음이 교차했다. 능운산 기슭에서 나고 자란 슈쇼조차 믿기지 않을 만큼 거대한 산이다.

도약의 정점에 이른 하쿠토는 느릿하게, 그러다가 서서히 빠르게 하강했다. 푸르고 희미한 벽은 굽이치는 산야 너머로 사라졌다.

"저게 금강산……."

슈쇼가 중얼거렸다. 이어서 하쿠토의 목덜미에 얼굴을 묻었다.

"가자, 하쿠토. 저게 금강산이야."

하쿠토는 슈쇼를 떨어뜨릴 기세로 지면을 달렸다. 언덕을 올랐다가 완만한 비탈을 내려가 가도로 나와서 그대로 임건의 문 앞을 지나쳤지만 슈쇼도 고삐를 당기지는 않았다. 하쿠토는 단절된 가도를 지나 관목이 무성한 언덕을 넘는다. 언덕을 넘은 그

곶이 곶의 돌출된 끝이었다.

푸른 바다, 그리고 그곳에 떠오른 금강산의 음영.

곶 끝에 멈추어 선 슈쇼 앞에서 금강산은 연보라를 띤 파란색에서 쪽빛으로 색을 바꾸고, 석양에 산등성이를 하얗게 빛내며 저녁노을 속으로 녹아 사라졌다. 그만큼의 시간 동안 슈쇼는 그 모습을 지켜보았다.

008

임건에는 항구가 있다. 이 항구에서 하루에 한 편, 건현으로 가는 배가 출발한다. 하쿠토는 바다를 건널 수 없다. 비행하는 기수도 배에 태울 수 있기 때문에, 건널 수 있다 해도 배를 타는 편이 낫다. 그러는 편이 기수도 편한 까닭이다.

적갈색 돛을 펼친 배는 한나절을 걸려 건해문으로 건너간다. 아침에 출발한 배는 오후에 임건으로 돌아오는 배와 엇갈려 저녁이 채 되기 전에 건너편 항구에 도착했다. 그동안 슈쇼는 갑판에서 산을 보았다. 몇 번인가 먼 해상에서 요마임 직한 그림자가 스쳐지나갔지만 배가 공격당하는 일도 없고 선실로 쫓겨 들어갈 일도 없었다.

배는 계절풍의 여운인 북동풍을 받고 나아간다. 바다가 갈라져 하얀 파도가 되어 부서졌다. 갑판에 드리운 돛대의 그림자는 길어졌다가 짧아지며 동쪽으로 다시 늘어났다. 돌아가는 배의 모습을 해상 저편에서 목격한 무렵에는 벌써 금강산이 전방을 완전히 가로막고 있었다.

배의 도착을 알리는 종소리가 해면을 기듯이 울려 퍼졌다.

"무사히 도착했잖아."

슈쇼는 의기양양해서 배에서 내렸다. 여기까지 오면 건까지는 걸어도 사흘 거리, 하쿠토의 속도면 하루면 간다. 배가 도착한 북건北乾이란 도시는 건현의 출입구라지만, 애초에 건현이 변경이라 그렇게 크지 않기에 숙소를 알아보기에 딱 좋았다.

배에서 내린 사람들에 섞여 도시로 들어가 숙소를 구하려고 길모퉁이를 돌았을 때 뒤에서 누가 어깨를 가볍게 쳤다.

돌아보자 둥근 얼굴의 중년 남자가 서서 미소를 짓고 있다.

"아가씨, 그놈 맹극 아닌가?"

여기까지 오는 길에도 몇 번인가 들은 질문이다. 슈쇼처럼 기수를 좋아하는 사람은 많다.

"맞아요."

남자는 허리를 굽혀 어린아이처럼 통통한 손으로 하얀 털을 쓰다듬었다.

"얌전하고 훌륭한 기수군. 응, 눈빛이 살아 있어. 소중히 다뤘구나."

남자는 생글거리며 하쿠토의 귀 뒤를 긁으며 슈쇼를 쳐다보았다.

"이렇게 훌륭한 맹극은 처음 봤어. 아가씨의 기수인가?"

"아뇨, 주인어른 기수예요."

남자는 슈쇼의 얇은 외투를 보고 빙그레 웃으며 고개를 끄덕였다.

"그래, 그야 그렇겠구나. 기수가 훌륭한 건 네가 잘 보살폈기 때문이니, 아니면 주인어른이 소중히 하셨기 때문이니?"

"주인어른이 소중히 다루셨어요. 저도 잘 돌봤지만요."

"그래, 그랬구나."

남자는 고개를 끄덕이더니 일어났다.

"훌륭한 어르신이겠지. 기수를 아끼는 사람은 일꾼들도 아끼지."

"글쎄요."

슈쇼는 대답하고 남자를 올려다보았다.

"이제 가도 돼요? 여관을 잡아야 해요."

"뭐야, 여행하는 길이었어?"

"네. 아저씨는 여기 사람인가요? 그러면 괜찮은 마구간이 있는 여관 모르세요?"

"괜찮은 마구간인지는 모르겠다만 기수를 데려온 사람들이 자주 묵는 여관이라면 알지. 안내하마."

"아니요, 길만 알려주시면 돼요."

"뭘, 기수의 고삐를 쥐어보고 싶어서 그래. 내가 안내할 테니까 그동안 맹극의 고삐를 쥐면 안 될까."

"안 돼요, 주인어른 것인걸요. 잠시라도 남에게 맡긴 것을 들켰다가는 혼쭐이 날 거예요."

남자는 그러냐며 아쉬워하며 대답했지만 여전히 웃고 있었다.

"조심성 많은 아가씨로군. 그래, 기수를 맡은 사람은 그래야 하지."

남자는 활짝 웃더니 슈쇼의 팔을 붙들었다.

"왜 이래요."

뭐하는 거냐고 소리지를 새도 없이 남자가 호통쳤다.

"이 도둑고양이가!"

"……뭐?"

슈쇼는 얼이 빠져서 남자를 쳐다보고, 동시에 길을 가던 사람들도 무슨 일인가 싶어 걸음을 멈추고 남자를 보았다.

"내 기수라고! 도로 내놔, 꼬맹이!"

기가 눌린 슈쇼가 안색을 바꾼 남자의 둥근 얼굴을 잠시 멍하니 쳐다보았다.

사람들 틈에서 무슨 일이냐는 목소리가 커졌다. 남자는 쩌렁쩌렁하게 외쳤다.

"이 꼬맹이가 내 기수를 훔쳤어! 정말이지, 요즘 애들은 마음을 놓을 수가 없다니까."

남자는 내뱉듯이 말하고 붙잡고 있던 슈쇼의 팔을 비튼다. 너무 아픈 나머지 슈쇼는 소리를 질렀다. 간신히 아니라고 외쳤지만 과연 말이 제대로 전해졌을까.

"잠깐만 기다려."

모여든 사람들 틈에서 여자 목소리가 들렸다.

"그건 저 아이의 기수야. 내가 배를 함께 타고 왔어."

"그랬겠지. 나는 이 녀석을 임건 너머에서 도난당했어. 기수 주변을 어슬렁거려서 수상쩍게 여겼지."

"저런……."

"아니에요!"

슈쇼가 외쳤지만 어깨가 빠질 듯한 아픔에 말을 이을 수가 없었다.

"뭐가 아니야. 봐, 보다시피 나한테는 증서가 있어."

남자는 품에서 서면을 꺼내 펼치고 번쩍 들었다.

"맹극이 내 것이라는 증서다. 이게 도난당했다는 신고서. 모두 도장이 있어."

슈쇼와 남자 주위를 사람들이 겹겹이 둘러싸더니 다들 슈쇼가 아닌 남자 쪽을 동정하는 듯한 시선으로 바라보았다.

"쳇."

남자는 거칠게 말하고 다시 슈쇼의 팔을 비틀었다.

"어차피 변변찮은 어른이 뒤에 있겠지. 너 같은 꼬마에게 운반하게 하다니 멍청한 일이지. 아무리 봐도 너 같은 꼬마가 기수를 데리고 있으면 수상하잖아."

남자는 슈쇼를 퍽 하고 떠밀었다.

"웃기지 마요! 하쿠토는 내 기수예요!"

슈쇼가 외치고 품에 손을 넣었다. 리코에게 받은 증서를 꺼냈다.

"증서라면 나도……."

말을 마칠 새도 없이 남자는 증서를 잡아채 두 조각 네 조각으로 찢었다.

"이딴 종이!"

슈쇼는 거친 수법에 기가 찼다.

남자는 찢은 증서를 구겨서 버렸다. 하쿠토의 등짐을 풀어 그 자리에 내버린다.

"관아에 끌고 가지 않은 것만으로도 고마운 줄 알아!"

그렇게 외치고 지체 없이 안장에 올라탔다. 하쿠토는 어쩔 줄 몰라 하며 슈쇼를 보았지만 남자의 엄한 질타를 받고 당황해서 달렸다.

"잠깐만 기다려! 멈춰, 하쿠토!"

사람들 사이로 길이 갈라지더니 하쿠토를 삼킨 뒤 도로 닫혔다. 허둥지둥 달려가려는 슈쇼의 어깨를 주위 어른이 붙잡았다.

"이거 놔!"

"어쩌지, 이 녀석을 관아에……."

"하지만 도둑맞았던 당사자가……."

저마다 떠드는 어른들을 향해 슈쇼가 외쳤다.

"아니야! 저기 증서가 있어! 저놈이 도둑이라고!"

슈쇼와 하쿠토가 사라진 쪽을 번갈아 보고 나그네 행색의 남자가 길에 나뒹구는 종이 뭉치를 주웠다. 펼친 종잇조각을 살펴보더니 입을 떡 벌린다.

"정말이다."

"그러니까 말했잖아! 어른 주제에 왜 그렇게 멍청해?"

몇몇은 허둥지둥 잔달음으로 달려가고 몇몇은 서면을 들여다보기 위해 다가왔다.

"틀림없이 도장이 찍혀 있어."

"하지만 그 사람도……."

"얼핏 보았을 뿐이잖아. 똑똑히 보지는 못했어."

태평한 질문을 주고받는 어른들 손을 떼치고 슈쇼는 달렸지만 당연히 큰길 어디에도 하쿠토의 모습은 보이지 않았다. 몇몇 어른이 슈쇼를 뒤쫓아와서 함께 찾아주었지만 가장 가까운 문을 통해 마을 밖으로 나간 것을 알아냈을 뿐이었다.

"저기……. 얘야, 미안하구나."

남자가 슈쇼의 짐을 내밀었다. 슈쇼는 그가 주워준 짐을 잡아챘다. 하쿠토의 등에 나눠 실었던 짐 꾸러미 두 개는 슈쇼가 들기에는 너무 컸다. 슈쇼는 절로 무릎을 꿇고 한숨을 내쉬었다.

"얘야……. 관아에 가겠니?"

슈쇼는 고개를 들고 남자를 쳐다보았다.

"관아는 벌써 문을 닫았잖아요?"

"그럼 내일……."

"아무튼 인사는 할게요. 짐 챙겨줘서 고마워요. 함께 찾아준 것도요."

"아니……. 하지만……."

슈쇼는 완전히 날이 저문 풍경을 보았다. 물론 하쿠토의 모습은 어디에도 없었다.

"어쩔 수 없지. 지금은 서둘러 가는 것이 먼저니까. 하쿠토가 없으면 더 그렇고."

중얼거리고서 어쩔 줄 몰라 하며 우두커니 서 있는 어른들을 올려다보았다.

남은 여정은 어른 걸음으로 사흘. 슈쇼의 걸음으로는 아슬아슬하다. 하지만 도착하고 말겠다.

"어디 싸고 안전한 여관 몰라요? 마구간은 없어도 돼요."

2장

001

춘분 미명, 건에서 소녀를 만난 남자는 굳은 얼굴로 여관 주인의 배웅을 받았다.

박의 고삐를 끌고 어두운 길을 인파에 떠밀려 걸으면서도 간큐는 한숨이 멈추지 않았다. 식사하는 동안 무모하기 짝이 없다고 몇 번이고 타일렀건만 슈쇼는 들은 체도 하지 않았다. 듣기는커녕 잔소리를 들으면서 식당 탁자에 엎드려 잠들어버렸으니, 이렇게 된 이상 이제 마음을 굳게 먹는 수밖에 없다.

황해에는 익숙하다. 승산자는 숫자도 많다. 가솔과 호위를 데려온 자도 많고, 다리가 튼튼한 기수도 있다. 기수를 사냥하러 일부러 위험한 곳으로 들어가는 것도 아니고, 봉산까지 데리고 갔다 돌아올 뿐이라면 불가능하지는 않을 것이다. 승산자를 호위한 적은 없지만 그것을 밥줄로 삼는 강씨剛氏 패거리라면 같은 황해에 들어가는 동료라서 지인도 많다. 고생담은 잔뜩 들었으니 어떻게든 되겠지. 봉산에 머무는 동안 사냥도 할 수 있다. 그러고 예순닷 냥을 받는다면 남는 장사일지도 모른다고 자신을 계속 타일렀다.

"있지, 아저씨?"

간큐에게 들러붙은 골칫거리의 원인은 추운 듯이 어깨를 움츠리면서도 천진난만하게 간큐를 올려다보았다.

"뭐야."

"어째서 천을 뒤집어쓰고 있는 거야?"

간큐는 혀를 차고 물음에는 대답하지 않았다. 머리까지 천을 뒤집어쓴 이유는 지인에게 얼굴을 보이고 싶지 않았기 때문이다. 이런 꼬마를 황해에 데리고 들어가다니 무슨 일이 있어도 동료에게 알리고 싶지 않다. 놀림받기 딱 좋다.

"정말이지……."

한숨을 쉬자 슈쇼가 웃었다.

"아저씨도 포기할 줄을 모르네. 돈이 있잖아?"

간큐는 "그렇고말고" 하고 웅얼거리고 슈쇼를 내려다보았다. 슈쇼는 치마저고리를 벗고 간큐가 간밤에 구한 싸구려 포를 입고는 외투로 감쌌다. 치마저고리를 벗기는 싫다, 포를 입기 싫다고 고집을 부리지는 않을까 염려했지만 긴 자락이 거추장스러워질 거라고 설명할 필요도 없이 바로 갈아입어주어서 다행이었다.

"어이, 너, 그 돈은 어디서 난 거야?"

"훔치지 않았어. 집에 있는 돈을 있는 대로 가져왔지."

"이봐."

"집의 기수도. 하지만 기수는 당신 같은 심술궂은 어른이 빼앗아갔어. 너무하지. 그런데다 간신히 찾은 숙소까지 가로채다니 어른은 정말로 한심해."

결과적으로 안 가로채지 않았느냐고 생각하면서 간큐는 되물었다.

"기수?"

"하쿠토라고 해. 맹극이야. 알아?"

슈쇼는 주변 노점을 들여다보면서 맹극을 빼앗긴 이야기를 했다. 이렇게 이른 아침에 가게가 열려 있는 것은 마지막으로 부족한 짐을 더 사는 사람이 있기 때문이다. 어젯밤에 두 사람 몫의 짐을 꾸려두었지만 무언가 빠지지 않았는지 간큐도 가게를 유심히 보았다.

"무척 길이 잘 들고 얌전하고 다리도 엄청 빠르고, 내 마음을 읽나 의심할 정도로 영리했는데."

슈쇼는 분하다는 듯이 입을 다물었다.

"그랬군. 그건 네 잘못이야."

"어째서?"

간큐는 설탕으로 조려서 말린 살구를 조금 사서 짐 안에 쑤셔 넣으며 슈쇼를 돌아보았다.

"맹극은 사람을 잘 따라. 네 기수뿐만 아니라 일반적으로 그런 생물이지. 황해에 있는 맹극조차 먹이를 뿌리면 다가와. 기수로 삼기 위해 길들였다면 더욱 그렇고. 사람이 말을 걸면 깊이 의심하지 않고 따라가는 녀석이라 맹극의 고삐는 절대로 놓아서는 안 돼. 마을로 들어서도 내리지 마. 믿을 만한 마구간지기가 있는 마구간에 들일 때까지 방심할 수 없어."

"그런…… 거야?"

"그래. 애초에 안장에서 내린 것이 잘못이지. 관아에 끌려가지 않는 것만으로도 운이 좋았어."

"관아에 갔다면 내가 이겼을 거야. 제대로 된 증서를 가지고 있으니까."

"글쎄다. 놈들의 증서도 진짜야."

슈쇼는 눈을 깜빡였다.

"진짜라고? 어떻게?"

"그런 악랄한 엽시사도 있어. 황해에서 사냥하지 않고 건현에서 사냥하는 놈들 말이지. 황해에 가는 놈들은 기수를 가진 녀석이 많으니까. 너는 임건에서 표적이 된 거야. 배에 타는 기수에 눈독을 들이고 건너편 북건으로 맹극이 간다고 연통을 넣지. 북건에서 너를 기다리던 놈들은 미리 준비한 증서 중에서 맹극에 관한 증서를 골라서 빼놔. 놈들은 항상 기수를 다루니까 그런 증서라면 얼마든지 가지고 있어."

슈쇼는 울컥해서 입을 다물었다.

"도둑맞았다는 증서는 임건 놈들이 떼서 보냈겠지. 패를 짜서 기수를 훔쳐 나누는 거야. 지금쯤 범국範國에 있으려나. 아무튼 되찾을 방법은 절대 없어."

"두고 봐."

간큐는 작게 중얼거리는 슈쇼를 바라보았다.

"내가 등극하면 일망타진이야. 반드시 후회하게 해주겠어."

간큐는 어이가 없어서 입을 떡 벌렸다.

"너, 승산하는 게 목적이 아니라 왕이 될 심산이야?"

"뭐야, 승산은 그러기 위해서 하는 거잖아?"

"자신이 선택받을 수 있다고 생각해?"

"왜 그렇게 생각하면 안 되지?"

"아, 네."

간큐는 대꾸했다.

맹극은 나쁘지 않은 기수다. 패를 짠 놈들이 목표물로 삼을 만큼 괜찮은 가격이 붙는다. 그런 기수를 소유하고 있을 정도니까 웬만큼 떵떵거리는 집안일 것이다. 겉모습도 어딘지 모르게 기품이 있어 보이고, 남에게 명령하는 데 익숙해 보이기도 한다. 세상 물정 모르는 부잣집 딸이 금이야 옥이야 자란 끝에 우쭐해서 봉산에 오른다. 그런 예를 들은 적은 없지만 있을 법한 일 같았다.

"어쨌거나 돈까지 빼앗기지 않아 다행이구나."

"그래서 일부러 치마저고리를 갈아입었는걸. 가난해 보이는 차림을 하면 설마 아이가 그런 거금을 가지고 있으리라고는 생각 못 하겠지?"

"약은 꼬마로군."

"뭐야, 이럴 때는 총명하다고 하는 거야."

"글쎄다."

"왜."

슈쇼는 간큐를 돌아보았다. 간큐는 기수를 두드렸다.

"내가 이 돈을 들고 도망칠지도 모르는데?"

"아저씨는 영리하지 않구나……."

슈쇼는 한숨을 내쉬었다.

“아저씨의 이름은 간큐, 간밤의 여관 아저씨와 아는 사이인 엽시사지? 들고 도망치면 바로 현성에 고소해줄게. 여기가 무슨 주인지 몰라?”

“위주緯州지.”

건현은 도읍이 있는 주인 위주에서 떨어져 나온 땅이다.

“맞아. 위주의 관리와 친분이 있어. 내가 아니라 우리 아버지가 그렇지만. 북건에서는 갈 길이 바빠서 눈감아줬지만 여기서 춘분에 늦을 만한 사태가 벌어지면 반드시 신고하겠어.”

“그러십니까.”

정말 약은 아이다. 간큐는 한숨을 내쉬었다.

“하지만 네 입이 침묵을 지킨다면 어떨까. 황해에 들어가 죽는 인간은 얼마든지 있어. 시신을 나를 수도 없으니까 그대로 그곳에 두고 떠나지. 그렇게 되면 고소하고 싶어도 고소할 길이 없지 않나?”

슈쇼는 흥 하고 작게 코웃음 쳤다.

“그런 일은 일어나지 않아.”

“어째서.”

“내가 죽으면 왕이 될 사람이 사라지잖아. 하늘의 신들이 어떻게든 해주겠지.”

간큐는 저도 모르게 어깨를 축 늘어뜨렸다.

"저기 말이야……."

슈쇼는 웃고서 간큐의 손을 쥐었다.

"맹극을 도둑맞고 어쩌면 춘분까지 도착하지 못하는 것 아닌가 했어. 하지만 잘 왔잖아. 틀림없이 하늘이 그러기를 바라신 거야."

"예, 그러시군요."

"내가 왕이 되면 해롭게 하지는 않을게. 아저씨는 운이 좋았네."

대체 이 자신감은 어디에서 오는 건가. 간큐는 한숨이 나왔다.

"……봉산은 멀어."

"기수가 있으니까 괜찮아."

"기수는 도둑맞았잖아."

간큐가 슈쇼를 보자 슈쇼는 간큐의 박을 쳐다보았다.

"아저씨가 기수를 마구간에 맡겼다고 했지? 그래서 고용한 거야."

눈치가 빠르다고 해야 하나, 역시 약았다고 해야 하나. 어쨌거나 힘이 빠지기는 마찬가지다.

"황공무지로소이다."

저도 모르게 굽은 간큐의 등을 슈쇼가 다독였다.

"굳이 나와 비교해서 낙심할 필요 없어. 나는 근처에서도 영특하기로 유명했으니까."

얘기해봤자 힘만 빠질 뿐이라 이제 간큐는 맞장구를 칠 마음도 들지 않았다.

002

입을 꾹 다물고 걸어가는 간큐 옆에서 슈쇼는 잰걸음으로 걸었다. 간큐와 달리 슈쇼의 걸음은 가볍다. 동트기 전의 길은 서리가 내려 춥고, 아이 걸음으로 머나먼 여정인데다 항구에서 반쯤 달음질치듯 사흘 거리를 답파한 다리는 하룻밤 정도의 휴식으로는 피로가 풀린 느낌이 전혀 들지 않았지만, 슈쇼는 조금도 신경쓰지 않았다.

정말로 제때 도착하지 못할 줄 알았다. 그러다 간신히 늦지 않고 전날 도착했는데 길을 안내할 사람까지 고용했다. 승산자를 호위하는 것을 생업으로 삼는 이도 있다고 들었고, 당연히 황해를 건너가려면 그들의 도움이 필요한 줄은 알고 있었다. 하쿠토를 도둑맞고는 춘분 전에 도착할 수는 있어도 안내할 사람을 구할 여유는 없으리라 각오했었다. 그런데 이렇게 운 좋게 황해를 잘 아는 듯한 종자도 찾았으니 틀림없이 앞으로도 어떻게든 될 것이다.

지금은 긴장감보다 신기한 기분이 컸다. 도시 북서쪽에서 곽벽을 따라 간큐는 남쪽으로 걸어갔다. 넓은 길은 연장과 별 차이 없지만, 길에 있는 격벽이 신기했다. 연장에는 큰길과 큰길이 교차하는 곳에는 아무것도 없다. 길 너비만 한, 사방이 네모난 땅이 있을 뿐이다. 그런데 이 도시에는 그곳에 길을 꽉 메운 건축물이 있다. 돌로 된 네모난 텅 빈 공간의 사방에 커다란 철문이 있다. 곽벽과 성벽에도 튀어나온 곳이 많고 큰길에 늘어선 가게는 어디에나 문과 대문이 있다.

그것들을 신기한 기분으로 둘러보면서 인파에 실려 남동쪽으로 흘러가 마침내 어떤 문 앞으로 나왔다.

"저런 곳에 문이 있어."

슈쇼가 소리쳤다.

도시를 한 바퀴 도는 커다란 길, 그 넓은 가도는 하나의 문 앞에서 광장이 되었다. 사람이 오가고 멈춰 섰다가 다시 간다. 그 앞에 커다란 문의 망루가 우뚝 서 있었다.

"여기는 동남쪽이지?"

슈쇼가 간큐를 쳐다보자 간큐는 한숨을 쉬었다.

"맞아."

간큐는 다섯 겹의 누각을 올려다보았다.

현성은 열두 방향에 열두 문이 일반적이다. 그러나 건에는 진문辰門과 사문巳門이 존재하지 않는다. 그 대신에 도시 남동쪽 모퉁이를 크게 잘라낸 것처럼 산을 향해 열린 별개의 커다란 문이 있다.

"지문地門이야."

문 바로 옆에 산맥이 늘어서고, 몇 겹으로 겹쳐진 가늘고 얇은 산봉우리 너머에는 동틀 때가 가까워진 담청색 하늘에 시커먼 벽 하나가 가로막고 있다. 예리한 산꼭대기가 톱날처럼 보이고 좌우로 펼쳐진 벽 양쪽 끝은 번져서 미명의 대기에 녹아든다. 금강산이다. 하늘까지 닿는 봉우리가 천 길로 갈라져 한줄기 길을 이루었다. 황해 안팎을 연결하는 천하에 단 네 개밖에 없는 길 중 하나이다.

도시의 어느 문보다도 높고 두꺼운 까닭은 지문이 황해를 향해 열리는 문이기 때문이다. 해마다 한 번 문을 여는 영건문으로는 황해에 사는 마물이 쏟아져 나온다. 아니, 일찍이 쏟아져 나온 흔적이라고 해야 할까. 황해 바깥쪽, 지문에 높고 두꺼운 누각을 세우고 황해 안쪽에는 몇백 년의 세월을 들여 견고한 성채가 구축되었다. 이제는 황해의 요마가 쏟아져 나오는 일도 없고 지문은 의미 없는 위용을 드러내고 있었다.

"으리으리한 문이네."

간큐는 질려서 중얼거리는 슈쇼를 바라보았다.

"이봐, 다시 생각하는 것이 좋을 거야. 저 방비를 봐. 한 해에 한 번, 딱 하루 문이 열리는 것만으로도 저만한 방비가 필요해. 이 도시의 건물은 모두 석조야. 안뜰에도 전부 지붕이 달렸어. 요마가 나온다고."

이 고을에는 지붕 없는 안뜰이 존재하지 않는다. 여기저기 드러나 있는 지붕이 모두 푸르게 보이는 이유는 기와에 동판을 붙여놓았기 때문이다. 창문은 작고 대부분 철창을 끼웠으며 열리는 부분 또한 작다. 문에는 반드시 철판이 종횡으로 붙어 있다. 큰길 여기저기에 설치된 건물은 도성途城이라 한다. 곽벽과 성벽의 돌출부와 마찬가지로 요마가 나타났을 때에 도망치기 위한 설비다. 습격을 알리고 피난을 재촉하는 종이 있는 망루는 일반적인 도시의 열 배, 이 고을은 요마로부터 안전을 지키기 위한 수단들로 이루어져 있다.

간큐의 말에 슈쇼는 태평하게 웃었다.

"여기 사는 사람은 큰일이네. 하지만 우리는 걱정 없어."

"그런 자신감은 어디에서 오는 건지."

어이없어하는 간큐에게 슈쇼는 새침하게 대답했다.

"천제의 가호가 있으니까."

"예, 예."

간규는 넌더리를 내며 대답하고 박의 고삐를 끌었다. 인파는 문 앞에서 막혀 꿈쩍하지 않는다. 닫힌 문 바로 안쪽에 있는 사람들은 군사들 같았다. 환하게 횃불을 지핀 보장步墻•에는 수많은 병사가 보인다. 이만한 인파에도 광장에는 떠들썩함이 없었다. 나직한 술렁임이 있을 뿐 차가운 새벽 공기마저 긴장한 것 같다.

"조용하네……."

"보통 이래. 이제부터 황해에 가는 거니까. 일단 들어가면 하지까지는 나올 수 없어. 다들 그 사실을 알고 있지."

"흐응……."

간규가 중얼거리는 슈쇼를 재촉했다. 인파를 헤치듯이 문 남쪽으로 간다. 광장 남쪽, 지문 옆에는 사당이 있다. 어둑한 안쪽에 안개가 감돌고, 사람이 무리 지어 있었는데 슈쇼는 연장에서 이런 사당을 본 적이 없었다.

문도 없거니와 안뜰도 없다. 곽벽에 밀착하듯이 지은 사당은 옆으로 길고 수없이 많은 등명대를 세워놓았다. 간규는 사당에 진향했다. 슈쇼는 놀라서 그 모습을 지켜보고 사당 안을 들여다

• 성벽 위 사람이 걸어 다닐 수 있는 공간.

보았다. 보통 사당에는 여러 신선을 기리는 법이지만, 여기에는 상이 한 개밖에 없었다. 누구의 상인지, 어둠에 검게 가려져 또렷하게 보이지는 않지만 갑옷을 입은 신장상神將像이 떠올랐다. 신상을 빤히 바라보던 슈쇼의 머리를 간큐가 눌렀다.

"아저씨, 잠깐만."

"얌전히 무사를 기원해. 이제부터 갈 곳은 인간이 사는 세상이 아니야."

지문 바깥, 황해에서는 인간의 질서가 통용되지 않는다. 이제는 신선에게 가호를 청할 수밖에 없다.

제단 옆에는 물을 채운 통이 있다. 통 안에는 복숭아나무 가지가 잔뜩 담겨 있다. 아직 잎이 달리지 않은 가지를 간큐가 잡고 물방울을 뿌리듯이 자신과 슈쇼와 박에 대고 흔들고는 박의 안장에 꽂았다. 나무통 옆 석벽에는 작은 목패가 수없이 많이 달려 있다. 거기에서 목패를 세 개 쥐어 그중 하나를 슈쇼의 목에 걸었다.

"뭐야?"

"너에게는 필요 없을지도 모르지만 일단 가지고 있어."

슈쇼는 목패를 손에 들고 보았다.

"부적?"

"견랑진군犬狼眞君의 부적이다. 황해를 오가는 자를 수호해주시지.”

간큐는 낡은 목패를 자신과 박에 건다. 먹색이 번졌지만 일부러 낡은 것을 골랐다. 여기서 부적을 빌린 사람은 무사히 황해를 나오면 사당에 그 사실을 감사하며 반납한다. 낡을수록 그만큼 오랫동안 길 떠나는 사람들을 지킨 셈이라 다들 낡은 목패를 고른다.

슈쇼는 사당을 돌아보았다. 그러면 저 상이 견랑진군일까.

“견랑진군이 누군지는 들은 적도 없어.”

“불손한 소리 하지 마. 황해에서 매달릴 수 있는 유일한 분이시니까.”

“신이라면 잔뜩 있잖아?”

“황해는 신이 버린 땅이야. 그곳에 일부러 내려와 인간을 구해주는 분은 진군밖에 없어.”

“흐응…….”

슈쇼가 중얼거렸을 때 낮은 북소리가 들렸다. 등뒤 광장이 물을 끼얹은 듯이 조용해졌다.

지문이 열린다.

003

황해를 둘러싼 금강산의 산기슭은 정상이 운해를 꿰뚫을 정도니 폭 또한 예사롭지 않았다. 벽처럼 치솟은 준봉을 관통하는 넓은 길에도 금강산의 너비만 한 거리가 있었다.

지문이 열리면 깎아낸 것처럼 가까이 붙은 봉우리와 봉우리 사이에 넓은 골짜기가 이어진다. 지문 앞에서 협곡의 양쪽 기슭 절벽이 점차 높아지고, 굽이치는 깊은 협곡 길은 실제로는 오르막이지만 마치 땅속 밑바닥으로 내려가는 것 같은 착각을 일으켰다.

협곡의 길 너비는 육백 보. 이는 기마를 거느리고 대열이 오갈 수 있는 넓이다. 성채로 가는 병사를 선두로 사람들은 황해로 걸음을 서두른다. 길 여기저기, 길 좌우를 끼고 있는 바위 여기저기에는 반쯤 투명하게 눈이 얇게 남아 있다. 바람은 불지 않지만 온기 또한 없다.

춘분의 태양은 앞쪽 금강산에 길게 가로막혀 동트기 전 어슴푸레한 어둠이 오래갔다. 그래도 협곡이 깊어지면서 마침내 그 위에 실개천처럼 가로놓인 하늘이 색을 바꾸더니 약한 햇살이 쏟아지기 시작했다. 태양이 산등성이에 달한 무렵에 협곡을 삼삼오오 나아가던 사람들은 걸음을 멈추고 소리를 질렀다.

협곡 끝에는 거대한 문이 가로막고 서 있다. 안쪽으로 기운 것처럼 보이지만 그만큼 거대하기 때문에 그리 보일 뿐이다. 문은 이 층, 1층은 거대한 바위 하나를 파낸 것으로 여기에 사람 키의 몇십 배는 될 붉은 대문이 꽉 닫힌 채 우뚝 서 있다. 2층의 높은 보루는 붉은 기둥에 푸른 기와, 중앙에 작게 문이 있지만 여기에는 문짝이 없고 그 위에 검은 편액에 금색으로 '영건문'이라 적혀 있다.

"이게……."

슈쇼가 작게 소리쳤다.

"요마의 그림이 있어."

붉은 대문에는 기묘한 모습의 요마인지 요수인지 모를 생물 모습이 새겨 있었다. 용의 몸에 커다란 두 날개가 있다.

"영건문을 지킨다는 영수靈獸야. 천백天伯이라고 하지."

영건문은 높지만 하늘을 나는 기수만 있으면 절대 지날 수 없는 문은 아니다. 2층에는 문이 있는데다 상공이 뚫려 있다. 그러나 2층 보루에는 천백이 있다. 천백이 금기를 어기고 황해에 들어가려 하는 자에게 벼락을 내려 혼백을 잡아먹는다고 한다.

간큐의 이야기를 듣고 슈쇼는 왠지 모르게 숙연한 마음으로 거대한 문을 우러러보면서 걸음을 떼었다. 슈쇼와 마찬가지로 영건문으로 향하는 사람들은 한결같이 무거운 침묵에 휩싸여 있었지만 문 앞에 걸음을 멈추자 한층 강한 긴장감이 흘렀다. 문 앞의 바위 턱에는 절벽을 깎은 보장 같은 것이 몇 겹으로 둘러싸고 있지만 현재는 그곳에 사람 모습은 보이지 않는다. 문은 정오에 열린다.

시간이 조금 남았다. 여전히 긴장감이 흐르는 협곡에 마침내 머리 위 높은 보루에서 나직한 포효가 울려 퍼졌다. 결코 큰 소리는 아니다. 낮게 공기 밑바닥을 흔들더니 계속해서 진동이 느껴지는 소리다. 포효라기보다는 그르렁거림이었다. 겁먹은 듯이 주위를 둘러보는 사람들이 웅성거리면서 소리는 으르렁거리는 소리에서 술렁임으로 음색을 바꿔 계속해서 이어지는 것처럼 들렸다.

"뭐야……."

슈쇼도 작게 외쳤다. 간큐가 슈쇼를 제지했다.

"천백의 목소리야. 괜찮으니까 지켜봐."

간큐는 문의 보루를 가리켰다.

쑥색 보루, 바람도 없고 머무는 새도 보이지 않는다. 천백의 목소리와 사람들 술렁거림의 잔향이 사라지자 주위에는 엄숙한 침묵이 찾아왔다.

그러더니 지날 수 없는 높은 보루의 문에 사람이 나타났다. 처음에는 작고 검은 그림자로밖에 보이지 않았던 것이 대문의 바위 위에 서더니 사뿐히 공중에 내려섰다. 천천히 가라앉듯이 내려오는 그림자가 노인이라는 사실은 대문 중간을 지날 즈음에야 알 수 있었다. 어디에든 있을 법한 노인은 사람들의 시선을 모으며 천천히 내려와 붉게 칠한 대문 아래로 내려섰다. 이것이 천백. 전화轉化한 모습이다. 적어도 사람들은 그렇게 말한다. 노인의 손발을 포박한 검은 강철이 그 증거라고 한다.

노인은 문 중앙에 내려서 모두에게 공수했다. 그러고는 발길을 돌려 거대한 대문에 손을 짚었다. 높이 사십 장 이상, 너비 이백 보 이상의 대문 한쪽 무게는 얼마나 될까. 그런 문이 가볍게 열리기 시작했다.

천천히 문이 열리자 동시에 그곳에서 따뜻한 바람이 불어 들어왔다. 사람들 옷을 쓸어 올리고 머리를 흐트러뜨리며 협곡을 내리 분다. 건의 사람들이 무엇보다 두려워하는 황해의 바람이다.

노인이 문을 여는 동작으로 양팔을 펼치자 대문이 서서히 열렸다. 그 너머에는 이쪽과 마찬가지로 대열을 짠 한 무리 군사들을 선두로 마치 거울처럼 많은 사람들이 모여서 마른침을 삼켰다.

노인은 숙연히 문 바로 앞에서 바깥으로 양팔을 펼치고 걸어간다. 문은 손에 밀려 움직이더니 마침내 활짝 열렸다. 노인은 거기서 걸음을 멈추고 이번에는 문 너머를 향해 공수하고 홀연히 사라졌다. 동시에 환호성이 들끓었다.

환호성은 협곡을 흔들었다. 바람이 불며 윙윙거리고, 문 앞 선두에 선 병사들이 달려나왔다.

문 바로 앞에 있던 병사들은 기마를 채근해 활과 창을 쥐고 정면 협곡으로 달려 들어간다. 인파 저편으로 협곡에 뚜껑을 덮은 듯한 돌벽이 보였다. 황해 안쪽에 있던 병사들은 마찬가지로 기마를 재촉해 그들과 엇갈린다. 격려하는 목소리가 오갔다. 그들은 작년 춘분부터 일 년, 성채에서 건과 건으로 돌아가는 사람들을 지켜왔다. 일 년이 지나 황해를 나온 기쁨에 환호를 지르고, 활을 쥔 채 문을 넘자 바위 턱의 보장을 향해 달려 올라가 그곳에서 마지막 진을 펼쳤다.

기수가 그들을 스쳐 날아간다. 앞장서서 곧장 황해로 들어가는 기수는 내일 정오까지 황해를 돌고 돌아오는 엽시사 무리다. 그 뒤로 여유 있게 움직인 것은 하지까지 황해에서 지내려는 호기 넘치는 자들이나 동지부터 황해에서 지내고 무사히 춘분에 이른 자들이었다. 황해에 익숙지 않은 승산자들은 그들을 넋 놓고 지켜보다가, 그 시끌벅적한 광경에 허둥지둥 기마에 타고 문 안팎으로 달려가 뒤섞였다. 기마 없이 걸어가는 자도 정신을 차리고 달렸다.

"굉장하다……."

슈쇼의 중얼거림은 환호성과 소란에 파묻혀서 간신히 희미하게 간큐에게 들렸다.

"이게 안합일安闔日이다."

간큐는 웃었다. 황해의 두려움은 뼈저리게 알고 있지만, 사령문이 열리는 안합일의 의식 같은 한순간만은 마음에 든다.

"굉장하구나."

"되돌아가려면 지금이 마지막 기회야."

간큐의 말에 슈쇼가 그를 돌아보며 쳐다본다.

"지금 돌아가면 지문의 폐문 시각까지 도착할 수 있어."

슈쇼의 목소리는 시끌벅적한 속에서도 똑똑히 들렸다.

"싫어."

"정말로 가려고?"

"갈 거야. 공국에는 왕이 필요하니까."

"그리고 네가 바로 왕이라는 거군."

"맞아. 그렇게 보이지 않아?"

드센 눈빛을 보고 간큐는 한숨을 내쉬었다. 고삐를 쥐고 박에 올라타 손을 뻗는다.

"타."

004

박은 성채를 향해 땅을 질주했다. 안합일 때마다 자재를 날라 오랜 세월에 걸쳐 만든 견고한 성채는 황해에서 처음이자 마지막 휴식지다. 날아가면 한순간일 거리지만 이미 협곡 상공에 날개가 여럿 보인다. 소란과 공국이 황폐해진 것을 알아채고 모인 요조妖鳥의 날개다.

협곡이 깊어서 상공에서는 잘 보이지 않는지 여기에서 요마에게 사로잡힌 불행한 사람은 적었다. 인파에 뒤처지지 않고 성채까지 서둘러 가면 큰 위험은 없다. 성채의 길에 꽉 들어찬 성문으로 달려가자 그곳부터는 돌로 된 굴이 이어져 있다. 곳곳에 마련한 천장의 채광창에서 약한 빛이 쏟아졌다. 돌과 회반죽으로 굳힌 천장을 뚫어 작게 지붕을 달아놓은 창이다. 굴뚝만 한 지붕 사방에 철책을 꽂아 요마는 막고 빛과 공기가 들어오도록 되어 있지만 굴의 크기에 비해 너무나 미덥지 못했다. 그곳에서 땅울림과 발소리가 들리는 것은 굴 위 보장으로 병사들이 뛰어 올라갔기 때문이다.

안합일, 하루 동안 그들은 성채를 사수한다. 요마가 영건문을, 건의 지문을 넘게 해서는 절대로 안 된다. 오랜 세월 대비해온 방비로 건의 방위는 견고하다. 그렇게 황해로 열리는 유일한 경계선인 건에서 황폐의 증거를 막고 있지만 요마는 서서히 공국을 침식하고 있었다. 요마가 어디에서 나타나는지는 알 수 없다. 금강산을 날아서 넘지는 못하고 사령문 또한 안합일이 아니면 요마조차 지날 수 없건만, 틀림없이 요마는 황폐한 나라를 찾아온다. 금강산에 샛길이 있다고도 하고, 황해에서 각지의 능운산으로 통하는 굴이 있다고도 하고, 일찍이 쏟아져 나왔던 요마가 왕의 안녕으로 지하로 내려가 잠들어 있다가 나라가 기우는 낌새를 맡는 순간 눈을 떠 나오는 것이라고도 한다. 모두 틀린 이야기일 수도 있고, 모두 맞는 이야기일 수도 있다.

"건 사람들은 고생이 많구나……."

박을 타고 천천히 굴을 통과하는데 뒤에서 슈쇼가 중얼거렸다.

"조만간 공국 전체가 이렇게 될지도 몰라. 하지만 다른 도시에는 건만 한 방비가 없지."

"어째서 요마가 있는 걸까……. 내가 천제라면 다 없애버리겠어."

간큐가 쓴웃음을 지었다.

"옥좌 다음이 천제의 자리인가? 너는 정말로 욕심이 많구나."

"필요한 일을 제대로 해줄 사람이 없으니까 이렇게 어린 내가 이것저것 고민하는 거야."

"아무튼 힘내서 황해에서 목숨은 부지하기를 바란다."

"뭐야, 아저씨가 지켜주는 거라고. 그러라고 고용한 거니까."

간큐가 두 손 두 발 다 들고 하늘을 올려다보았을 때 앞쪽에 빛이 보였다. 횃불의 불빛이 아닌, 하얗고 흔들림 없는 햇발이다.

굴을 빠져나가자 성채 내부였다. 작은 고을만 한 체제를 갖춘 성인지 마을인지 모를 곳이었지만, 간큐의 주위에서 마찬가지로 행장을 갖춘 사람들이 안도하듯이 또는 감탄하듯이 숨을 내쉬는 소리가 들렸다.

"굉장해, 마을이 있어."

"마을이라고 할 만큼 거창한 곳은 아니지만."

마을의 길은 좁았다. 간신히 기마 두 마리가 나란히 지날 수 있을 정도의 너비, 양쪽에 낮은 석조 건물이 꽉 들어차 있다. 길도 돌로 덮여 있다. 굴속 같은 채광창을 뚫어 어둡지는 않지만 그다지 밝지도 않았다. 습기가 차 있고 사방의 석재는 낡고 황해 특유의 열기가 들어차 있다. 결코 편한 곳은 아니지만 이곳이 진정 인간 세상의 끝이었다. 흙바닥에서 자야 하는 최소한의 시설이기는 해도 여기라면 묵을 곳이 있고, 변변치 않지만 식사도 나온다. 원래는 건을 지키는 군대를 위한 시설이지만 지극히 평범한 나그네도 혜택을 누릴 수 있다.

간큐와 슈쇼도 은혜를 입어 봉당에서 쉬며 하룻밤을 지냈다.

슈쇼는 성채에 무리 지은 요마 소리에 밤새 잠들지 못했는지 낯빛이 안 좋았다. 간큐가 마지막으로 사당에 참배하러 가겠다고 하자 얌전한 얼굴로 따라왔다. 마찬가지로 마지막으로 안전을 기원하는 사람들로 좁은 마을 사당 앞은 장사진을 이루었다.

잠시 기다린 끝에 간큐와 슈쇼는 제단 앞으로 나아갔다. 바로 옆에는 건의 도성 같은 공간이 있어 사람들이 그곳에 모여 성채 대문이 열리기를 기다렸다. 그중에는 두 사람을 발견하고 놀라서 손가락질하는 사람도 있었다. 일부러 사람들을 헤치고 나와 슈쇼의 얼굴을 구경하려는 사람까지 있었다. 아무래도 슈쇼는 이미 성채 안에서 유명한 듯했다.

"저렇게 어린 아이가 왜……."

"일행인가? 너무하는군."

"설마. 오후에 건으로 돌아가겠지. 별난 구경꾼일 거야."

슈쇼는 수군대는 목소리가 들리는 쪽을 경멸을 담아 쳐다보고는 움막 같은 사당을 향해 고개를 숙였다.

황해로 가는 여행자의 수호신 견랑진군, 온화한 얼굴에 몸을 덮은 가죽 갑옷, 어깨에 몇 겹이나 두른 끈.

"어깨에 두른 끈은 뭐야?"

슈쇼는 작은 목소리로 간큐에게 물었다.

"글쎄. 진군은 고鼓라는 요마의 가죽으로 만든 갑옷을 입고,

요마에게 주기 위한 옥을 엮은 끈을 감고 있다더군."

"요수와 요마는 옥을 좋아해? 요수는 기수를 말하는 거지?"

"요수 중에 기수로 삼을 수 있는 존재가 있다고 해야겠지. 기수나 요마 중에는 옥에 취하는 놈이 있어."

"취한다고? 어른들이 술을 마실 때처럼?"

"그렇지 않을까. 나도 잘은 모르지만 꼭 얼큰하게 취한 인간 같은 상태가 되니까 취한다고 말하더군."

"신기하네. 그런 지식은 상학에서 배우지 못했어."

"그야 그렇겠지. 요마와 요수에 대해서는 모르는 것이 많아. 요마와 요수가 어떻게 다른지도 솔직히 잘 모르는 지경이니까."

슈쇼는 눈을 동그랗게 뜨고 간큐를 쳐다보았다.

"요마는 사람을 덮치지만 요수는 사람을 덮치지 않잖아?"

"보통 사람들은 그렇게 말하지. 하지만 요수도 함부로 곁에 다가가면 사람을 공격해. 요마처럼 특별히 원해서 인간을 사냥하지는 않지만."

"흐음……."

"엽시사 중에는 요마와 요수는 애초에 똑같은 놈들인데 인간을 사냥하는지 아닌지로 이름이 바뀔 뿐이라고 말하는 놈도 있지만 요마 중에도 특별히 인간을 사냥하지는 않는 존재가 있어. 요수는 길들일 수 있고 요마는 길들일 수 없다고 하지만, 모든 요수를 길들여 기수로 삼을 수도 없어. 나라가 황폐해졌을 때 나오는 놈이 요마고 그렇지 않은 존재가 요수라고 하는 사람도 있지만, 요수 중에도 나오는 놈이 있지. 단, 요마는 기를 수 없어. 해가 없는 벌레를 잡아서 길들이려 한 사람도 있었던 것 같은데 잡자마자 죽었다지. 죽으면 그것을 감지한 것처럼 어디에선가 거물이 나타나."

"왜 그럴까."

"글쎄. 요마가 사람 사는 마을을 배회해도 죽는 건 아니니까 인간 세상에 약한 것은 아니겠지. 잡히면 바로 죽는 주제에 죽이려 해도 좀처럼 죽지 않아."

"흐응……."

슈쇼는 사당 앞에서 멀어진 간큐를 뒤따라갔다.

"요마는 인간을 사냥해. 너, 그래도 정말로 괜찮겠어?"

"황해 안에는 야목이 없어?"

산과 들에서 새와 짐승의 열매를 맺는 야목 아래라면 요마도 요수도 덮쳐오지 않는다.

"황해에서 야목을 본 사람은 없어. 애초에 평범한 새와 짐승은 황해에 없어. 엽시사 중에는 요수의 나무를 찾고 있는 놈들도 있지만 찾았다는 이야기는 들은 적이 없군."

"그렇구나. 굳이 사냥하지 않더라도 요수가 열리는 나무를 찾으면 간단할 테니까."

"그렇지. 요마도 나무를 찾으면 간단하지."

"그러겠네. 야목 주위를 포위하고 있다 태어나자마자 죽이면 되니까."

슈쇼는 얼굴을 살짝 찌푸렸다. 아이가 열리는 이목里木, 야목은 신성한 나무다. 어떤 짐승도 나무 아래에서는 서로 덮치지 않는다. 나무 아래에 있으면 요마라 할지라도 공격해오지 않는다. 그런 신비로움에 경의를 표해 나무가 보이는 장소에서는 결코 살생해서는 안 된다고 한다.

"요마에게는 어린 개체가 없는 걸까. 작은 요마는 들어보지 못했어."

"없다더군."

"정말로?"

슈쇼의 물음에 간큐가 고개를 끄덕였다.

"나는 본 적이 없어. 봤다는 이야기를 들은 적도 없어."

"신기하네……."

"놈들이 태어나는 나무가 어디에 있는지, 놈들의 수명은 어느 정도인지, 어째서 요마와 요수는 수컷밖에 없는지, 지혜는 있는지, 인간 말을 알아듣는지, 요마는 어디에서 나타나는지, 무슨 낌새를 맡고 나오는지, 아무것도 몰라. 모르니까 확실히 몸을 지킬 방도가 없어."

"흐응……."

슈쇼가 중얼거렸을 때였다.

"아, 무사히 도착했구나."

밝은 목소리가 들려서 슈쇼는 사람들을 돌아보았다.

"오빠!"

신기하다는 듯이 슈쇼와 간큐를 구경하던 사람들 틈에서 리코가 손을 흔들었다.

"어째서 오빠가 이런 곳에 있어?"

눈을 휘둥그렇게 뜨고 달려온 슈쇼를 보고 리코가 웃는다.

"무사히 도착했는지 걱정돼서. 하쿠토는 어쨌지?"

슈쇼는 고개를 축 늘어뜨렸다.

"오빠가 애써 증서를 받아주었는데 도둑맞았어……."

리코는 그러냐며 위로하듯이 슈쇼의 등을 도닥였다.

"그런데 용케 건에 도착했구나. 역시 함께 왔어야 했나."

"괜찮아. 엄청 분하고 하쿠토가 그립지만 그 일 때문에 투지가 끓어올랐으니까."

슈쇼의 말에 리코가 활짝 웃었다.

"그랬군."

"그런데 어째서 오빠가 황해에 있는 거야?"

"슈쇼 혼자서는 여러모로 난처한 일이 있지 않을까 싶어서."

슈쇼는 리코의 서글서글한 미소를 쳐다보았다.

"혹시 함께 가주는 거야?"

"호위는 있는 편이 좋겠지? 슈쇼는 야무지지만 아무리 생각해도 무기를 들고 요마와 싸우는 일과는 맞지 않을 테니까."

리코는 웃더니 허리에 찬 검을 가리켰다.

그 동작에 웃음으로 화답한 슈쇼의 어깨를 간큐가 쿡쿡 찔렀다.

"너, 이 녀석은……."

"아아, 건에 오는 길에 친절하게 대해준 사람이야. 리코라고 해. 함께 가준대."

"뭐?"

"역시 내 인덕일까. 리코, 이 사람은 간큐야. 호위로 고용했는데, 당연히 호위는 숫자가 많을수록 좋아."

"그야 그렇지."

대답하고 상냥한 미소를 지은 청년을 간큐는 어이없는 기분으로 보았다.

"너, 이 녀석을 쫓아서 여기까지 왔다고?"

"슈쇼 같은 어린 소녀가 황해라니, 역시 신경쓰이지 않겠어요?"

"황해에 간다는 것을 알고 있었나?"

"슈쇼가 그렇게 말했거든요."

간큐는 리코의 웃는 낯에 호통쳤다.

"들었다면 웃지 말고 말려!"

그는 생긋 웃었다.

"그런 당신은요? 막지 않았습니까?"

간단히 받아쳐서 간큐는 절로 말이 막혔다.

"막으려고는 했어."

"막을 수 없었겠죠. 그럴 거라고 생각해요."

할말이 없어진 간큐는 태평하게 웃는 낯을 노려보았다.

"간큐, 싸움은 안 돼. 다 큰 어른이잖아. 호위끼리 사이좋게 지내."

그렇게 말하고는 의기양양하게 간큐를 올려다보는 소녀의 웃는 얼굴이 얄밉다.

"……돌아갈 마음은 없는 건가. 지금이라면 아직 건으로 돌아갈 수 있어."

"몇 번 물어도 마찬가지야. 간큐는 내가 고용했어. 얼른 안내해."

슈쇼가 '얼른'이라고 말했지만 황해로 나가는 성채의 문이 열린 것은 그로부터 상당히 지난 뒤였다. 머리 위 보장이 잠잠해진 기척이 나고 문 너머에서 문이 열리기를 재촉하는 목소리가 들리더니 그제야 문 앞에 서 있던 병사가 빗장을 벗겼다.

비린내와 함께 강렬한 빛이 비쳐 들어 슈쇼는 실눈을 지었다. 병사의 채근에 이미 여장을 갖춘 사람들은 머뭇머뭇 바깥으로 발을 내디뎠다. 그 줄을 따라 슈쇼와 간큐도 바깥으로 나왔다. 비린내가 날 수밖에 없었다. 성채를 나온 광장 구석에는 짐승의 사체가 어마어마하게 쌓여 있었다.

"간큐, 저기 봐……."

사체를 가리키는 슈쇼를 보며 간큐가 고개를 끄덕였다.

"돌아가고 싶어졌나?"

"웃기지 마."

슈쇼는 그렇게 말해놓고 저도 모르게 뒤돌아보았다. 기수를 가지러 간 리코의 모습을 찾았다. 이내 사람들을 헤치고 나오는 리코가 보였다. 리코가 슈쇼를 발견하고는 손을 들었다. 슈쇼는 전혀 주눅들지 않은 그의 웃는 얼굴에 마음을 살짝 놓았다.

성채 위의 보장에도 부근 바위 턱 위에도 병사들이 서서 하늘을 노려보고 있었다. 머리 위에는 따스한 푸른 하늘이 펼쳐져 있다. 일단 아무 모습도 보이지 않는다.

슈쇼는 가볍게 한숨을 내쉬고 광장에 모인 사람들을 바라본

뒤 광장에서 곤두박질치는 듯한 경사로 내려가는 바위투성이 비탈을 보았다. 그 아래에 펼쳐진 것은 온통 초록빛 밀림. 이것이 황해다.

양쪽에서 압박하는 금강산 말고는 특별히 이렇다 할 것도 없는 광경으로 보였다.

"황해도 의외로 평범하네."

슈쇼의 말을 듣고 간큐는 마음속으로 '글쎄다' 하고 중얼거렸다. 간큐는 황해를 잘 안다. 그렇지 않은 엽시사는 살아남을 수 없기 때문이다.

광장에 모인 사람들 무리에서 삼삼오오 멀어지는 사람들이 있다. 지금부터 다음 안합일까지 황해에 머물며 사냥하는 엽시사들이다. 뒤따르려다 말고, 움직이지 않는 사람들을 어찌할 바 모르고 돌아보는 이가 승산자들이다. 남은 승산자 무리가 오백 명 가까이 된다.

승산자는 저마다 많은 종자를 거느리고 있었다. 개중에는 몇십 명의 호위 무사를 데리고 온 사람까지 있다. 대부분 무기를 들었고 마차로 대량의 물자를 나르는 사람도 있었다. 진짜 승산자는 여든 명 남짓쯤 될까.

그것을 확인하고 간큐는 안도의 한숨을 내쉬었다. 기린이 왕의 선정에 들어가 승산이 가능해진 지 스무 해, 그만한 세월이 흐르면 승산하는 사람 숫자는 당연히 줄어든다. 아무리 공국에서 열린 안합일이라 해도 이 정도면 많이 모였다. 이들의 은혜로 간큐의 여정은 고생이 훨씬 덜하리라.

어찌되었든 나만 살면 되니까 내 종자는 나만을 위해서 있고 물자 역시 나만의 것이라고 말하는 사람은 없다. 생각은 하더라도 입 밖으로 꺼낼 만한 이야기는 아니었다. 그들은 이제부터 하늘에 자신의 인격을 시험받을 것이다.

종자의 보호와 그들이 가져온 풍부한 물자의 은혜는 필요하다. 박 한 마리에 실을 수 있는 짐에는 한계가 있는데 여정은 길기 때문이다. 짐은 전부 최소한, 마음놓을 만큼 넉넉하게 실을 수는 없으니까 불의의 사태가 일어나 물자가 떨어지면 박의 튼튼한 다리만 믿고 단숨에 나머지 여정을 비행해야만 하는 상황이다. 하지만 하늘을 날면 요마의 표적이 되기 십상이다. 육로보다도 공로가 훨씬 위험했다.

"좋아, 운이 좋군."

간큐가 혼잣말을 하는데 리코가 곁으로 다가왔다. 데려온 기수를 보고 간큐는 입이 떡 벌어졌다.

"……추우다."

리코가 웃었다.

"맞아, 간큐 씨도 기수를 좋아하는군."

웃는 리코의 소매를 슈쇼가 잡아당긴다.

“간큐는 엽시사야.”

“호오.”

리코의 감탄인지 놀라움인지 모를 목소리를 들으면서 간큐는 저도 모르게 추우 앞에 무릎을 꿇었다.

“굉장하군. 이놈은 설마 댁이 잡은 건가?”

“당치도 않아. 받은 거야.”

“받다니.”

간큐는 더욱 놀라서 태연히 말하는 리코의 웃는 얼굴을 쳐다보았다. 추우 한 마리를 포획해 팔면 두 번 다시 황해에 들어가지 않아도 된다.

“그렇게 손 큰 인간과 안면 좀 트고 싶군.”

“간큐 씨는 박인가. 이 녀석은 직접 잡았어?”

“그냥 간큐라고 불러. 추우를 주고받는 신분인 분께서 ‘씨’라고 부르면 꿈자리가 뒤숭숭해져.”

간큐는 감탄해 고개를 저으며 추우를 살폈다. 간큐도 추우를 가까이에서 본 적은 손에 꼽을 정도다. 포획하려다 놓친 적이 한 번. 빠르고 세고 교활한 짐승은 쉽게 덫을 빠져나가 분풀이로 동료 세 사람을 후려치고 도망쳤다. 목숨을 잃은 사람이 나오지 않아 다행이었다.

추우는 흰색이 눈에 띄는 놈과 검은색이 눈에 띄는 놈이 있는데, 이놈은 하얀 쪽이었다. 눈앞에 있는 추우처럼 하얀 바탕에 검은 줄무늬로 보이는 쪽이 그렇지 않은 추우보다 많다. 어느 쪽이건 다르지 않은 복잡한 빛깔을 띤 눈과 긴 꼬리. 들여다보는 간큐를 돌아보는 추우에게는 패기도 없거니와 분노도 없다. 어딘지 모르게 초연함마저 엿보이는 것이 적어도 예전에 본 사나움은 느껴지지 않았다. 이렇게까지 길들이기도 큰일이었으리라.

넋 나간 표정으로 일어난 간큐에게 슈쇼가 경쾌하게 말한다.

“나는 리코에게 태워달라고 할래. 내가 타도 세이사이는 신경 쓰지 않는대.”

“아, 예예. 그야 박보다 추우가 좋겠지요, 아씨. 하지만…….”

슈쇼는 고개를 갸웃했다.

“당신은 바보야?”

“뭐라고?”

“누가 그런 이야기를 했어? 우리는 유유자적 유람하며 길을 거니는 게 아니야. 여기가 황해라는 사실을 알고 있어?”

간큐가 눈을 깜빡거리자 리코가 폭소했다.

“나는 가볍지만 그래도 내가 타면 기수는 그만큼 부담을 받아. 여차할 때에 어느 쪽이 영향이 없을지 말한 거잖아.”

“이거 실례했습니다.”

"세이사이는 나 정도의 무게는 영향이 없다고 하니까 세이사이에 탈 거야. 그런데 간큐의 박은 이름이 뭐야?"

"이름 같은 것은 없어."

간큐는 퉁명스럽게 대답했다.

"붙여줘."

"붙이고 싶으면 네가 마음대로 붙여. 하지만 남의 말은 끝까지 들으라고. 잘 들어, 기수 옆에서 떨어져서는 안 되지만 타지는 마."

"어째서."

"어차피 걷는 종자들이 있어. 행렬은 걷는 속도로밖에 나아가지 않아. 걸으면서 해야 할 일도 있어. 황해에 들어가면 꾀부릴 생각일랑 마."

"하지만……."

입을 뗀 슈쇼를 간큐가 가로막았다.

"잠자코 내 말대로 해."

슈쇼는 고집 센 얼굴로 간큐를 쏘아보았다.

"누가 고용주인지 잊지 않았어?"

"안 까먹었어. 나는 너를 무사히 봉산에 데려다줬다가 인간 세상으로 돌려보내야 해."

"돌아가는 길은 필요 없을지도."

"떠들고 싶은 대로 떠들어. 나는 분명히 네 호위로 고용되었지만 그까짓 돈에 목숨까지 판 기억은 없으니까."

간큐는 울컥한 표정으로 입을 다문 슈쇼를 보다가 리코 쪽으로 시선을 돌렸다.

"댁은 황해에 와봤어?"

"유감스럽게도 한 번도 없어."

"요마와 싸운 적은?"

"그거라면 몇 번 있지."

간큐는 남몰래 한숨을 쉬었다. 요컨대 초보자 두 사람이라는 소리다. 한숨을 들었는지 리코는 면목없다는 듯이 말했다.

"황해에 대해 배울 생각으로 명령이라면 뭐든 따를게."

"당연히 그래야지."

힘없이 대꾸했을 때, 광장에 모인 사람들 무리가 언덕 쪽부터 무너졌다. 드디어 움직이기 시작했다.

"슈쇼는 추우와 박 사이로 걸어. 간다."

005

광장에 포진한 병사에게 전송받으며 사람들은 바위밭을 내려갔다. 눈앞 숲에는 한줄기 길이 이어졌다. 길 너비는 간신히 마차가 지날 정도. 금강산으로 내려가는 계곡을 따라 오랜 세월 동안 승산자들이 지나다니면서 생긴 길이다.

집단으로 오산을 간다지만 특별히 대열이 조직되어 있지는 않다. 흩어지면 위험해서 다들 누군가의 곁에 있다 보니 하나의 집단처럼 보이는 것뿐이다.

바위밭을 내려가 숲으로 들어간다. 마침 정오를 조금 지난 무렵에 모두가 쉴 수 있을 만한 초원이 나왔다. 아침에 성채를 나서면 아무래도 비슷한 무렵에 비슷한 장소에 이른다. 쉴 곳을 만들기 위해 나뭇가지를 꺾고 어린 나무를 쓰러뜨리는 행위를 몇백 년 동안 되풀이한 결과 이렇게 그럴싸한 장소가 생겼다. 그곳에 접어들었을 때, 마침 멀리 등뒤에서 종과 북 소리가 들렸다. 깜짝 놀라 다들 뒤를 돌아보았다. 이제는 밀림의 나무숲에 가로막혔지만 그들의 뒤에는 영건문이 있다. 그 문이 지금 닫혔다. 이제 되돌아갈 길은 없다.

너나없이 그곳에서 낙심한 것처럼 걸음을 멈추고 쉬었다가 걱정을 떨쳐낸 것처럼 일어나 또 걸었다. 그들은 오르락내리락하는 숲만 이어지는 산을 내려갔다. 그사이에 불과 열두 살에 승산한 소녀는 벌써 유명해졌다. 누구나 머나먼 황해까지 온 용기를 거리낌없이 칭찬했다.

"슈쇼 같은 백성이 있으니 공국도 아주 절망적이지는 않군."

"이런 용기를 어른들도 보고 배웠으면 좋겠어. 온 나라의 어른과 아이가 모두 슈쇼 같다면 나라가 망할 일도 없을 거야."

찬사는 간큐와 리코에게도 돌아왔다.

"단둘이서 소녀를 지키며 봉산에 오다니 요새 이만큼 의협심이 강한 자는 좀처럼 드물지."

용기가 아니라 무모함이며 의협심이 아니라 단순히 주머니 사정 때문이었지만 간큐는 이런 찬사를 고맙게 받아들였다. 지금은 제각기 모여 있을 뿐인 집단도 황해를 건너는 한 달 반 남짓한 여정 동안 나름대로 조직된다. 평소에 도당을 짜지 않는 엽시사조차 황해에 들어오면 자연히 그렇게 된다. 결국 이 중 누군가를 우두머리 삼아 뭉치게 될 텐데 적은 만들고 싶지 않다.

해가 지면 요마는 활발해진다. 금강산 산등성이에 태양이 접할 무렵, 너 나 할 것 없이 슬슬 야영을 준비해야 하지 않느냐는 말을 꺼냈고, 마침 사람들이 머문 흔적이 남아 있는 탁 트인 초원이 나와서 느릿느릿하게 대열이 멈추었다. 특별히 호령이 있는 것이 아니고 모두가 멈출 생각을 할 때까지 대열은 멈추지 않으니까 실제로 야영 준비를 시작한 무렵에는 벌써 황혼이 졌다. 어떤 사람은 허둥지둥 천막을 치고, 천막이 없는 사람은 서둘러 땔감을 찾으러 갔다.

그 모습을 곁눈으로 보면서 간큐는 숲을 둘러보고 적당히 야영지를 정했다. 빈터에서 숲으로 조금 들어가 있는 나무를 골라 박을 묶는다.

"간큐, 저쪽 들판이 좋아."

"안 돼. 슈쇼는 여기에 돌을 쌓아. 리코, 이쪽 나무에 추우를 묶어."

슈쇼는 무뚝뚝한 간큐의 말투에 리코를 보았지만 리코는 간큐가 가리킨 나무에 얌전히 세이사이를 묶었다. 하는 수 없이 슈쇼도 따라서 주변에서 돌을 찾아 간큐가 말하는 대로 쌓았다.

"뭐야, 황해에 오더니 갑자기 윗사람이라도 된 것 같네."

간큐는 중얼거리는 슈쇼의 목소리에 개의치 않고 쌓은 돌을 아궁이 형태로 정리하더니 아궁이 삼면을 둘러싸듯이 꺾은 나뭇가지를 나란히 세우고 불을 지핀다. 여기까지 오는 길에 이미 슈쇼와 리코에게 눈에 띄는 대로 마른 가지를 줍게 했다. 어느 정도 모이자 슈쇼를 기수에 태우고 가지를 작은 다발로 나누어 잡초로 묶어서 싣고 가게 했다. 이건 습관을 들여야 한다. 해가 저물어 땔감을 찾으면 늦는다. 발치를 보면서 마른 가지를 찾고 있으면 눈뜨고 요마에게 습격의 기회를 줄 뿐이다.

그런 보람이 있어 슈쇼 일행은 식사 준비를 일찍 마쳤다. 꾸물꾸물 천막을 친 사람들이 간신히 밥을 지으려고 할 무렵에는 이미 다 정리하고 불을 끄고 기수 두 마리 사이에 천을 펼쳤다.

"불은 꺼도 돼?"

슈쇼가 묻자 간큐는 고개를 끄덕였다.

"괜찮아. 뒷정리 끝나면 자."

리코가 대화에 끼어들었다.

"이런 곳에서 마음놓고 자도 괜찮은가?"

"상관없어. 어지간히 운이 나쁘지 않고서야 사흘은 습격받지 않아."

"어째서지?"

간큐는 슬쩍 웃었다.

"성채가 있으니까."

"모르겠군. 화살의 사정거리가 아닐 텐데?"

"화살은 닿지 않아도 피 냄새는 전해지지."

"피……."

"놈들은 피 냄새가 나는 곳에 모여들어. 간밤의 습격으로 사람들과 요마가 죽었잖아. 피를 흘린 곳이 있으면 사흘 정도는 안전해. 그 정도면 놈들은 근처까지 와도 피 냄새를 맡고 그쪽으로 간다."

간큐는 그렇게 말하고 박을 눕히고 그 옆에 바싹 다가붙어 누웠다.

"리코, 댁은 추우를 베개 삼아 자. 내가 박 옆에 있을 테니까 슈쇼는 그 사이에서 자."

"세이사이 곁이 좋아."

"내 말대로 해. 요마가 오면 맨 먼저 기수가 알아챈다. 기수가 움찔하는 기척만으로 눈을 뜰 사람이 곁에 없으면 의미가 없어."

"뭐야, 나도 일어날 수 있어."

"글쎄다."

슈쇼는 야유하듯이 웃은 간큐를 노려보고 외투를 끌어당겼다. 황해 안쪽은 바깥보다 따뜻하다. 걸을 때는 외투가 필요 없었지만 잘 때는 쌀쌀했다.

"실례네. 바로 일어날 수 있어. 어린아이가 아니니까."

슈쇼는 반쯤 부루퉁해서 누웠다.

'광장에 사람들이 저렇게 시끌벅적한데.'

슈쇼는 불평하며 외투를 덮었다. 허세인지 황해에 와서 들떴는지 광장에 커다란 모닥불을 둘러싼 어른들은 왁자지껄 떠들었다.

고르지 않은 지면 위는 울퉁불퉁해서 자기 불편하다. 계속 걸어서 다리도 아프다. 세이사이에게 달라붙어 있을 수 없고, 잠자리는 좁고, 간큐는 잔소리가 심하다. 이래서야 과연 잠들 수 있을지.

그러나 실제로는 눈을 감았다 뜨니 이미 아침이었다.

006

간큐가 안전하다고 한 사흘이 지나도록 슈쇼를 포함해 승산자 일행은 여전히 숲속에 있었다. 따라 걷던 계곡은 이제 좁은 강의 모양새를 갖추었다.

여느 때처럼 해가 서쪽 금강산에 걸릴 무렵에 일행은 조금 넓은 함지땅에 이르러 야영을 준비했다. 늘 그랬듯 걷는 동안 땔감을 가능한 한 모으고, 언제나처럼 간큐가 정한 장소에 돌을 두고 슈쇼가 아궁이를 만들었다. 그날은 우거진 관목 그늘이었다. 무슨 나무일까, 냄새가 강하고 잎이 무성한 커다란 나무를 등지고 관목에 감싸이도록 펼친 작은 풀밭에 자그마한 아궁이를 만든다.

간큐가 식사를 준비하는 동안에 슈쇼는 바로 아래 계곡으로 물을 길으러 갔다. 오가는 길에 말을 거는 사람도 많았다.

"슈쇼, 어때, 피곤하지?"

"그렇지는 않아요."

지치지 않았다면 거짓말이겠지만 처음부터 이 정도 고생은 각오했다. 오히려 바뀌지 않는 단조로운 숲속, 고르지는 않아도 길을 따라 걷다 보니 맥이 빠질 지경이다.

"슈쇼, 어떠니, 노숙은 힘들지."

또 말을 걸어온 사람은 시쓰 기와室季和라는 초로의 남자였다. 이 사람이 일행 중에서 가장 커다란 짐과 가장 많은 종자를 거느렸다.

"그렇죠, 뭐."

"어때, 천막으로 오지 않겠니. 슈쇼 같은 어린 여자아이가 풀 위에서 자다니 딱하구나."

"마음이 동하는 권유네요."

슈쇼는 한숨을 내쉬었다. 기와의 천막은 크기도 하거니와 소문으로는 침상도 있는 모양이다. 용케 운반했다 싶지만, 하기야 그에게는 마차와 짐차가 있다.

"하지만 간큐에게 혼나요."

슈쇼가 말하자 기와는 눈살을 찌푸렸다.

"그 남자는 누구지."

"고용한 호위예요. 말했었죠?"

"강씨剛氏인가?"

"원래는 엽시사래요. 황해를 잘 알기는 마찬가지지만요."

"엽시사라. 어쩐지 불손한 남자다 싶었지."

"그건 부정 안 해요."

강씨는 승산자를 호위한다. 엽시사는 황해에서 사냥한다. 당연한 이치로 강씨는 귀중한 존재고 의지도 하지만 엽시사라니 어째서 그런 자가 일행에 있는지 다들 의아해하는 것 같았다.

"엽시사라면 전문가라고 할 수야 없지. 게다가 이야기가 통하지 않는 난폭한 인간이 많다고 하잖아. 그런 녀석과 함께여도 괜찮겠니? 힘들다면 나와 함께 가자꾸나."

"도저히 미덥지 못하면 부탁할지도 모르겠어요."

"그래, 그게 좋아. 그러도록 해라. 힘든 일이 있으면 언제든 말하려무나."

"고마워요."

기와처럼 권유하는 사람은 많다. 어린아이라는 이유가 클 것이다. 그때마다 거절하기는 아까운 마음도 들지만 간큐가 허락하지 않으니 어쩔 수 없다. 까다롭게만 구는 간큐를 버리고 천막으로 도망쳐 들어가고 싶은 마음도 들기는 해도 가진 돈을 전부 들여서 고용했으니 그러기도 분통하다.

"큰일이야."

기와와 헤어지고 잠자리로 돌아오면서 슈쇼는 중얼거렸다.

"좀더 서글서글해 보였는데 말이지……."

서글서글하기커녕 자잘한 일에 일일이 시끄럽다. 명령할 때에는 일방적이고 물어보면 성가셔한다. 황해에 와서 예민해졌나 싶기도 하지만 좀더 일찍 건에 도착해서 호위해줄 사람을 천천히 고를 여유가 있었다면 얼마나 좋았을까.

“그것도 사치일까…….”

거금을 지불했지만 열두 살 아이가 황해에 간다는 말을 진지하게 들어줄 것 같지는 않았다. 실제로 슈쇼는 간큐 덕분에 황해에 올 수 있었으니 간큐가 있으면 어떻게든 해나갈 수 있을 것이다.

중간에 몇몇이 말을 걸어서 적당히 대답하며 근래 이틀 사이 사람들 분위기가 달라진 것을 알아챘다.

대부분은 광장을 중심으로 밀집해 있다. 커다란 모닥불을 피우고 북적거렸지만, 어느새 한 무리 두 무리 벗어나 간큐처럼 조금이나마 거리를 두는 사람이 늘었다. 지금도 날이 저물기 시작한 나무숲 여기저기에 그런 사람이 흩어져 있는 것이 보였다. 그들 대부분은 천막이 없어 누름돌을 단 밧줄로 나뭇가지를 끌어내려 지붕으로 삼았다. 어떤 이는 꺾은 나뭇가지로 모닥불을 둘러싸고, 기수나 기마 바로 옆 비좁은 곳에서 자면서 간큐가 마련하는 잠자리와 비슷한 곳에 자리를 잡았다.

혹시 승산자들을 호위하는 강씨가 있는 집단인가 생각하면서 슈쇼는 물을 들고 자신의 잠자리로 돌아갔다. 마침 간큐가 그릇에 죽을 담고 있던 참이었다.

또 죽인 것을 보니 살짝 신물이 났다. 간큐가 차리는 식사는 대개 주변에서 뜯은 풀이나 말린 고기를 잘라 넣고 끓인 죽이라 아무 맛도 없었다. 아무래도 식단은 바뀔 낌새가 없고 양도 그리 많지 않다.

"봉산에 도착할 즈음에는 빼빼 마를 거야."

입속으로 투덜거리며 간큐에게 말했다.

"물 길어 왔어."

간큐는 눈을 들었지만 잘했다거나 수고했다는 말 한마디 없다.

"고생했네."

그렇게 말하며 챙겨준 사람은 물을 길어 오라고 명령한 적 없는 리코다. 슈쇼로서는 리코가 있어주어 다행이라고 생각할 수밖에 없는 상황이다. 황해에 들어오고부터 간큐는 무뚝뚝해서 숨이 막힌다.

맛없는 식사를 하는 뒤쪽에서는 불을 둘러싸고 떠들썩한 목소리가 들렸다.

"있지, 시쓰 씨가 우리도 천막으로 오면 어떠냐던데."

"안 돼."

아니나 다를까 간큐의 대답은 매몰차다. 리코가 미소 짓는다. 이 남자는 아무래도 얼굴을 찌푸리는 법을 모르는 것 같다.

"슈쇼는 지쳤니?"

"지쳤을 리 없잖아. 아직 얼마 오지도 않았는데."

"그렇구나."

"춥지 않은 것만도 다행이야. 황해는 따뜻하구나."

간큐에게 말하자 간큐는 빈 그릇을 풀로 닦으며 고개를 끄덕였다.

"지금은."

"추워져?"

"더워져. 황해는 따뜻해."

"와, 그렇구나."

중얼거리는 슈쇼의 눈앞에서 풀로 닦은 그릇에 물주머니의 물을 아주 조금 담아 헹구고 벌써 꺼져가는 모닥불에 뿌렸다. 뒤처리를 너무 대충대충 해서 처음에는 어이가 없었지만 더러움이나 불결한 것에 쌍심지를 켜도 소용없다고 포기하는 정도의 분별은 있다. 이곳은 황해니까.

"저기, 불을 꺼야 해, 꼭?"

"아가씨는 불빛이 없으면 무서운가."

간큐의 말투에 울컥하면서 슈쇼는 꺼진 모닥불을 보았다.

"그렇지 않아."

"불은 눈에 띄지 않는 편이 좋아. 오늘은 달이 있으니 불빛이 필요 없어."

간큐는 말하더니 광장을 보았다. 덩달아 슈쇼와 리코도 그쪽을 바라보았다. 환한 모닥불 불빛, 떠들썩한 목소리.

"어째서?"

"놈들은 영리해. 불이 있는 곳에는 인간이 있다는 사실을 알고 있어."

놈들, 슈쇼는 혼잣말로 중얼거렸다. 요마를 말하는 것인가.

'그렇다면…….'

슈쇼가 뒤돌아보았다.

"간큐, 저 사람들에게도 가르쳐주어야 하지 않을까?"

"쓸데없는 짓 하지 마. 놈들은 어차피 내 말 따위 듣지도 않아."

"말해보지 않으면 모르잖아."

"해야 할 말이라면 강씨 중 누군가 호의를 베풀었겠지. 엽시사가 나설 자리가 아니야."

"하지만……."

"잔말 말고 다 먹었으면 치우고 자."

007

슈쇼는 한밤중에 사람들 비명에 눈을 떴다.

맨 처음 그것은 꿈이었다. 아버지가 지르는 절규였다. 슈쇼는 철창으로 뒤덮인 집안에서 바로 옆 정원의 정원수 안을 필사적으로 응시했다. 가지런한 나무 너머에서 소리가 들린다. 비명이다. 저곳에서 아버지가 습격받고 있다. 도우러 가야 한다고 생각하건만 집 어디고 철창이 달려 있어서 바깥으로 나갈 수가 없다.

서둘러야 한다는 초조감. 그런데 어디에도 출구가 없다. 철창에 사나운 욕설을 퍼부으면서 슈쇼는 도우러 갈 수 없어 안도했다. 나갈 수 없으니까 습격받은 아버지를 보지 않아도 된다…….

소리지르고 싶은 건지 울고 싶은 건지 모를 심정으로 창살을 붙들고 눈을 떴을 때 꿈이라는 사실을 깨달았다. 안도할 겨를은 없었다. 상황이 더욱 나빠졌음을 순식간에 알아챘기 때문이다. 놀라서 벌떡 일어나려 했지만 눈을 떠보니 목소리를 낼 수가 없었다. 누군가 뒤에서 꼼짝 못하게 끌어안고 슈쇼의 입을 손으로 막고 있었다.

'뭐야?'

깊이 생각할 것도 없었다. 격렬한 목소리가 들린다. 다행인지 불행인지 슈쇼는 떠밀려서 억지로 추우와 딱 붙어 있는 탓에 눈동자를 굴려도 자신을 붙든 리코의 얼굴밖에 보이지 않았다. 밤눈에도 긴장감이 엿보이는 리코의 표정, 그는 슈쇼를 끌어안은 오른손에 검집에서 뺀 검을 쥐고 어깨 너머로 등뒤를 응시하고 있었다. 무슨 일이 일어났는지 알 수 없다. 그런데 비명이 들린다. 당황한 남자들의 외침과 고함치는 소리. 발작적으로 발버둥 치자 은밀하게 리코의 목소리가 들린다.

"조용히 해……. 내가 한 말 기억하지?"

슈쇼는 시선만 들고 고개를 끄덕였다.

간큐가 한 말. 절대로 사람들의 대열을 벗어나지 않는다. 아무리 눈앞에 보이더라도 길을 벗어나 숲으로 들어가지 않는다. 그림자가 드리우면 하늘을 올려다보지 말고 곧바로 나무 아래로 들어간다. 요마가 나오면 나무 아래나 덤불 속으로 들어가 무언가에 몸을 딱 붙이고 절대로 소리를 지르거나 꼼짝하지 않는다. 요마는 시력이 별로 좋지 않다. 나무에 꼭 달라붙어 있는 인간과 나무 기둥을 구별하지 못한다. 향기가 소나무만큼 강한 나무 곁이라면 괜히 소란을 피우지 않는 한 가까이 오지 않는다면 들키지 않는다.

들은 말을 기억한다. 기억하고 있다고 해서 떨림이 나아질 리는 없다.

비명과 말의 울음소리, 무언가를 내모는 외침, 무슨 일이 일어나고 뭐가 어떻게 된 것일까. 확인할 수 없다는 사실이 두렵고 잠에서 깬 것을 후회했다. 눈을 떴을 때 모든 것이 정리되어 있었더라면 좋았을 텐데.

추우에게 뺨을 댄 채 초조하고 불안한 마음을 흘려보냈다. 세이사이는 잠든 것처럼 얌전했다. 그렇지만 복부는 빠르고 크게 움직였다. 세이사이 역시 어쩌면 좋을지 모르는 것이다.

견디지 못하고 눈을 감고 몸을 웅크렸다. 이윽고 비명 대신에 환호성이 들렸다. 동시에 리코의 손이 느슨해졌다.

'끝났어? 그런데 뭐가?'

머뭇머뭇 눈을 뜨고 리코의 어깨 너머로 광장을 보려 했지만 그전에 간큐의 목소리가 들렸다.

"서둘러! 여기를 벗어난다."

간큐는 소리치면서 광장 쪽에서 달려왔다. 비린내가 확 풍겼다. 광장 쪽에는 모닥불의 붉은빛이 있었지만 무슨 일이 벌어졌는지 확인할 정도로 밝지는 않았다. 그저 사람들이 우왕좌왕하고 있다는 사실만 알 수 있었다.

"간큐, 무슨 일이 있었어?"

"서두르라고 했잖아!"

간큐는 고함을 지르며 박에게 안장을 얹고 언제든 실을 수 있도록 정리해둔 짐을 박의 등에 묶은 뒤 안고 있던 가죽 꾸러미를 손에 들고 짐을 짊어진다. 리코가 준비를 마치기 전에 간큐는 바닥에 깐 천을 걷어서 품속에서 돌돌 말아 벌써 박에 올라탔다. 잠시 뒤에 섰다가 세이사이의 등에 슈쇼와 리코가 올라타자 짧게 "간다"라는 말만 남기고 박을 몰았다. 리코가 다른 행동을 할 새도 없이 세이사이가 멋대로 뒤따른다.

비키라는 간큐의 목소리에 광장을 우왕좌왕하던 사람들이 놀라서 흩어졌다. 어쩔 줄 모르는 것 같은, 겁먹은 것 같은, 넋이 나간 것 같은 사람들 너머에 작은 산 같은 새의 그림자가 보였다. 땅에 떨어져 움직이지 않는다.

"리코……. 무슨 일이 있었어?"

달라붙은 등에 대고 묻자 리코가 돌아본다. 달빛에 비친 조금 난처한 듯한 미소에 슈쇼는 조금 마음을 놓았다. 여유가 있어 보이는 사람의 존재가 마음 든든하다.

"그냥 좀……."

"요마?"

"응, 아마도."

짧게 대답하더니 이내 옆을 달려 지나가는 간큐를 돌아보았다.

"움직여도 될까?"

간큐는 고개를 끄덕였다. 동시에 근처 나무숲 너머에서 인간 목소리가 들리고 마찬가지로 짐을 정리해 기수에 타는 사람들이 허둥지둥 달리거나 그들을 불러 세웠다.

"어이, 어디 가는 거야?"

이 물음에 대답한 사람은 간큐가 아니었다. 간큐를 뒤쫓듯이 달리는 사람들 사이에서 대답이 나왔다.

"도망쳐. 피 냄새를 맡고 새로운 놈이 온다."

쫓아온 남자는 멍청하게 입을 벌리고 이어서 기묘한 소리를 지르며 엎어지고 넘어지며 제 짐 쪽으로 달려갔다.

그런 사람들을 남겨두고 어느새 몇십 명이 무리를 지어 달렸다. 길을 서둘러 등뒤 불빛도 사람 목소리도 사라졌을 무렵에 간신히 질주하는 속도를 늦추었지만 그래도 기수의 다리는 멈추지 않았다.

"간큐, 괜찮아? 어두운 곳에서 요마가 나오지 않을까?"

슈쇼는 되도록 목소리를 가다듬고 말했지만 스스로도 목소리가 떨리고 있다는 사실을 인정해야만 했다.

"괜찮아, 아가씨."

대답해준 사람은 간큐가 아니라 어느새 녹촉鹿蜀•을 타고 추우 옆에 나란히 가는 남자였다.

"놈들에게는 영역이 있어서 평소에는 그곳에 한 마리밖에 없어. 다른 영역에서 새로운 놈이 달려오려면 조금 더 시간이 걸리

• 말처럼 생긴, 하늘을 나는 기수.

지."

"그런…… 거야?"

남자가 고개를 끄덕인다. 대검을 짊어진 우락부락한 남자였다.

"그보다 주씨를 데려온 사람이 아가씨지? 이 남자인가?"

남자는 리코를 턱짓으로 가리켰다. 슈쇼는 남자가 무슨 말을 하는지 이해하지 못했다.

"주씨?"

이 물음에 리코가 대답했다.

"내가 아니야. 박을 탄 남자지."

"그래?"

남자는 녹촉을 타고 추우를 돌아서 간큐 옆에 가서 이야기를 주고받았다.

"리코, 주씨가 뭐야?"

리코는 슈쇼를 돌아보고 세이사이를 멈추었다.

"앞으로 와. 그편이 안심되지?"

확실히 리코의 등을 붙잡고 있으면 등이 불안해서 견딜 수 없었다. 영차 하고 세이사이 등에서 뛰어내렸더니 다시 리코가 자신의 앞으로 끌어올려주었다. 고삐를 쥔 리코의 품속에 있는 편이 앞은 보이면서 뒤는 막혀 있어서 안심할 수 있다.

"주씨는 엽시사를 말하는 거야."

리코는 그렇게 말하더니 세이사이를 다시 걷게 했다. 세이사이는 침착하고 담담히 명령을 따랐다.

"간큐 같은 사람들을 다른 이들은 엽시사라 부르지만 당사자들이나 황해에 드나드는 이들은 주씨라고 부른다더군."

"간큐는 자신을 엽시사라고 하던데."

"간큐가 그런 성격이기 때문이겠지. 포획물 대신에 동료의 시체를 가지고 돌아오는 사람들이라니, 본인들이 스스로 그렇게 말할 리가 없어. 그건 그들을 야유하기 위한 호칭이야. 그래서 본디 당사자들에게 직접 대고 쓰지는 않지."

"흐음……."

슈쇼는 조금 전 덩치 큰 남자와 이야기하면서 박을 모는 간큐를 보았다.

"주씨도 강씨도 주민朱民이라고 해."

"주민은 뭔데? 주씨와는 다른 거야?"

"슈쇼도 주정을 본 적이 있지? 어째서 주정이라 부르는지 아니?"

"으응……. 정권이 붉게 칠해져 있기 때문이라고 들었어."

"맞아."

리코가 고개를 끄덕였다.

“정주하지 않고 여러 나라를 순회하며 묘기를 부리거나 물건을 사고파는 부민을 주민이라고 하지. 정권이 붉으니까.”

리코가 웃는다.

“정권을 잃은 사람이 관아에 신고하고 임시 정권을 받지? 거기에는 임시임을 나타내는 붉은 선이 그어져 있어. 그 정권을 주권이라고 하지. 주권을 받고 어디에도 정주하지 않은 채 여러 나라를 방랑하는 사람들을 그래서 주정이라고 하는 거야. 주정을 가진 사람들이니까 주민이라고 하지.”

“그렇구나.”

“그들은 엽시사를 주씨라고 불러. 주민 중의 필두라서 주씨지. 간큐처럼 황해에서 사냥하는 사람들은 주민 중에서 가장 존경받아.”

“정말로? 그럼 강씨는?”

“강씨는 말이지, 같은 주민이고 황해에 들어온다고는 해도 주민이 아닌 사람들의 돈을 받고 일해서 먹고살지. 고용된 강씨보다 고용되지 않은 주씨가 주민에게는 더 훌륭한 거야.”

“강씨보다도 주씨가 말이지.”

“주민을 달리 황민黃民이라고도 해. 또는 통틀어 황주黃朱의 백성이라고 하지. 그들은 심정적으로는 황해 태생인 거야. 옛날에는 스스로 정권을 노랗게 칠했다고도 해. 노란색이 기린의 색이라 삼가기 위해 그만두었거나 아니면 옛날에 금지된 거겠지."

"흐응……."

슈쇼가 중얼거리는 한편으로 늦게나마 뒤쫓아온 사람들 목소리가 가까워졌다.

008

그날 밤에 세 사람을 잃었다. 광장 중간쯤에서 모닥불을 둘러싸고 있던 남자 셋이 하늘에서 내려온 요조 때문에 목숨을 잃은 것이다.

아침이 밝자 사람들은 조심조심 야영지로 돌아갔다. 대부분 그곳에 짐을 두고 부랴부랴 도망쳤기 때문이다. 물에 식량, 약, 하나라도 빠지면 앞으로 여정을 계속할 수 없다. 하는 수 없이 야영지로 돌아간 그들은 뼛조각과 고깃덩어리로 변한 요마와 인간의 잔해를 발견했다. 그들이 쓰러뜨린 요마는 거대한 새 한 마리뿐이었지만, 그 밖에도 먹이를 놓고 다툼이 있었는지 크고 작은 요마로 보이는 잔해가 널브러져 있는 처참한 광경은 돌아온 사람들을 몸서리치게 했다. 그들은 그제야 자신들이 어디에 와 있는지 깨달았다.

일행은 다시 걷기 시작했다. 이제는 앞으로 나아가는 길밖에 없다. 황해에서 안전을 확보하려면 봉산에 이르는 것뿐이다. 성채로 돌아가도 영건문의 안합일은 춘분뿐, 다음 춘분까지 일 년을 기다려야 하는데다 홀로 대열을 벗어나 성채로 돌아가는 만용을 부리는 사람은 없었다. 다른 사령문으로 향하는 것은 얼토당토않은 일이었다.

그래서 맥없이 짐을 꾸리고 앞서거니 뒤서거니 하면서 다시 걷는다. 그들이 할 수 있는 일은 그것밖에 없다. 그러면서 그들 대부분이 동료를 버리고 도망친 간큐 일행을 조용히 나무랐다. 앞장선 사람은 안국에서 장사를 하고 있다는 렌 조다이聯紵台라는 위세 좋은 남자였다.

"죽은 세 사람도 그때 구했더라면 아직 숨이 붙어 있을지도 몰라. 생사도 확인하지 않고 앞뒤도 보지 않고 도망쳐도 되는 일이었나."

이 말에 응수한 사람은 간밤에 슈쇼에게 말을 걸어온 녹촉을 탄 남자로, 긴하쿠近迫라는 자인 듯했다. 어젯밤에 한발 먼저 도망친 수십 명 남짓한 사람들은 무리 지어 가는 것은 아니지만, 대열의 비슷한 위치에서 멀지도 가깝지도 않게 걷고 있다.

"그 자리에 남으면 위험하다는 것을 잘 알고 있으니 도망쳤을 뿐이야. 안타깝게도 우리 일은 돈을 지불한 주인을 지키는 것이지 댁들을 지키는 것이 아니야."

"그럼 무엇 때문에 우리는 이렇게 집단으로 봉산을 향하고 있는 거지."

"겁쟁이니까 그렇겠지."

조롱 섞인 긴하쿠의 말에 조다이는 노골적으로 눈살을 찌푸렸다.

"겁쟁이 운운하자면 불행한 일을 당한 사람을 버리고 맨 먼저 도망친 자네들이 겁쟁이겠지."

"그렇다 하더라도 전혀 상관없어. 그러는 댁은 마지막까지 남아서 세 사람을 지켜주셨나."

조다이의 야윈 얼굴이 벌게졌다.

"이 구미狗尾가……."

"뭐라고."

분노를 드러낸 두 어른을 보고 슈쇼는 박의 고삐를 잡은 간큐의 옷을 잡아끌었다.

"간큐, 말리지 않아도 돼? 당장에라도 치고받을 것 같아."

"내버려둬."

간큐는 쌀쌀맞게 내뱉었다. 선왕이 붕어한 지 스물일곱 해, 옥좌에 야심 있는 자는 벌써 승산을 마치고 자신이 왕일 리 없다는 사실을 확인했다. 이제 와 승산하려는 자들은 앞다투어 봉산에 달려올 만한 패기는 없지만 왕이 좀처럼 나타나지 않아 초조해진 사람들이 거세게 승산을 권한 인물들이라 그런지 대부분 걸물은 아니지만 선량한 사람이 많다. 그렇지 않으면 한가락 하는 인물이 의기소침해서 황해에서 돌아오는 모습을 보고 졸지에 한가닥 희망을 자극받은 잔챙이다. 그런 잔챙이들은 부랴부랴 자신과 타인에게 자기 모습을 꾸미려 드니까 좌우지간 선량한 척한다. 조다이라는 남자가 어느 쪽이건 여기서 살생이 벌어지는 일은 없으리라.

"있지, 간큐……."

"구미가 뭐냐는 질문이라면 하지 마. 우리를 모욕하기 위한 호칭은 수없이 많으니까."

"그것도 어쩔 수 없지."

슈쇼가 작게 중얼거리자 간큐는 눈썹을 치키고 슈쇼를 바라보았다.

"……도망친 건 사실이잖아. 게다가 간큐는 불이 얼마나 위험한지 알면서도 가르쳐주지 않았어."

"쯧."

간큐가 혀를 찼다.

"내가 말한다고 들을 놈들인가."

"들어. 간큐는 황해의 전문가니까."

"글쎄다. 곧이곧대로 들어도 성가셔."

"어째서."

"불은 위험해. 하지만 불이 필요할 때도 있지. 위험하니 피우지 말라고 했어봐. 다음에는 필요해서 피울 때에도 그만두라니 뭐니 소란을 떨게 돼 있어. 애초에 그것도 모르는 초보자가 황해에 들어온 것 자체가 무모해. 나는 분명히 너에게 고용되었지만 여기에 있는 모든 인간들의 무모한 짓을 뒤치다꺼리해줄 마음은 없으니까."

"주인의 명령이라도?"

"거절한다."

"비겁해."

리코가 중간에 끼어들었다.

"자자, 그만하자."

"오빠도 이 비겁한 남자의 편을 드는 거야?"

슈쇼의 나직한 목소리에 리코도 작은 목소리로 대답했다.

"간큐에게 우리는 황해를 알지도 못하면서 발을 디딘 무모한 인간이야. 언제든 간큐의 발목을 잡을 가능성이 있지. 그러니까 잘 아는 사람에게 맡겨두는 것이 좋아."

슈쇼는 난처한 듯이 웃는 리코의 얼굴을 잠시 바라보고 나서 한숨을 내쉬었다.

"장신(호위 무사)이구나."

"장신?"

"그런 거잖아. 장신을 고용할 여유가 있는 사람만 살아남는 거야. 장신을 고용할 기지와 여유가 없으면 죽는 수밖에 없다는 거잖아."

리코가 쓴웃음을 지었다.

"그래, 확실히 타당한 말이기는 하군."

"황해에 오면서 황해를 잘 아는 호위를 고용하지 않은 사람이 나쁘다는 거로구나."

"완전히 틀린 말은 아니야."

"하지만 그것과 불 사용이 위험하다고 알려주지 않은 것은 별개야. 간큐는 죽은 사람들을 도울 수 있었어. 그럴 마음만 있었다면 말이지. 그러지 않았으니 비겁하다는 말은 부당하지 않아."

리코가 더욱 쓴웃음을 지었다.

"그럴까……."

"됐어. 내가 모두에게 말하겠어."

"관둬!"

간큐가 나직하게 호통쳤다. 슈쇼는 그 얼굴을 쏘아보았다.

"간큐는 말해도 상대해주지 않으니까 말하지 않았던 거지? 나는 상대해주지 않는 것쯤이야 괜찮아. 그러면 되잖아."

"쓸데없는 소리 하지 마."

"왜 쓸데가 없지?"

간큐는 잠시 험악한 눈빛으로 슈쇼를 보았다.

"그건 우리만 알고 있으면 될 지식이야."

슈쇼의 볼이 빨개졌다.

"그 말은 모두가 안전하게 여행하는 방법을 알아버리면 자신들 체면이 사나우니까 곤란하다는 뜻이야?"

"어떻게 생각하든 상관없어. 쓸데없는 소리를 퍼뜨리지 마."

"내 마음이야."

"네가 그런 이야기를 떠벌리고 다니다 사고가 터지면 강씨들이 너한테 무슨 짓을 할지 몰라."

"……협박이야?"

노려보는 슈쇼의 시선을 간큐는 험상궂은 얼굴로 맞받았다.

"충고다."

"……말해두지만 당신은 최악이야."

"그러냐."

말을 내뱉고 앞으로 고개를 돌린 슈쇼가 리코를 쳐다보았다.

"아무래도 진짜 비겁한 인간이었나 보네."

하지만 동의를 구하며 쳐다본 얼굴에는 미소가 없었다. 느닷없이 슈쇼가 움찔할 만큼 진지한 얼굴로 리코가 슈쇼를 바라보았다.

왜 그러느냐고 물을 새도 없이 리코가 입을 열었다.

"너는 어려."

"그게 무슨 뜻이야? 내가 어린 건 나도 알아."

리코는 응, 하고 대답하더니 웃는다.

"지금은 간큐에게 맡겨두는 편이 좋다는 뜻이야."

슈쇼는 부루퉁한 표정을 지었다.

"알았어. 리코도 비겁한 인간과 한패였어. 어른에게는 어른의 사정이 있다고 말하고 싶은 거지?"

"글쎄."

"됐어. 열심히 떠들어. 왕에는 어른이고 아이고 없으니까. 다들 내가 왕이 되면 각오해."

3장

001

숲을 빠져나가는 데에는 그로부터 닷새가 걸렸다. 그동안 일행은 두 사람을 더 잃었다. 숲이 단절된 지점의 넓고 얕은 강에는 한줄기 사슬이 건너편 강가까지 연결되어 있었다. 바닥이 미끄러운 강을 사슬에 매달려 건너 다시 숲으로 들어갔다. 그곳에는 여전히 사람의 발길에 의해 만들어진 길이 있었지만 이번에는 계곡을 따라 거슬러 올라가야만 했다.

날이 갈수록 금강산은 색깔이 옅어졌다. 일행이 휴식을 취할 만한 광장처럼 탁 트인 장소로 나오자 우거진 숲 위로 금강산 산등성이가 보인다. 산등성이가 희미해지고 점점 푸른 숲에 가려지더니 이윽고 산 하나를 타고 넘어갈 무렵에는 길이 녹음 아래에 묻히고 말았다.

숲속에 쓰러진 나무나 말라 죽은 나무가 늘어나고 마침내 포개어지듯 쓰러져 이끼 낀 썩은 나무 사이로 뼈처럼 하얗게 마른 나무줄기만 보이기 시작하더니 맑디맑은 호숫가가 나왔다. 돌을 빈틈없이 깐 듯한 커다란 구덩이에 맑은 물이 채워져 있다. 벌써 성채를 떠난 지 보름 이상이 지났다. 사망자는 모두 열 명을 넘어섰다.

그 무렵 사람들 사이에는 나름대로 질서가 생겨났다. 늘 선두로 가는 사람은 강씨나 간큐 같은 황주가 모인 무리였다. 거기에 시쓰 기와라는 강씨를 거느리지 않은 남자가 종자와 함께 황주를 의지해 뒤따르고, 마찬가지로 강씨에게 기대려는 사람들이 모여 이백 명 가까이 되는 집단을 이루었다. 그 뒤를 따르는 자들은 렌 조다이가 이끌고 있다. 조다이를 중심으로 하는 백오십 명쯤 되는 집단은 기와 일행이나 강씨 집단과 반목이 많았다. 그 밖의 사람들은 저마다 실력 있는 종자로 신변을 지키며 나름대로 물자도 가지고 있어 어느 진영에도 끼지 않고 여기저기 흩어져 있었다.

이들 가운데 그럭저럭 통솔되고 있는 집단은 황주를 동반한 스무 명쯤 되는 사람들과 기와에도, 조다이에도 끼지 않은 사람들이 만든 작은 집단뿐이었다. 기와의 집단도 조다이의 집단도 원래 면식이 없는 사람들이 이해관계로 모였을 뿐인 터라 다툼이 끊이지 않는다.

황주 집단도 특별히 잘 단합된 것은 아니지만 서로 무엇을 해야 하고 해서는 안 되는지 숙지하고 있어서 무슨 일이 일어났을 때에는 누군가 호령하지 않더라도 힘을 모았다.

아무 말 없이 모여서 길을 가로막은 쓰러진 나뭇더미를 정리하고는 아무 말 없이 흩어져서 저마다 갈 길을 가다 비슷한 장소에 야영지를 결정한다. 그러면 대개 기와가 허둥지둥 호령하여 주변 사람들에게 황주들을 돕게 하고 황주들이 걸음을 멈추면 근처에 천막을 쳤다. 그사이에 조다이 일행은 보고도 못 본 척하거나 우회하는 길을 찾아 일부러 떨어진 곳에 천막을 친다.

"이상해."

호숫가의 포개져 쓰러진 나무 사이에 생긴 공간에 낙엽과 풀을 던져 넣으며 슈쇼가 중얼거린다. 근처에서 웅크린 채 쓰러진 나무가 무너지지 않도록 밧줄로 묶던 리코가 손을 멈추었다.

"이상해? 뭐가?"

"시쓰 씨랑 렌 씨. 특히 시쓰 씨는 이상한 사람이야."

"왜지?"

리코는 썩은 나무를 밀어내 드러난 지면에 쐐기를 박은 뒤 밧줄을 묶었다.

"저것 봐, 지금도 똑같이 쓰러진 나무 곁에 천막을 치잖아? 저 사람, 항상 우리를 따라 해."

"그러는 편이 안전하다고 생각하는 것 아닌가."

"그건 알겠어. 하지만 시쓰 씨 일행은 종자만도 마흔 명은 되잖아. 저렇게 덩치 큰 집단이 우리 세 사람을 흉내내서 어쩌려는 걸까."

슈쇼는 떠들썩한 기와 일행을 본다. 간큐가 이 자리를 야영지로 고른 이유는 알고 있다. 늘 이렇게 그늘에 숨듯이 야영지를 고른다. 하지만 아무래도 기와 일행은 인원이 많다 보니 숨고 자시고도 없다.

"그렇군……."

"이렇게 인원이 많을 때는 어떻게 해야 하느냐고 간큐든 강씨든 누군가에게 물으면 될 텐데. 하지만 시쓰 씨는 늘 이쪽의 움직임을 신경쓰며 흉내내면서 어떻게 하는 게 좋을지는 절대로 묻지 않아."

"슈쇼라면 물을까?"

"당연하지. 익숙한 사람이 잘 아는 것은 당연하니까. 황주는 모두 적은 인원으로 다니지만 사람이 많을 때 어떻게 하면 되는지 모르지 않을 테니까. 실제로……."

슈쇼는 노을 빛깔이 짙어진 호수를 바라보았다. 무척 깨끗한 물이지만 저 물은 독이라고 간큐가 가르쳐주었다. 한 모금 마시고 죽을 만한 맹독은 아니지만, 인간도 짐승도 마실 수 없다. 간큐가 말하지 않았더라면 슈쇼는 아마도 마셨을 테고, 그 말을 옆에서 듣지 않았더라면 기와가 이끄는 집단도 저 물을 마셨을 것이 분명하다.

"렌 씨 일행도 이상해. 아까까지 물가에 모여서 정말로 마실 수 없는지 의논하고 있었어."

리코는 남은 밧줄을 감으며 웃었다.

"그랬군."

"저 사람들은 어떻게든 우리 흉내를 내지 않아도 될 방법이 없을지 항상 의논하는 느낌이야. 강씨와 싸웠으니 화난 거야 알겠지만 황해를 잘 아는 사람들은 강씨들인데 그런 부분까지 거스를 필요가 있을까."

"그러게."

"둘 다 멍청해서 화가 나. 혹시 어른은 다들 이래?"

"그럴지도 모르겠네."

리코는 대답하고서 정리한 밧줄을 짐 속에 동여맸다. 짐은 항상 언제든 한 번에 기수 등에 매달 수 있도록 정리해두는 것 또한 간큐에게 귀에 못이 박히도록 들은 사항이다.

"간큐가 가르쳐주지 않는 것이 애초에 문제였어. 거드름 피우며 숨기고 있다니 정말 치사해서 화가 나."

리코는 이 말에는 대꾸하지 않고 일어났다.

"간큐는 어디에 간 거지."

"강씨들에게 갔어."

"뭘 하러?"

"간큐가 늘 사냥하는 곳은 승산을 위한 길가가 아니니까 앞길에 대해 잘 모르겠지. 그래서 물으러 간 거야. 이 호수의 물을 마실 수 없다는 것도 그 사람들에게 물은 거야."

"그런 거로군."

리코가 웃고 슈쇼가 눈을 깜빡였다.

"뭐가?"

"강씨들도 물으면 가르쳐준다는 소리야. 나도 어느 지방 주사州師(주의 군대) 출신이라는 사람들이 강씨에게 길을 묻는 모습을 봤어. 시쓰 씨는 묻지 않지. 렌 씨도 묻지 않아."

"그러네."

"간큐는 숨기고 싶은 것이 아니라고 봐. 물을 마음이 없는 인간에게 말해주기가 싫은 거지."

"그 말은 알려달라고 청하기 전까지 가르쳐주지 않겠다는 거지? 그렇다면 역시 거드름 피우는 거 아냐?"

"조금 다른 것 같은데."

"그럴까……."

"앞으로 사흘이로군. 숲을 더욱 내려가면 가장 낮은 장소가 나온다."

긴하쿠는 간큐 앞에 웅크리고 앉아 땅바닥에 지도를 그렸다. 녹촉을 데려온 다부진 남자로 강씨로서 경험도 오래되고 의협심이 있어 열 몇 명쯤 되는 강씨의 우두머리 격인 존재가 되었다.

"한동안 평지인가?"

"늪지지. 질퍽거릴 테니까 기수를 타는 것이 좋아. 늪지를 건너는 데 하루쯤 걸리나. 되도록 늪 표면을 아슬아슬하게 비행해야 해. 늪 속에 난폭한 거머리가 있어."

"독이 있나?"

"없어. 그 대신에 살점을 물어뜯지."

"시야는?"

"좋지 않아. 무성한 나무가 상당히 있고, 썩은 나무며 긴 풀도 있어."

간큐는 고개를 끄덕였다.

"그럼 낮에 앞으로 나아가도 문제는 없겠군."

"그곳은 그렇지. 그 직전이 힘들어. 고사한 나무밖에 없어서 몸을 숨길 만한 것이 없어. 게다가 바위와 쓰러진 나무가 나뒹굴어서 걷기가 힘들지. 일찍 깨어난 요마가 훌쩍 날아오면 한순간에 끝장이야."

"물은……."

"안 돼. 여기서부터 아래쪽 물은 전혀 마실 수 없어. 만옹석滿甕石이 필요해."

황주에게 전해지는 황해에서 채취하는 돌이다. 만옹석을 항아리 안에 던져두면 더러운 물로 가득한 독 안을 깨끗한 물로 가득 채울 수 있다.

"문제는 늪지까지 가는 길이로군. 밤이 낫지 않나."

"어려운 선택이군. 위험성으로 따지면 그게 그거야. 문제는 우리를 따라오는 놈들이 밤길을 버틸 수 있느냐 하는 점이다. 밤은 위험하다고 잔소리를 들을 바에야 낮에 가는 것이 나아."

"그렇군."

"댁들에게는 다리가 빠른 기수가 있어. 단숨에 늪까지 내려가는 것도 방법이다."

"당신들은."

"걷는 종자가 세 사람 있으니까. 주인은 말이 있고."

긴하쿠는 말하더니 입가를 살짝 일그러뜨렸다.

"놈들이 오늘밤쯤 오면 좋겠어."

"그렇군……."

간큐가 나직하게 동의했을 때 슈쇼의 목소리가 들렸다.

"간큐, 식사 준비 다 됐어."

간큐와 긴하쿠가 허둥지둥 몸을 일으키고 조금 떨어진 곳에서 두 사람을 내려다보는 소녀를 쳐다보았다.

"지금 갈게."

간큐는 대답하고 일어났다. 긴하쿠는 쪼그려 앉은 채 작게 웃었다.

"댁네 아가씨도 용케 버티는군."

"그래, 뭐."

"처음 봤을 때에는 어찌될까 싶었는데 생각보다 참을성이 많아. 좋은 집안 아가씨 아닌가."

"그런 모양이다만. 내가 보기에는 참을성이 많다기보다 지기 싫어하는 마음이 큰 거야."

"그건 그거대로 큰일이겠군."

간큐는 비탈 위에서 기다리는 슈쇼를 올려다보았다.

"건방지게 영리해. 그 점이 힘들어."

002

호숫가의 야영지가 습격을 받은 것은 바로 그날 밤이었다.

슈쇼는 간큐와 리코가 움직이는 기척에 얕은 잠에서 깨어났다. 설마설마하면서 그대로 누워 있는 동안에 야영지에서 비명과 고함이 들렸다. 핏기가 가시는 것보다도 머리가 멍해졌다. 여느 때처럼 비명이 환호성으로 바뀌자마자 짐을 정리해 기수에 뛰어올라 곧장 언덕을 내려갔다.

다른 사람들도 이미 익숙해져서 야영지를 도망치는 사람들 숫자는 습격 때마다 늘어났다. 사람들은 소리도 내지 않고 그 자리에서 도망쳐 필사적으로 언덕을 내려가 호숫가에서 멀어졌다. 동틀 녘이 되어서야 기마에 탄 사람들이 속도를 늦춰 두 발로 오는 사람들을 기다릴 태세를 갖추었다. 적어도 말 속도로 앞서간 사람들은 그곳에서 다른 이들을 기다리는 동안 그럭저럭 휴식을 취했다.

간큐는 우선 쉴 장소를 찾아 박을 묶었다.

"여기서……."

쉬고 있으라고 말할 심산으로 돌아보자 슈쇼가 쏘아보는 눈빛으로 등뒤에 서 있었다.

"……나, 간큐에게 할 이야기가 있어."

"뭐야?"

"보는 사람 없는 데로 따라와줘."

"웃기지 마. 지금은……."

"따라와. 간큐도 이렇게 보는 눈 있는 데서 듣고 싶은 이야기가 아닐 테니까."

간큐는 한동안 어둠 속에서 분노를 드러내며 서 있는 소녀를 응시했다.

"알았어……."

조금 전에 묶은 박을 풀고 안장도 그대로 둔 채 짐을 안고 올라탔다. 슈쇼를 향해 손을 뻗자 얌전히 박에 탔다.

"나도 가지."

리코가 말했고, 슈쇼가 막았다.

"오지 마."

"그럴 수는 없어. ……두 사람 이야기에 끼어들지 않을게. 잠자코 망만 보겠다고 약속하지."

막을 새도 없이 리코도 추우에 올라타는 바람에 슈쇼는 더이상 말하지 않았다. 간큐도 딴말 없이 박을 재촉했다. 박은 쓰러진 나무 사이를 땅바닥에 닿을락 말락 하게 날아 눈 깜짝할 사이에 사람들이 걸음을 멈춘 언덕 중턱에서 벗어나 그곳이 내려다보이는 작은 언덕에 도착했다.

완만하게 높아지는 언덕바지에는 시들지도 쓰러지지도 않은 나무 몇 그루가 무성하게 자라고 있었다. 나무 사이에는 쓰러진 나무가 포개져 있다. 간큐는 그 뒤에 박을 세웠고 리코도 조금 떨어진 곳에 추우를 세웠다. 쓰러진 나무 위에 앉더니 마침 무성한 아래 가지 사이로 쉬고 있는 사람들이 보인다. 간큐는 쓰러진 나무 때문에 주위보다 낮은 곳에 자리잡고, 슈쇼가 그 앞에 버티고 섰다.

슈쇼는 리코를 흘끔 보고 숨을 들이켰다. 이끼로 뒤덮인 쓰러진 나무에 앉은 간큐 쪽으로 시선을 옮긴다.

"당신, 저녁에 긴하쿠와 무슨 이야기를 나눴어?"

슈쇼가 꺼낸 말에 간큐는 끌어안은 가죽 주머니의 입구를 열면서 가볍게 웃었다.

"일부러 불러내기까지 했으니 다 들은 것 아닌가?"

"……요마가 오면 좋겠다는 이야기를 하고 있었지."

"그랬지."

간큐는 대답하고 가죽 주머니를 박 앞에서 뒤집었다. 둔탁한 소리를 내며 깃털에 싸인 날개 일부가 굴러 나왔다.

"잠깐만, 그게 뭐야."

"요마의 일부야."

"대체 왜 그런 걸……!"

간큐는 바보 같은 질문이라는 듯이 슈쇼를 쳐다보았다. 박이 기다렸다는 듯이 그것에 코를 처박았다.

"머…… 먹는 거야? ……요마를?"

"기수는 맛에 개의치 않으니까."

간큐는 태연히 말하며 날개 일부를 검으로 잘라내더니 기세 좋게 던졌다. 날개는 호를 그리며 세이사이 앞에 떨어졌다. 역시나 반기며 고깃덩어리를 먹어치우는 세이사이를 보자 슈쇼는 몸이 떨렸다.

"그런 이상한 고기 먹이지 마."

"기수도 밥이 없으면 굶주려. 박은 잡식이고 추우는 마노로 기를 수 있기는 해도 고기가 필요하지. 부족하면 기수의 몸이 상해. 그래서?"

슈쇼는 얼굴을 찌푸리고 박과 추우를 번갈아 보더니 머리를 한번 내젓고는 간큐의 얼굴을 바라보았다.

"당신은 요마가 왔으면 좋겠다고 했어. 그리고 정말로 요마가 왔어. 이게 어떻게 된 일이야?"

"운이 좋았어."

풀로 검을 닦으면서 아무렇지 않게 말하는 간큐를 보며 슈쇼는 주먹을 꽉 쥐었다.

"그런 우연이…… 있다고 생각해?"

"있었으니 어쩌겠어."

"거짓말. 아무리 그래도 그렇게 딱딱 맞아떨어지는 상황을 나는 믿지 않아. 간큐와 긴하쿠는 오늘밤에 습격이 있으면 좋겠다고 했어. 그 대화는 그런 의미 맞지? 그리고 실제로 습격이 있었어. 습격이 있고 사람이 죽었어."

"아직 죽었다고 단정지을 수는 없지만."

"그런 문제가 아니야!"

슈쇼가 소리를 질렀다.

"어째서 당신들이 요마가 나타나기를 바라는 거야? 습격이 있으면 좋겠다고 한 그날 밤에 정말로 요마가 나타난 이유가 뭐야?"

간큐는 한숨을 내뱉었다.

"정말이지 건방지게 영리해서 탈이야, 너는. 그런 주제에 어쩔 수 없는 꼬맹이야."

"내가 묻는 말에 대답해!"

간큐는 당장에라도 발을 동동 구를 것 같은 소녀를 쳐다보았다.

"요마가 습격해오기를 바랐지. 호숫가에서 사흘 정도는 위험한 비탈이 이어져."

"그러니까 그곳에서 피를 흘리길 바랐던 거야?"

"맞아. 그러면 위험한 사흘을 피할 수가 있으니까."

"그래서…… 불렀어?"

슈쇼는 간큐를 응시했다. 간큐는 어깨를 살짝 으쓱했다.

"글쎄다. 나는 몰라. 긴하쿠는 오면 좋겠다고 했지. 나는 동의했어. 그뿐이야."

"그럼 질문을 바꿀게. 요마를 부를 방법이 있어?"

"있지. 산양이든 말이든 새든, 한 마리만 희생하면 돼. 그렇다고 확실히 부를 수 있는 것도 아니지만."

"당신은 짐승만도 못해!"

슈쇼가 분노에 휩쓸려 내려친 손은 간큐에게 맥없이 붙잡혔다.

"말해두지만. 네가 나를 고용한 거야. 봉산까지 데려다달라고 했지."

"그래서 뭐!"

"나를 고용한 사람이 너인 이상 너를 지키기 위해 내가 한 일은 네가 자신을 지키기 위해 한 일이나 마찬가지야."

슈쇼가 눈을 부릅떴다.

"헛소리하지 마!"

"왜지? 그런 거잖아. 내가 한 일이 아니야. 네가 한 일이지. 그러니까 상상만으로 허튼소리하지 마."

"웃기지 마!"

슈쇼는 몸을 비틀었지만 간큐의 손에서 자신의 손목을 빼낼 수는 없었다.

"누가 그런 몹쓸 짓을 하라고 했어?"

"안전하게 데려다달라는 요구는 그런 뜻이야. 강씨가 의뢰인을 지킬 수 있는가 없는가는 의뢰인이 아닌 사람을 얼마나 잘 이용할 수 있는지에 달렸어. 그렇지 않은 적은 한 번도 없어."

"그럴 수가……!"

간큐가 손을 놓는 바람에 슈쇼는 제풀에 그 자리에 엉덩방아를 찧었다. 일어나서 덤벼들고 싶은데 무릎에 힘이 들어가지 않는다.

"더러운 짓을 하는구나."

"그걸 더럽다고 생각하는 네가 무른 거야."

간큐는 쓰러진 나무 위를 올려다보았다. 리코는 무릎 위에 손깍지를 끼고 잠자코 간큐를 내려다보았다.

"황해는 사람이 있을 만한 곳이 아니야. 애초에 발을 들이는 것 자체가 무모한 일이지. 요마가 공격해오면 해치우면 그만인가? 그거야말로 말도 안 되지. 그런 짓을 하고 있다가는 호위하던 내가 숨통이 끊어질 거야. 아니면 너는 나한테 목숨을 걸고 자신을 지켜라, 끝까지 지키지 못하면 나를 방패 삼아 도망치게 해달라는 소리라도 할 심산인가?"

"그건……."

슈쇼는 말문이 막혔다.

"호위가 있으면 애초에 요마가 접근하지 않으리라는 착각이라도 했어? 그러니까 꼬맹이라는 거야. 여기는 요마의 땅이다. 인간이 들어와서 영역을 침범하지. 어쨌거나 놈들은 공격해와. 봉산까지 한 달 하고 반, 그동안 요마와 만나지 않는 행운이 있을 줄 알았어? 너는 얼마나 걸려서 공국을 여행했지? 그사이에 위험이 없었나?"

"그건……."

"공국을 돌아다니다가도 기수를 도둑맞았잖아. 황해를 한 달 반 여행하며 목숨을 빼앗기지 않으리라 믿는 것이 이상하지."

"하지만 그렇다고……!"

"나를 방패 삼는 것과 다른 놈들을 방패 삼는 것이 뭐가 다르지. 너는 남에게 의지해 황해에 발을 들인 시점에서 타인을 희생해서 자신이 안전하게 여행하는 쪽을 선택한 거야."

"아니야……!"

"안타깝게도 안전은 공짜로 얻을 수 없어. 승산하는 놈들이 무리 짓는 이유가 뭐지? 사람이 많이 모이면 그만큼 요마는 인기척을 알아차리기 쉽지. 눈에 띈다고. 당연하잖아. 그래도 무리 짓는 까닭은 들판에 자기 혼자 서 있기보다 곁에 사람이 있는 편이 안전하기 때문이야. 왜냐하면…….”

“그만해.”

“왜냐하면 옆에 있는 사람이 공격받는 사이에 자신이 도망칠 수 있기 때문이야.”

슈쇼는 입술을 깨물었다. 유감이지만, 그 말이 맞다.

“인간이, 아니 인간뿐만 아니라 힘없는 생물이 무리 짓는 이유는 그러는 편이 안전하기 때문이야. 남에게 위험을 분산해 머릿수만큼 자신은 안전할 수 있지.”

“……잔인한 이야기구나.”

“잔인해? 그러니까 네가 무르다는 거야. 잔인한 이야기가 아니야. 자연의 섭리지.”

섭리, 슈쇼가 되뇌었다.

“떼 지어서 황해에 가면 위험은 머릿수만큼 분산된다. 오백 명 모두 나 혼자서 봉산까지 데려갈 수 있을 리가 없잖아. 강씨 몇십 명으로 다 지킬 수 있을 것 같아? 내가 할 수 있는 것은 나를 고용한 사람을 지키는 것뿐이야. 고용주만 무사하면 나는 그것으로 책무를 다한 거지. 다른 놈들이 죽는다고 해도 그 피에 요마가 몰려드는 것을 고맙게 여길 뿐이야.”

“……이제 그만해.”

슈쇼는 무릎을 끌어안고 고개를 떨구었다. 간큐는 한숨을 내쉬고 쓰러진 나무 위의 리코를 쳐다보았다. 간큐는 아무 말도 하지 않았고, 리코 또한 아무 말도 하지 않았지만 고개를 끄덕였다. 표정은 알 수 없다. 리코의 등으로 기운 달이 비추어 리코의 얼굴에 그늘을 드리웠다.

"슈쇼."

"됐어……. 내가 물렀다는 것은 잘 알았어."

"너는 무엇 때문에 황해에 왔지?"

슈쇼는 고개를 들었다. 올려다본 리코의 표정은 보이지 않는다. 목소리로 그가 웃고 있지 않으리라는 것만 확인했다.

"무엇 때문에 봉산에 가는지 잊었어?"

"잊지 않았어. 그러니까……."

"왕조의 존속을 위해, 국토의 안녕을 위해, 왕은 피를 흘리도록 명령하지. 설령 왕 자신이 명령하지 않더라도 신하가 왕을 위해 그것을 행하면 유혈의 책임은 왕에게 돌아가. 어떠한 의미로도 옥좌는 피를 흘리지 않고 존속할 수 없어."

슈쇼는 쓰러진 나무 위의 그림자를 응시했다.

"자신을 위해 다른 피를 흘리게 한다. 옥좌란 그런 거야."

"나는……."

슈쇼는 하려던 말을 삼키고 눈을 내리떴다.

"그러네……. 그럴지도 몰라."

003

슈쇼는 야영지로 돌아가 얌전히 쓰러진 나무 그늘에 숨어 선잠을 잤다.

간큐는 검자루를 쥔 채 묵묵히 지켜보았다. 리코 역시 마찬가지로 추우 등에 기대었다. 하늘이 밝아지기 시작하고 깊이 잠든 슈쇼의 숨소리가 들리자 간큐는 리코에게 물었다.

"……한 가지 물어도 되나?"

"응?"

"댁은 이 아가씨가 왕이 될 거라고 생각해?"

리코는 고개를 갸웃거리더니 하늘을 올려다보았다.

"글쎄. 문제는 봉산에 도착하느냐 마느냐지. 슈쇼는 똑 부러진 아이지만 아무리 생각해도 황해를 건너기에는 어리니까."

"아까 한 말에서 댁이 틀림없이 슈쇼가 왕이 될 거라고 생각하는 줄 알았는데."

리코가 웃었다.

"그래, 간큐. 나는 말이지, 슈쇼가 봉산에 도착만 한다면 등극할 거라고 생각해."

간큐가 눈을 부릅떴다.

"어째서지?"

리코는 평소와 다름없는 모습으로 미소 지었다.

"나와 만났으니까."

간큐는 한숨을 푹 내쉬었다.

"대단한 자신감이군. 댁도 꼬마 아가씨도 어떻게 그렇게까지 자신감이 넘칠까."

"그런가?"

리코의 얼굴에는 더이상 웃음기가 없었다.

"하늘의 안배라는 말이 있지."

"하늘의…… 안배."

"그 아이는 곤란한 상황이었어. 나는 그 아이를 도울 수 있었지. 다른 누구도 그 아이를 돕지는 않았을 거야. 그런 괴짜는 아마도 나밖에 없을걸."

"그럴지도."

"슈쇼는 나를 만나고 간큐를 만났어. 그런 거지."

"나는 돈이 궁했어."

"그 점이 잘 짜여 있어. 황해를 잘 아는 주씨가 어쩌다 주머니 사정에 곤란해하고 있는데 우연히 호위가 필요한 슈쇼와 만났지."

"하지만 기수를 도둑맞았잖아."

"목숨까지 잃지는 않았고 간큐를 고용하기 위한 돈도 도둑맞지 않았어. 내가 보기에는 저런 어린아이가 맹극을 데리고 돌아다니면서 건해문을 건널 때까지 무사했던 것이 신기해."

간큐는 그럴지도 모른다고 생각했다.

"그래, 그 기량을 높이 사서 일부러 장래의 왕을 지키러 온 건가. 그게 의협심인가?"

간큐가 야유하자 리코는 웃었다.

"의협심이 아니야, 운명이지. 나를 그렇게 착한 인간이라고 생각하지 마."

"오오."

"그래서 너희가 부른 거야?"

리코는 무엇을 불렀느냐고 언급하지 않았지만 간큐는 무얼 지적하는지 당연히 알고 있었다.

"나는 몰라. 슈쇼가 말한 대화를 나눈 것은 사실이고 그러기를 바란 것도 사실이야. 어쩌면 긴하쿠 일행이 무슨 짓을 했는지도 모르지만……."

"했을까."

"글쎄……."

그토록 긴박한 상황은 아니었다. 습격이 있으면 도움이 되겠다고 생각했지만 그렇게 말한 긴하쿠야말로 사실은 가장 놀라워했다.

"그래, 너도 긴하쿠가 했다고 생각하지 않는 거로군."

리코의 말에 간큐는 침묵을 지켰다.

"그렇다면 어째서 너는 슈쇼에게 그렇게 말하지 않는 거지? 아마도 슈쇼는 너희가 했다고 믿고 있을 거야."

"멋대로 생각하라고 해."

"어떻게 받아들이든 상관하지 않는 것이 황주의 사고방식인가."

간큐는 쓴웃음을 지었다.

"어차피 댁들은 우리를 엽시사니 구미니 제멋대로 부르잖아. 그러니 마음대로 해석하라고 해."

"그런가……."

리코는 더이상 아무 말도 하지 않았다. 간큐는 자리에서 일어나 리코를 향해 가볍게 손을 들고 부탁한다는 말을 남겼다. 썩은 나무를 밟고 쓰러진 나무 몇 개를 돌아서 걸었다. 복잡한 형태로 이끼가 낀 쓰러진 나무가 포개져 작은 산을 이루고 있었다. 그 뒤쪽으로 돌아가자 긴하쿠를 포함한 강씨들이 모여 있었다.

"여어. 주씨 양반, 살아남았군."

강씨 중 한 사람이 손을 들었다.

"정말 절묘한 안배였어."

"몇 사람 죽었지?"

간큐가 묻자 이 물음에는 긴하쿠가 대답했다.

"인간 한 명, 말 두 마리. 아무튼 혼잡을 틈타 말고기를 잘라 왔으니 덕 봤어."

"그렇다는 말은 역시 댁들이 부른 게 아니군."

긴하쿠는 장난스럽게 눈을 치켰다.

"그럼 댁이 부른 것도 아니로군."

"그렇지, 뭐."

간큐는 그 자리에 앉았다. 강씨 중 한 사람이 죽통을 내밀어서 고맙게 받아들어 한 모금 축이고 옆 사람에게 돌렸다.

"지금도 너무 생각대로 풀린다는 이야기를 하던 참이야. 그렇다고 댁이 부를 리도 없지. 그럴 만한 상황은 아니었어. 그래도 솔직히 한숨 돌렸어."

"……그러게나 말이야."

"역시 있나 보군."

강씨 중 한 사람이 중얼거렸다. 간큐가 쳐다보자 남자는 입꼬리를 일그러뜨리며 웃었다.

"이번 놈들 중에 붕鵬이 있어."

간큐가 긴하쿠를 돌아보자 긴하쿠도 고개를 끄덕였다.

"여기까지 오는 데 열세 명, 적은 편이지. 게다가 희생도 무척 효율적으로 나와. 조금 전에 건넌 강은 갑작스럽게 쏟아지는 비로 강물이 넘치는데다 급류를 타고 요어妖魚가 나와서 평소에는 열 명쯤은 우습게 희생자를 내는 험한 곳이야. 그런데 이 시기에 물이 말랐어."

"맞아."

다른 남자가 언성을 높였다.

"이 일대의 썩은 나무 숲도 비바람이 불면 고된 장소야. 걷기 어렵고 마른 나무가 쓰러지지. 그런데 비라고는 성채를 나온 뒤로 가랑비가 다야."

긴하쿠가 고개를 끄덕였다.

"아무래도 붕익鵬翼을 탄 것 같아. 그렇지 않으면 이리되지는 않지."

왕이 함께하는 여정은 고난이 현격히 줄어든다. 그것을 강씨는 '붕익을 탄다'고 말하고 승산자 안에 섞인 장차 왕이 될 인물을 붕, 또는 붕추鵬雛라 부른다.

"붕추가 누구라고 생각하지?"

간큐의 질문에 긴하쿠가 웃었다.

"하필이면 강씨 대신 주씨를 끌고 온 아가씨다. 그 아가씨 말고는 왕이 될 기량인 인간이 어디에 있지?"

"나를 고용한 것은 기량 문제가 아니야."

"운명과 관련된 문제지. 운명이야말로 기량이라고 하는 거야. 적어도 황해에서는 인격이고 용모고 아무 의미도 없어. 타인이, 일국이 휘말릴 만한 강력한 운수, 그것이 왕의 기량이란 놈이지."

"시시한 소리로 그 녀석을 우쭐거리게 하지 마. 안 그래도 드세서 애먹고 있어."

"어쨌거나 왕이다. 그러니 그렇겠지."

"아직 왕이라고 결정된 것도 아니잖아."

간큐는 괜히 제 손을 보았다. 뻣뻣한 느낌이 나는 이유는 조금 전에 요마 고기를 바르고 손 씻는 것을 깜빡한 탓이다.

긴하쿠가 웃었다.

"뭐, 아무래도 상관없어. 일행 중에 피해가 나오지 않았으니 어떻게든 고용주를 데리고 돌아갈 수 있겠어. 그러지 못하면 가장 중요한 보수 절반이 날아가."

네가 죽으면 뒷일과 보수 절반은 자신한테 맡기라며 누군가 농을 던져서 한바탕 웃음소리가 들끓었다.

"그 말 그대로 너에게 돌려주마. 뭐, 우리에게는 누가 붕이든 상관없지만, 모처럼 붕익을 타서 편하게 일하게 되었건만 헛되이 할 수는 없지."

긴하쿠는 그렇게 말하고 일동의 얼굴을 둘러보았다.

"분명히 아가씨라고 밝혀진 것은 아니다. 승산한 놈들의 동향에 주의를 기울여. 어떻게든 붕을 떨어뜨리지 마. 붕추를 잃으면 누렸던 요행의 반동이 단숨에 찾아온다."

004

부서지기 쉬운 쓰러진 나무와 돌이 겹겹이 널브러져 걷기 힘든 비탈을 내려가자 뿌리를 단단히 내린 수목이 늘어났다. 잎사귀가 말도 안 되는 보라색을 띠었거나 가지가 기괴하게 뒤틀려 있기도 했지만, 주변이 나무 그림자로 가로막히고 부엽토를 밟아 다져진 걷기 편한 길이 나오자 사람들은 한숨 돌렸다.

숲을 빠져나오자 혹 달린 잎이 무성한 나무와 바늘 같은 가지를 지닌 관목이 여기저기 자라는 늪지였다. 길은 늪을 우회해 호수 건너편 기슭 가까이에서 늪 속으로 가라앉았다. 멀리 보이는 건너편, 길은 다시 늪 속에서 나타나 비탈을 올라간다. 길이 가라앉은 부근에는 언제 누가 만들었는지 모를 돌 발판이 있고, 길에 남은 바큇자국처럼 가운데가 움푹 팼다. 건너편으로 건너가는 늪지 표면에는 돌무더기나 쓰러진 나뭇더미가 있고, 그런 식으로 하다못해 발 디딜 곳을 만들려 한 노력의 흔적이 보였다.

강씨는 땔나무 대신에 저마다 돌을 한아름 주워 와서 늪에 던졌다. 던진 돌 대부분은 늪 속에 파묻혀 보이지 않았지만 간신히 하나만 수면에 모서리를 내밀었다.

이렇게 승산자가 지날 때마다 돌을 던지면 언젠가 길이 되는 것일까.

슈쇼는 그렇게 생각하면서도 주운 작은 돌멩이를 던졌다. 긴하쿠는 주인의 말과 그 종자의 다리에 천을 감고 그 위에 또 얇은 가죽띠를 둘렀다. 슈쇼는 긴하쿠와 간큐를 원망해도 되는지 복잡한 심정으로 그 모습을 지켜보았다.

긴하쿠는 착실하게 주인을 지키고 있다. 하지만 만약 주인의 안전을 위해 요마를 일부러 불러들여 희생을 내는 짓까지 한다면 너무한 것 아닐까. 그들의 방식은 주인의 안전 말고는 안중에 없는 것처럼 보인다.

'봉산에 가려는 사람을 지키는 거면서…….'

강씨를 고용한 당사자도 그들이 한 짓을 알면 분통이 터지리라. 아니면 그래도 하는 수 없다고 딱 자르는 것이 어른의 사고방식일까.

"지긋지긋해……."

슈쇼가 중얼거렸다. 이런 기분은 정말로 싫다. 하지만 확실히 그런 강씨들, 황주의 보호가 있었기 때문에 다름 아닌 자신이 안전하게 여기까지 올 수 있었던 것도 사실이다. 마음을 정하지 못한 채 간큐가 불러서 한발 먼저 박과 추우로 늪을 건너고 건너편에서 사람들의 도착을 기다렸다.

준비를 마친 긴하쿠 일행이 늪에 발을 들이고 시쓰 기와 일행이 따라갔다. 기와의 종자가 늪에 발을 디디고 첫 발판에 기어오르려다 비명을 질렀다.

슈쇼는 반사적으로 간큐를 올려다보았다.

"설마 요마가 있어? 늪 속에?"

슈쇼의 목소리는 따지는 말투가 되었다. 이 물음에 간큐는 냉담하게 부정했다.

"아니."

비명을 지른 남자는 어깨 몹시 아파하며 쓰러진 나무로 만든 발판으로 기어 올라왔지만 특별히 목숨에 지장이 있어 보이지는 않았다. 곧이어 말이 앞발을 들고 펄쩍 섰다.

"늪 속에 뭔가 있어."

"거머리가 있다더군."

간큐의 대답에 슈쇼는 그를 쏘아보았다.

"또 알면서 입 다물고 있었구나."

"말해봤자 아무 소용도 없어."

"당신이란 사람은……."

"너에게 비난받을 만한 짓은 안 했어. 늪에는 사람을 무는 거머리가 있어. 그러니까 가죽으로 다리를 보호하고 건너지 않으면 험한 꼴을 당한다고 가르쳐주어야 했나?"

"그래."

"그거 대단한 친절이로군. 애초에 가죽을 가지고 있지 않은 놈은 어쩌면 좋지?"

"그건……."

"우리에게는 기수가 있으니까 문제없지만 댁들에게는 안된 일이라고 웃어주면 마음에 들겠어, 아가씨?"

슈쇼는 원망을 담아 간큐를 응시했지만 간신히 분노를 삼켰다.

"하다못해 박과 추우로 말이 없는 사람만이라도 실어다 줄 수 없어?"

"어이없군. 놈들에게 우리한테 기대는 버릇을 들게 하지 마. 기대해도 곤란해. 나는 여차하면 너만 데리고 도망칠 거니까."

"하지만……."

늪에서 올라온 긴하쿠가 무슨 일이냐고 물어왔다.

"아가씨가 저놈들을 도우라네."

"설마."

슈쇼가 한숨을 내쉬었다.

"그러고 보니 당신들에게는 서로 도울 마음 따위 애당초 없었던 거구나."

슈쇼의 말에 긴하쿠는 배꼽을 잡고 웃었다.

"뭐야."

"서로 돕는다는 건 말이지, 최소한의 것을 할 수 있는 인간끼리 모여야 비로소 의미가 있는 일 아닌가. 아가씨의 마음은 이해하지만 할 수 있는 인간이 하지 못하는 인간을 돕기만 하는 건 서로 돕는다고 안 해. 짐을 떠안는다고 해야지."

슈쇼는 긴하쿠를 노려보았다.

"그래. 황주의 사고방식은 잘 알았어."

그날 야영지는 언덕을 오른 곳에 있는 평소 같은 광장이었다. 여정이 길어질수록 낮은 서서히 길어졌다. 여전히 숲속이라 그다지 밝지는 않지만 그래도 식사 준비를 마치고도 여전히 부근을 걸을 수 있을 만한 빛이 있고, 그렇게 돌아다니면 팔을 걷어붙이고 싶을 정도로 따뜻했다.

슈쇼는 걸어오느라 그제야 식사 준비를 시작한 시쓰 기와의 천막 쪽으로 향했다. 종자들이 온갖 고생을 하며 나른 마차와 짐차, 거기에 친 천막과 어느 틈에 황주의 방식을 보고 배웠는지 작게 눈에 띄지 않도록 피운 불.

“슈쇼로구나.”

불 곁에 앉아 있던 기와가 먼저 말을 붙였다.

“어쩐 일이지, 천막이 그리워졌니?”

“그런 것은 아니에요. 늪에서 다친 사람이 있는 것 같아서.”

“아아, 이상한 거머리가 있더구나. 걸어서 건넌 사람은 상처투성이가 됐어.”

말 역시 마찬가지라면서 기와는 한숨을 쉬었다.

“시쓰 씨는 어째서 어떻게 건너면 되는지 강씨에게 묻지 않았죠?”

슈쇼가 묻자 기와는 놀란 듯이 눈을 깜빡였다.

“아니, 물론 강씨들이 천이나 가죽으로 다리를 감은 건 알고 있었지. 그래서 우리도 어깨너머로 배워서 천으로 감쌌지만 강씨가 가진 것 같은 가죽띠는 애초에 준비하지 않았어. 그 탓에 부상자가 나와버렸구나.”

기와는 살져서 둥근 얼굴에 미소를 지었다.

“조다이는 꾸물거리며 돌아서 가는 길을 찾고 있다가 아직 도착하지 못했지. 어두워지기 전에 도착해야 할 텐데.”

“나라면 간큐보다 황해를 잘 아는 사람이 여기에 있다면 그 사람에게 어떻게 하면 안전하게 나아갈 수 있는지 물을 거예요."
"강씨는 가르쳐주지 않아."
"그렇지 않아요. 간큐도 늘 이것저것 물으러 가요."
"그야 간큐가 엽시사고 강씨와는 동료기 때문이지."
"그렇지 않아요. 다른 사람도 가요. 흉내내기보다 직접 묻는 편이 정확하고 빨라요. 그러는 편이 다들 안전할 수 있어요."
기와는 반지를 낀 양손을 들었다.
"슈쇼. 묻기만 하는 거라면 넌지시 가솔을 통해 물어봤단다. 하지만 강씨가 하는 말을 통 알아들을 수가 없더구나. 차라리 지금이라도 강씨를 고용하고 싶은 심정이지만 강씨는 모두 현재의 주인을 문제없이 바깥까지 데려다주지 않으면 보수 절반을 받지 못하지. 주인과 함께 우리 쪽으로 맞이하고 싶어서 같이 식사하지 않을지, 천막에 묵지 않을지 물었어. 실제로 간큐도 이야기를 전혀 들어주지 않았지 않느냐."
"그러게요……."
"하기야 강씨의 마음도 이해한다. 다들 황해를 가는 지혜를 익힌다면 강씨의 가치가 떨어지지. 장사가 엉망이 될 게야. 이렇게 말하면 그렇지만, 강씨는 우리 같은 생무지가 옆에서 고생 좀 하고 있지 않으면 주인에게 면목을 잃어. 다들 손쉽게 봉산에 갔다 돌아와서야 주인도 나머지 보수 절반을 선뜻 치르고 싶어 하지 않겠지."

"그런 걸까요."

"너에게는 천박해 보일지도 모르지만 그것이 돈벌이란다."

기와의 말에 슈쇼는 미간을 살짝 찡그렸다.

"그래서 나는 강씨를 고용하지 않았지. 황해에서 장사하는 사람은 황해에 갈 때 다소의 더러운 짓은 태연히 한다. 그것이 돈벌이니까. 그러나 그렇게 보호받아서야 봉산에 도착해도 나는 교키를 뵐 면목이 없어. 그러니 하다못해 스스로 할 수 있는 일을 하는 거란다."

기와는 그렇게 말하고 웃더니 슈쇼에게 뭐 곤란한 일은 없는지 부족한 것은 없는지 물었다. 딱히 없다고 대답하는 사이에 드디어 렌 조다이 무리가 도착한 목소리가 들렸다.

일어난 슈쇼는 기와와 헤어져 그쪽으로 가보았다. 가는 길에 강씨가 누군가와 싸우는 듯한 모습을 목격했지만 그쪽은 개의치 않고 막 도착한 사람들 사이에서 조다이의 모습을 찾았다.

"렌 씨……."

조다이는 떨떠름한 얼굴로 종자에게 천막을 치게 했다. 그는 슈쇼의 목소리에 돌아보더니 말을 건 사람이 누구인지 깨닫고 눈살을 살짝 찌푸렸다.

"뭐야……."

"우회로는 찾았어요?"

"음."

조다이는 우물거렸는데, 종자 중에는 다리를 감싸 안고 끙끙거리는 사람도 있었으니 역시 늪을 완전히 건너지 않을 수는 없었던 것이리라.

"강씨는 황해를 잘 알아요. 어째서 렌 씨는 강씨에게 의견을 묻지 않죠?"

물으니 조다이는 노골적으로 오만상을 지었다.

"천제는 남에게 의존해 찾아온 자를 바라지 않으셔."

"죽으면 아무 소용도 없잖아요. 강씨에게 어떻게 가야 하는지 묻든, 하다못해 강씨들의 흉내라도 내면 위험을 제법 피할 수 있지 않을까요? 적어도 시쓰 씨는 그렇게 해요. 그리고 사망자도 부상자도 렌 씨네보다 훨씬 적어요."

조다이의 눈썹 끝이 움찔하고 올라갔다.

"그 말은 내가 기와만 못하다는 의미인가."

"그런…… 말은 아니지만."

"나는 자력으로 황해를 돌파하겠어. 그것이야말로 내가 왕임을 스스로 증명하는 길이야."

슈쇼는 그러냐고 대답하고 조다이에게 등을 돌렸다.

"아저씨의 의지는 알겠지만 그에 휘둘려야 하는 종자는 가여워요.”

슈쇼는 황급히 자리를 뜨려 했다. 조금 화가 났다. 조다이의 의지는 자기 마음이지만 돌아가는 길을 찾을 때도 먼저 종자를 정찰 보낸다.

“왕이란 걸물이어야만 해.”

분노를 채 억누르지 못한 조다이의 목소리가 들려서 슈쇼는 걸음을 멈추고 돌아보았다.

“백성 가운데 가장 걸출한 자가 왕, 그렇지 않은가. 걸물인 자가 남에게 무릎을 꿇을 수 있나.”

“상학의 선생님은 남에게 경의를 품지 못하는 자는 결코 남이 경의를 품으려 하지 않는다고 말씀하셨어요.”

“그러니까 기와처럼 강씨를 숭상하며 흉내를 내라는 건가. 경의를 품는다면 강씨와 나란히 설 수 있도록 노력하는 것이 당연하지 않나. 분명히 강씨는 황해를 잘 알겠지. 그게 생업이니까. 하지만 강씨에게 경의를 느낀다면 해야 할 일은 강씨처럼 황해를 건너는 법을 배울 노력을 하는 것이지 강씨에게 아부하고 따라 하며 하수인으로 전락하는 것이 아니야.”

슈쇼는 조다이의 여윈 얼굴을 빤히 쳐다보았다.

“나는 강씨가 가진 황해에 대한 지식을 존경한다. 그러나 강씨에게는 현재 황해에서 고난을 탄식하는 자를 도우려는 의사가 없다. 나는 강씨에게 도와달라고 하는 것이 아니야. 황해를 잘 아는 자이기에 황해 사정에 어두운 자들을 도울 책임이 있지 않느냐는 거야."

"네, 그 말은 잘 알겠어요."

"강씨가 그러지 못한다는 것은 알아. 강씨는 주인을 지켜야 할 존재기 때문이지. 그러나 황해에 익숙하지 않은 사람들에게는 강씨처럼 황해를 잘 아는 자의 보조가 필요하다. 강씨들이 그러지 않는다면 내가 그 일을 하면 그만이지. 하지만 안타깝게도 나에게는 강씨 같은 지식이 없어. 그래서 그것을 얻기 위해 시행착오를 반복한다."

"시행착오를 하기보다 강씨에게 묻는 편이 빠르지 않아요?"

"아가씨는 상학에서 선생님께 정답만 물었나?"

"아……. 그러네요. 그러지 않았어요."

슈쇼는 한숨을 내쉬고 손사래를 쳤다.

"귀찮게 해서 죄송해요."

말하고 발걸음을 돌린다. 얼마 되돌아가지 않아 리코와 마주쳤다.

"벌써 날이 어두워. 슈쇼. 간큐가 노발대발하고 있어."

"함께 사과해줘."

뻔뻔하게 말하고 리코와 나란히 걸으면서 슈쇼는 깊은 한숨을 내쉬었다.

"왜 그러지?"

"여러모로 너무 어려워."

005

황해는 인간이 살 수 없는 땅이고 여행하기에 고생스러우리라는 사실은 슈쇼도 당연히 알고 있었다. 황해에 들어가면 길은 없다. 여관도 없고 가게도 없다. 그곳은 요마가 어슬렁거리는 땅으로 이제 하룻밤도 안전하지 않다.

"그렇게 듣기는 했지만……."

슈쇼는 몸을 앞으로 구부리고 언제 끝날지도 모를 언덕을 오르면서 말했다.

실제로는 지금 슈쇼가 오르고 있는 이런 길이 황해에도 분명히 있다.

"응?"

리코가 물어서 슈쇼는 어깨를 으쓱했다.

"나, 황해에는 길이 없다고 들어서 산속에 들어가는 것 같으리라고 생각했어. 예전에 밤을 주우러 간 적이 있거든. 풀을 헤치고 거치적거리는 가지를 잘라내고 나무 기둥에 매달려 오르거나 풀뿌리를 붙잡고 내려가기도 하고. 그런 거겠거니 했지. 그렇게 오르락내리락하는 동안에 방향을 잃을 것이 걱정이었어. 그래서 산을 잘 아는 사람에게 슬쩍 어떻게 방향을 알 수 있는지 묻기도 했고."

"호오?"

슈쇼는 웃는 리코를 향해 쓴웃음을 짓고 한숨을 쉬었다.

"하지만 황해에는 길이 있어. 어쨌거나 지금까지 길을 따라 걸으면 됐잖아. 문제는 가도 가도 마을이 없다는 점이겠네."

"흐응?"

"가도를 걷다가 지치면 인근 마을에 들르면 되잖아. 필요한 것은 잠깐 들르기만 하면 얼마든지 얻을 수 있어. 배가 고프면 음식을 사면 되고, 목이 마르면 농가에 들러 우물물을 얻으면 그만이잖아. 나는 건으로 향하는 길에 여관을 잡지 못해 총당 바닥 아래에서 잔 적이 있어서 황해에서 노숙하는 것도 비슷할 줄 알았는데 실제로는 완전히 달랐어. 가도에서 노숙할 때는 마을에 잠깐 들러서 이것저것 사들일 수 있었는걸."

슈쇼는 땔감이 될 만한 작은 가지를 주웠다.

"길이란 것은 평평한 지면이 이어져 있는 것이 아니야. 그곳을 지나는 사람이 굶주리거나 목이 타지 않을 만한, 지치면 쉴 수 있을 만한 주위 상황 자체를 길이라고 하는 거야. 그러니까 확실히 황해에는 길이 없는 거지."

반쯤 야유하듯이 놀랐다고 말한 사람은 긴하쿠였다. 근래 이틀 정도 긴하쿠 일행은 반드시 앞뒤 좌우 어딘가에 있다. 황주가 낀 집단끼리 눈에 띄게 뭉치기 시작했다.

"대단한 배짱이군. 그런 생각을 하면서 황해를 돌아다니고 있는 건가."

"맞아. 있지, 강씨나 주씨는 어떻게 하면 될 수 있어?"

긴하쿠는 놀라서 슈쇼를 바라보았다.

"……묘한 데에 흥미를 품는군. 아가씨는 강씨라도 되고 싶은 건가?"

"왕이 되고 싶어. 하지만…… 그러네. 왕이 안 된다면 주씨도 나쁘지 않아. 생각하는 바가 없지는 않지만."

슈쇼가 간큐를 곁눈질하면서 대꾸하자 긴하쿠가 웃음을 터뜨렸다. 슈쇼 옆에서 걷고 있던 리코도 큰 소리로 웃는다.

"좋아, 웃어. 그러고 나면 주씨는 황주 안에서도 특별하니까 되고 싶다고 될 수 있는 것이 아니라는 소리나 하겠지."

슈쇼가 무언가 되고 싶다고 하면 대부분 어른들은 그렇게 말하며 웃는다.

"애초에 어른은 제멋대로야. 많은 기수를 다룰 수 있으니까 기상騎商이 되고 싶다고 하면 어린애 같은 말을 한다며 웃지. 되고 싶다고 될 수 있는 것이 아니라고 해서 학교에 가기만 하면 될 수 있는 관리가 되려고 했더니, 이번에는 이 나이에 관리가 되고 싶다니 어린아이답지 않다는 거야. 넌더리가 나."

"딱히 그래서 웃은 게 아닌데."

긴하쿠는 여전히 웃으면서 손사래를 쳤다.

"왕과 주씨를 저울질하니까 깜짝 놀랐을 뿐이야. 너, 기수를 좋아해?"

"좋아해. 그러니까 기상이나 주씨가 부러워. 사실은 기수를 길들이는 것도 해보고 싶어. 하지만 어른들은 기상이 되는 방법을 가르쳐주지 않아. 어떻게 하면 될 수 있어?"

"일단 부모가 부민이어야지."

"부모 문제야?"

슈쇼가 쳐다보자 간큐는 지겹다는 듯이 고개를 끄덕였다. 웃은 사람은 긴하쿠다.

"그렇지. 부모가 자식을 데리고 부민이 돼. 부모는 먹고살기 위해서 아이를 주씨나 강씨의 두령에게 팔아넘겨야 할 형편이지. 어릴 적부터 수련해서 제 몫을 하는 황주가 되는 거야."

"어떻게 그래. 사람을 사고팔아서는 안 돼."

"사고파는 건 아닌데. 부모는 생활고가 심하니까 아이를 키울 수가 없잖아. 부민이니까 이가에 맡길 수도 없어. 하는 수 없으니 보살펴줄 사람에게 넘겨. 운이 좋으면 아이와 인연을 끊는 위로금으로 푼돈을 받지. 그런 거야."

"간큐도 긴하쿠도 그렇게 황주가 된 거야?"

"그렇지, 뭐."

"그래. 그래서 그렇게 성격이 비뚤어졌구나. 애써 황주가 되었으니 긍지를 높게 가지면 될 텐데."

긴하쿠는 또다시 소리 높여 웃었다.

"애쓰고 자시고 애초에 황주가 되고 싶어서 되는 놈도 없다고 보는데."

"사람에게는 이런저런 취향이 있지. 그런데 봉산에 기린이 없어지면 강씨는 어떻게 해? 내가 만약 왕이 되면 긴하쿠는 직업을 잃어버리나."

"승산자가 없어지면 강씨는 주씨로 재빨리 변신하지. 어차피 일이 없으면 황해에 들어가 기수를 사냥해. 주씨와는 방식이 다르지만."

"달라?"

"내가 독립하기 전에 두령에게는 또래의 제자가 세 사람 있었지만, 독립하기 전에는 호위로 일할 수 없어. 그동안에는 형님들을 따라서 기수를 사냥하지. 단, 승산로를 따라 사냥해. 그 점이 주씨와 다르지."

"흐음……."

"길을 따라 왕복하면서 기수를 사냥하고, 그렇게 길 어디에 무엇이 있는지 머릿속에 집어넣는 거지. 그래, 봉산에 기린이 없더라도 그러는 수밖에 없어. 하다못해 강씨만이라도 오가지 않으면 길이 사라져버리니까."

"길이 사라진다고?"

"사람이 오가며 가지를 정리하고 풀을 베니까 길이 있는 거야. 사람이 전혀 지나지 않으면 길은 금방 황해에 삼켜져 사라져버리지. 길을 잃으면 강씨도 곤란해. 그랬다가는 강씨는 안전한 길을 하나부터 다시 찾아야 하니까."

"그렇구나."

슈쇼는 뒤돌아보았다. 승산자들이 숲을 관통하는 긴 언덕을 묵묵히 올라오고 있다.

"이 길은 강씨가 낸 길이구나……."

"어때? 너도 강씨가 될래?"

"왕이 안 된다면 그것도 나쁘지 않아. 길을 낸다는 점은 마음에 들었어. 마음에 들지 않는 일도 있기는 하지만."

"응?"

"강씨의 방식은 어쩔 수 없다는 것을 알면서도 납득이 가지 않을 뿐이야. 그래, 어차피 집을 뛰쳐나왔으니 이대로 황주가 되어 버릴까. 그러는 김에 강씨와 주씨에게 조금 더 제대로 된 사고방식을 가르쳐주는 것도 나쁘지 않겠어."

이상한 녀석이라며 긴하쿠는 큰 소리로 웃었지만 간큐는 한숨을 쉬었다.

"말도 안 되는 소리 하지 말고 빨리빨리 걸어."

"어라, 나는 꽤 진지해."

"그런 말도 안 되는 생각하지 말고 얌전히 걸어."

"뭐야."

슈쇼가 반론하려 했을 때 대열 앞쪽을 가던 강씨 중 한 사람이 소리쳤다.

"이봐."

슈쇼가 고개를 들자 가파른 비탈 앞에 쓰러진 나무가 길을 가로막고 있었다.

기수와 사람이 저 나무를 치워야 한다. 슈쇼는 몇 번 겪은 작업을 떠올렸다. 앞길을 방해받은 것 같아 애타는 마음이 반이고, 기수와 말이 가여우면서도 그들이 일하는 모습을 볼 수 있어서 기쁘기도 했다.

긴하쿠를 포함한 강씨들과 간큐가 쓰러진 나무 근처로 달려갔다. 뒤따라오는 자들 몇 명이 그것을 알아채고 그중 한 사람이 허둥지둥 언덕을 내려갔다. 시쓰 기와에게 알리기 위해서다. 간큐 일행은 쓰러진 나무와 숲 왼쪽을 가리키고는 이야기를 주고받았다. 보아하니 왼쪽 숲속에 간신히 알아볼 만한 좁은 길이 이어져 있다.

"무슨 일이람……."

슈쇼가 중얼거리자 리코도 "글쎄" 하고 고개를 갸웃거렸다.

간큐 일행은 숲을 가리키거나 하늘을 올려다보고 심각한 표정을 지었다. 저도 모르게 슈쇼까지 머리 위를 올려다보았다. 해는 기울어 이제 오후가 아니라 저녁에 가깝다.

마침내 무언가를 합의하고 간큐 일행이 돌아왔다.

"왜 그래?"

슈쇼가 묻자 간큐는 박의 고삐를 숲속으로 끈다.

"여기서 야영한다."

"하지만 아직……."

슈쇼가 하늘을 가리켰다.

"이 앞길은 지날 수 없어. 숲을 돌아가야 하는데 길이 없어. 여기서 야영하고 내일 단숨에 숲을 빠져나간다."

"왜? 쓰러진 나무 때문이라면 저번처럼 치우면 되잖아."

"이 앞에 요마가 있어. 그것도 대단한 놈이."

"뭐……?"

"강씨가 일부러 나무를 쓰러뜨려 길을 막은 거야. 얼마 안 됐어. 올겨울쯤이겠지. 나무가 좌우에서 쓰러졌잖아."

자세히 보자 실제로 양쪽에서 길을 가로막은 쓰러진 나무 밑동은 부러졌다기보다 날붙이로 베어 쓰러뜨린 형태였다.

"저건 감당할 수 없는 요마가 있으니까 돌아서 가라는 표시인 모양이야."

006

"이 앞길을 지날 수 없다는 이야기가 사실인가."

시쓰 기와를 비롯한 여러 사람이 당황하며 찾아왔다. 황주는 길을 벗어나 숲으로 제법 들어간 곳에 모여서 이미 야영지를 마련하고 있었다.

여느 때처럼 긴하쿠가 수긍했다.

"무리야. 지나지 말라는 표시까지 남아 있으니 포기해야 해."

"하지만……."

"그래서 어쩌라는 거지?"

렌 조다이가 대화에 끼어들었다. 슈쇼는 조다이가 황주를 찾아온 사실에 조금 놀랐다.

"동료가 우회로를 표시해놨어. 길을 벗어나 이 숲을 돌파해 크게 돌아간다."

"그럼 얼마나 걸리지. 안전한 건가."

"이대로 곧장 가는 것보다 안전해. 서두르면 하루면 숲을 빠져나갈 수 있겠지. 거기서부터 다시 길을 찾는 여정이 고생이겠지만 아마도 동료가 표시해두었을 거야."

"길을 잃을 가능성은 없나."

"없다고는 못 하지. 그러니까 나름대로 준비가 필요해."

"그 요마란 놈이 그만한 위험을 무릅쓸 정도의 상대인가."

"어떤 놈인지는 모르지만 저렇게 지나가지 말라고 막아둔 이상 대단한 상대인 건 틀림없어."

"그렇군."

"부탁 하나만 해도 될까."

조다이는 뭐냐며 눈썹을 치켰다.

"댁의 동료에게도 숲속에 숨어 있으라고 말해주면 좋겠어. 오늘밤에는 불을 피우지 말고 고기와 생선은 요리에 쓰지 마. 새나 양도 절대로 잡지 마. 되도록이면 말린 밥이라도 먹으면서 가능한 한 조용히 해줘. 소리나 기척이 닿지 않을 만큼의 간격을 두고 막아두었다지만 조심해서 나쁠 것은 없으니까."

조타이는 이해할 수 없다는 표정이기는 했지만 일단은 고개를 끄덕였다.

“확약은 못 하지만 명심하지.”

그렇게 대답하고 발길을 돌려 길을 따라 숲속으로 내려간다. 그 모습을 지켜보고 기와는 미심쩍다는 듯이 코웃음을 치고는 긴하쿠를 보며 미소를 지었다.

“이거 강씨 덕분에 살았네. 아무튼 간에 오늘밤에는 조용히 몸을 숨기고 있으면 불안하기는 해도 습격은 받지 않고 지나가는 거지?”

“글쎄.”

긴하쿠의 대답은 냉정했다.

“아마도 올겨울 초쯤에 나무로 길을 막았을 거야. 정작 요마가 먹이를 찾아 다른 데로 이동하지 않았다는 확신도 없고, 하물며 그것이 이 부근이나 요 앞이 아니라는 보증도 없어. 뭐, 오늘밤에는 보초를 세우고 경계해야지.”

기와는 불안한 듯한 표정을 지었지만 엄숙히 고개를 끄덕였다.

“숲을 헤치고 가려면 마차는 지날 수 없겠지?”

“무리야. 짐차에 짐을 옮기고 사람이 밀거나, 가장 좋은 건 마차도 짐차도 버리고 되도록 말과 사람이 짐을 나눠 드는 거지. 그렇게 해도 짊어질 수 없는 짐은 다른 사람들에게 나눠주는 게

나야."

"다, 당치도 않아."

"댁은 설마 봉산까지 저 마차를 끌고 갈 수 있을 거라고 생각했어? 어차피 곧 험한 길에 접어들어. 이대로 곧장 가도 언젠가 버려야만 해."

"하지만……."

"되도록 조용히 짐을 꾸려. 짐을 담을 것이 없으면 휘장과 천막을 찢어 만들어. 물과 식량이 가장 중요해. 전부 짊어질 수 없다면 물이 먼저야."

"물은 얼마나……."

긴하쿠는 가볍게 혀를 찼다.

"내가 어떻게 알아. 이 앞은 우리도 몰라. 우회하면 어디로 나올지도 알 수 없다고. 물이 떨어지면 거기가 댁의 묏자리야."

"척후병을 보내보면 어떤가."

"그러고 싶으면 맘대로 해. 우리는 그런 짓은 하지 않아."

기와는 난처해하며 입을 다물었다.

터벅터벅 멀어지는 기와 일행을 지켜보며 긴하쿠를 비롯한 강씨들은 모여 있는 슈쇼를 포함해 황주의 보호를 받는 사람들을 바라보았다.

"지금 이야기한 바와 같은 상태다. 앞으로 어떻게 될지 우리도 몰라. 미안하지만 한동안 제법 고생해야만 해."

긴하쿠의 주인은 온후해 보이는 초로의 남자로 긴하쿠를 전면적으로 신뢰하는지 잠자코 고개를 끄덕일 뿐이었다. 개중에는 불안을 토로하는 사람도 있었지만 모두 자신이 고용한 강씨가 달래자 결국 납득한 듯이 보였다.

'그렇구나.'

슈쇼는 생각했다. 이것이 기와와의 차이다. 고용한 자와 고용당한 자, 고용한 사람들에게는 애초에 강씨 없이 황해를 건널 수 있을 리가 없다는 생각이 있다. 그렇게 생각하니까 강씨를 고용한다. 자신의 목숨을 맡길 상대를 찾아 데려온 것이다. 그렇기에 목숨을 맡긴 상대에 대한 믿음이 있다.

"신뢰해주지 않는 인간의 뒤치다꺼리는 하지 못하겠다는 말이야?"

슈쇼가 작은 목소리로 묻자 간큐는 어리둥절해서 눈을 동그랗게 떴다.

"뭐라고?"

"당신들이 다른 사람에게 차가운 이유. 신뢰도 못 받는데 귀찮은 일만 맡기는 확실히 무리일 수도 있겠네."

긴하쿠라는 사람만 보면 성격 좋은 남자다. 간큐도 얄미운 구석이 없지는 않으나 밉살스럽지는 않다. 적어도 슈쇼를 황해에 데려와주었고, 빈틈없이 보살펴주고 있다. 그런데 어떻게 다른 사람에게는 저리도 냉담한지 슈쇼는 도저히 납득할 수 없었다. 그 대답을 찾아낸 것 같아 드디어 마음이 후련해졌건만 간큐의 대답은 쌀쌀맞았다.

"너, 바보야?"

이번에는 슈쇼가 어리둥절해할 차례다.

"……무슨 말이야, 그게."

간큐는 성난 표정을 짓는 슈쇼를 어이없다는 듯이 보고는 무언가를 의논하러 긴하쿠에게 가버렸다.

"사람이 애써 좋게 해석해줬건만."

울컥해서 소리친 슈쇼의 어깨를 리코가 토닥였다. 평소처럼 김빠지는 미소를 짓고 있다.

"일단 앉아. 아무튼 우리는 얌전히 있자. 이럴 때에는 짐이니까."

"아무리 그래도 저래도 돼?"

"슈쇼가 강씨에 대해 생각하는 것은 무척 좋은 일이라고 보지만 말이야."

리코가 웃었다.

"자신이 바라는 대답을 찾기 위한 고민은 의미가 없어."

"그게 무슨 말이야."

"너는 총명하고 괜찮은 아이야. 말은 이러니저러니 해도 간큐가 마음에 들지? 그러니까 괜찮은 사람이라고 생각하고 싶어. 아니니?"

본의는 아니지만 슈쇼는 수긍했다. 맥없이 세이사이 곁에 앉아 제법 더러워진 털에 등을 기댔다.

"그렇게…… 되나……."

"하지만 나에게는 네가 말하는 '괜찮은 사람'과 간큐가 생각하는 '괜찮은 사람'이 어긋나 있는 것처럼 보여. 간큐에게는 간큐의 생각과 논리가 있어. 슈쇼의 논리로 옳고 그름을 정해봤자 아무 의미도 없어."

"……무슨 이야기인지 모르겠어."

"슈쇼는 기수를 좋아해. 그렇지?"

"맞아, 좋아해."

"그러니까 기상이나 주씨가 되고 싶다는 생각까지 했겠지. 황주의 백성이 되어보고 싶니?"

"솔직히 말하면 그런 마음도 제법 들어."

응, 하고 리코는 고개를 끄덕이고 미소 지었다.

"그런데 슈쇼는 황주로 산다는 것이 어떤 것인지 알고 있을까?"

"무슨 말이야?"

슈쇼가 리코를 쳐다보는 것과 동시에 간큐의 한숨이 들렸다.

"추우를 주고받을 수 있는 사람한테 그런 소리를 듣기도 좀 그런데."

리코는 웃으며 비켜나 간큐가 앉을 자리를 만들었다.

"그거 가차없군."

"사실이잖아. 난 추우를 타고 비단 포를 입고 황해에 들어온 인간이 황주를 이해할 수 있을 거라고 생각 안 해."

"음, 그렇겠지."

슈쇼는 쓴웃음을 짓는 리코의 얼굴을 응시하더니, 간큐의 떨떠름한 얼굴을 바라보며 손을 쥐었다.

"그 말은 내가 알 리가 없다는 소리야? 황주가 얼마나 힘든지 알 리가 없으니까?"

간큐는 지극히 당연하다는 듯이 고개를 끄덕였다.

"아가씨는 부민이 된 적이 없겠지."

"그래. 당신들이 얼마나 멍청이인지 잘 알았어."

간큐는 낯빛이 파래져서 떠는 아이를 향해 웃었다.

"너는 영특하지, 알아."

"그래, 맞아."

슈쇼는 거만하게 단언했다.

"나는 만고의 딸로, 상학에서도 가장 영특했어. 내가 모르는 것이 아니라 당신들이 모르는 거야.”

“그런 소리를 하는 한 황주를 이해할 수 없어.”

“이해하지 못한다고 생각하는 것은 당신이 구미보다 나은 인간이 된 적이 없고, 영특했던 적이 없기 때문이야.”

“뭐라고?”

간큐는 저도 모르게 등을 나무 기둥에서 떼었다. 슈쇼는 그 모습을 냉랭하게 보며 일어났다.

“예순닷 냥은 줄게. 지금까지 수고했어. 안녕.”

007

“어이쿠, 아가씨.”

입을 꾹 다물고 나무 아래에서 빙 둘러앉은 사람들 가운데에서 렌 조다이가 돌아보았다.

“또 무슨 이야기지?”

“부탁이 있어서 왔어요.”

“무슨 일이냐?”

“나, 주씨와 인연을 끊기로 했어요. 허드렛일이든 뭐든 할 테니까 렌 씨네가 고용해줄 수 없어요?”

조다이는 눈을 동그랗게 떴다.

"그러니까…… 네가 말이야?"

"네. 여기까지 온 것을 봐도 알다시피 적어도 몸은 건강해요. 다리도 튼튼하고, 내가 봐도 부지런해요. ……안 되나요? 정말로 가장 말단이라도 괜찮아요."

조다이는 모인 사람들에게 눈짓하더니 슈쇼를 불렀다.

"나쁜 소리 안 할 테니 주씨에게 돌아가."

"싫어요. 난 주씨와 강씨의 방식을 참을 수 없어요."

"방식……?"

"네. 그 이상은 묻지 마요. 입에 담고 싶지도 않아요."

조다이는 야윈 얼굴을 찌푸렸다.

"아가씨……. 슈쇼라고 했나? 네가 꼭 그러기를 바란다면 손님으로 받아들이는 것쯤이야 쉬운 일이지만 유감스럽게도 나는 네 말대로 황해에 관해서는 문외한이야."

"아무리 황해에 대한 지식이 있어도 비뚤어진 마음으로 그것을 쓴다면 의미가 없어요."

"비뚤어진 마음이라니?"

슈쇼는 땅바닥을 노려보았다. 여전히 분노로 손이 떨렸다.

"황주는 부민이에요. 부민의 삶이 고단하다는 것은 알아요. 집이 없고 어느 나라 왕의 보호도 받지 못한 채 살아간다는 것이 얼마나 큰일인지 모르지 않는다고요."

슈쇼가 조다이를 올려다보았다.

"왕이 없으면 곤란하잖아요. 요마가 나오면 곤란해요. 그래서 이만한 사람들이 위험을 무릅쓰고 봉산으로 향하고 있는 거잖아요!"

조다이는 말없이 슈쇼를 응시했다.

"부민은 괴롭다, 부민이 된 적 없는 우리는 부민의 심정 따위 알 리가 없다는 거예요. 그걸 모르면 아무도 황해 같은 곳에 오지 않아요. 알지 못하는 것은 황주예요. 황주가 혜택을 받는 백성이 아니라는 사실은 조금 생각하면 누구든 알 일이에요. 그렇다고 혜택을 받지 못하는 사실에 토라져서 혜택받은 사람을 시기하고, 자신들만 잘 아는 곳에 온 것을 구실 삼아 평소의 분풀이를 하다니."

"슈쇼?"

"아무리 황해에 대한 지식이 있다 해도 보복을 위해 지식을 쓴다면 그런 지식은 없는 편이 나아요. 더는 말하고 싶지 않아요. 적어도 여기까지 데려와준 것에는 감사하고 있으니까요."

조다이는 그러냐며 생각에 잠겼다.

"하지만 이제 얼굴도 보고 싶지 않아요. 어차피 렌 씨는 이대로 길을 갈 거죠?"

슈쇼가 묻자 조다이는 고개를 가로저었다.

"아니. 우리는 이번만큼은 강씨의 조언에 따라 강씨를 뒤따라 가려고 한다."

"어째서요? 여태까지는 줄곧……."

"강씨가 일부러 알릴 것이 있다며 말해줄 만한 일이기 때문이지."

"강씨가 말을 전하러 왔어요? 렌 씨한테요?"

그래서 조다이가 강씨에게 이야기를 물으러 온 것인가.

"강씨가 일부러 알릴 만한 사항이니 이 앞으로는 정말로 갈 수 없는 거겠지. 그런 상황에서 나아갈 만큼 나는 무모하지 않아. 여태까지도 굳이 강씨에게 거스르기 위해 우회로를 찾은 것은 아니니까."

"하지만……."

"늪을 돌아서 가려 한 이유는 늪에 무언가 있다는 사실을 알았기 때문이야. 강씨들은 그 사실을 알고서 나름대로 대비를 한 모양이지만 우리는 그러지 못했지. 강씨가 대비하고 건너는 늪이라면 대비 없이 건널 수 없다는 말이야. 아닌가?"

"그렇게 되겠죠……."

"그러니까 우회로를 찾은 거지 강씨를 거스르기 위해 길을 찾은 것이 아니야. 강씨조차 이 앞으로는 가지 않는다고 한다면 우리도 그만둬야지. 우회하기 위해 길을 찾아야만 한다면 강씨를 뒤따르는 수밖에 없어."

"그렇군요……."

"그래도 기와 일행은 쓰러진 나무를 치우고 이대로 길을 따라갈 모양이다만."

슈쇼는 눈을 부릅떴다.

"시쓰 씨가……. 정말로요?"

"괜찮겠어?"

리코가 간큐에게 물었다. 간큐는 슈쇼를 쫓듯이 일어난 채 그 뒤로 꼼짝하지 않았다. 그저 시선만 슈쇼가 사라진 방향을 향하고 있었다.

"마음대로 하라고 해. 대금은 전부 받았으니까."

간큐는 그렇게 말했지만 목소리는 다소 패기가 없었다.

"흐음?"

"나로서는 아가씨의 사고를 도무지 모르겠어."

"그래?"

되묻는 리코를 간큐는 돌아보았다.

"그런 댁이야말로 저 말괄량이를 데려다주기 위해 일부러 온 거 아닌가?"

"그렇지."

"그러면 가."

간큐는 그 자리에 앉았다. 리코가 미소 짓는다.

"그건 너무하는군. 황해에서 황주 곁에서 떨어지면 위험하잖아."

"위험하지."

간큐가 대답하며 쳐다보자 리코의 얼굴은 정체불명의 미소를 짓고 있었다.

"나도 목숨은 아까우니까. 안타깝게도 남을 위해 헛되이 버릴 목숨은 지참하지 않았어."

"그럼 왜 황해까지 왔지."

"필요하다고 생각했으니까. 그리고 아마도 필요가 없어진 거겠지."

간큐가 어리둥절한 표정을 지었다.

"도무지 모르겠군."

"슈쇼를 쫓아가기는 간단하지만 간큐가 없으면 가도 별로 의미는 없을 것 같아."

무슨 뜻이냐고 묻듯이 고개를 든 간큐를 보며 리코는 쓴웃음을 지었다.

"아마도 슈쇼는 조다이나 기와에게 갔을 거야. 홀로 봉산까지 갈 생각을 할 정도로 어리석지는 않으니까. 그리고 곁에 황주가 없다면 슈쇼는 봉산에 도착할 수 없을 거야."

"그래."

간큐는 입가를 일그러뜨렸다.

"등극하지 못하는 슈쇼를 지켜줄 필요는 없다는 소리인가."

"등극하지 않는 슈쇼에게는 내가 필요 없다는 말이지."

슈쇼가 봉산에 간다고 했을 때 리코의 마음속에는 이 아이가 왕이라는 직감이 싹텄다. 슈쇼와 만난 마을에 목적이 있어 간 것은 아니었다. 어쩌다 보니 발걸음을 멈추고, 어쩌다 보니 묘지를 살펴보고 싶어서 마을 뒤쪽으로 돌아가, 어쩌다 보니 세이사이 곁을 비웠다.

간큐가 마음속을 읽은 듯이 말했다.

"인간과 인간의 만남은 대체로 그런 것이라 생각한다만……."

"그렇겠지. 단, 슈쇼가 누군가를 만난 것이 중요하지 않나. 슈쇼가 다름 아닌 나를 만난 사실이 중요한 거야."

"괴짜인 인간은 댁 말고도 있을지도 몰라."

"간큐는 ……가 아니니까 몰라."

중간 말을 알아듣지 못해 자신을 쳐다보는 간큐를 보며 리코가 웃었다.

"간큐는 황주다. 그러니까 나와 동류가 아니야. 우리의 생각은 이해할 수 없어."

"아, 예, 그러시군요."

키득거린 리코가 더 크게 웃었다.

"이건 이해를 거부하는 말이야. 설명하지 않으면 이해하고 말고도 없지."

"내 도량이 좁다고 말하고 싶은 건가."

"그렇게 말하지는 않았어. 황주의 마음은 황주밖에 몰라. 그것도 사실이야. 어떤 일이든 제 신변에 일어나지 않으면 이해하지 못할 것은 있으니까. 그건 사실이지만, 동시에 이해를 거부하는 말이기도 하지. 이해를 거부하는 주제에 이해하지 못하는 상대방을 나무라는 말이야."

간큐가 입을 다물었다.

"슈쇼는 간큐를 이해하고 싶었던 거야."

"할 수 있을 것 같지 않군."

"설명하기가 귀찮아?"

"그런 것이 아니야."

"그럼 간큐는 슈쇼가 이해하지 않기를 바랐나. 그렇지 않다면 설명해도 이해하지 못할 것이 두려웠나."

간큐는 한숨을 내쉬었다.

"……그렇지 않아. 슈쇼는 이해할 수 없을 거라고 생각했을 뿐이야."

"흐응?"

"왜냐하면 나는 나라에 왕이 필요하다는 사람을 이해할 수 없으니까. 왜 승산해서까지 왕을 원하는지 모르겠어."

리코는 그러냐며 쓴웃음을 지었다.

"그건 확실히 이해하기 어렵겠군."

간큐는 그 뒤로 입을 다물고 리코 또한 그 말을 끝으로 입을 열지 않았다.

야영지에는 불이 없다. 여기저기에 흩어진 사람들은 무거운 침묵과 어둠에 감싸여 하룻밤을 지새웠다.

황주는 밤이 지나고 충분히 하늘이 밝기를 기다렸다가 그제야 일어나 짐을 꾸렸다. 간큐 역시 입을 꾹 다물고 마찬가지로 짐을 박에게 실었다. 그리로 긴하쿠가 다가왔다.

"간큐."

긴하쿠의 뒤에는 조다이의 모습이 보였다.

"아가씨가……."

"그 왈가닥이라면 여기에는 없어. 나는 해고당했어."

"알아."

대화에 끼어든 사람은 조다이였다.

"슈쇼는 기와에게 갔어."

"그랬군."

"기와는 간밤에 쓰러진 나무를 치우고 길을 떠났어."

간큐는 놀라서 조다이의 경직된 표정을 보았다. 조다이가 고개를 끄덕였다. 긴하쿠는 그 옆에서 입가를 일그러뜨렸다.

"아무래도 그 양반은 어떻게든 마차를 포기하고 싶지 않았던 모양이로군. 날이 밝기 시작하자마자 그 길로 갔어. 가는 거야 제 마음이지만 아가씨가 따라간 것 같아. 그래도 괜찮은가."

긴하쿠를 향해 간큐는 고개를 끄덕였다.

"굳이 죽고 싶다면 그것도 슈쇼 마음이겠지. 나는 해고됐어. 더는 관계없다."

4
장

001

“처음부터 나는 알 리 없었대요. 나는 그렇게 바보 취급받는 게 제일 싫어.”

슈쇼가 투덜거렸다. 기와는 그 말에 호들갑스럽게 고개를 끄덕였다.

“확실히 실례되는 이야기로구나. 슈쇼는 평범한 아이가 아니야. 누가 뭐라 해도 승산할 각오가 있으니까 말이지.”

“……음, 그렇죠.”

“신경쓰지 마라. 엽시사란 놈은 원래 그런 자들이다. 결국 세상을 등진 사람들이야. 황주, 황주라고들 부르지만 황주 중에서도 공국 출신인 자가 있어. 그러나 놈들이 승산했다는 이야기는 못 들었다. 하기야 여태껏 황주 안에서 왕이 나왔다는 이야기도 듣지 못했다만."

"황주는 어릴 적부터 황해에서 자라니까 황해 바깥일은 모르는 거예요. 물론 나는 황주가 아니에요. 하지만 그렇게 말하면 황주도 우리 집안에 대해서 모를 거 아니에요. 그런데 자신은 아는 체해요. 사사건건 아씨라고 부르며 비꼰다고요. 황주에 대해서는 황주밖에 모른다면, 나에 대해서도 호상豪商의 집에서 태어난 인간이 아니면 모른다고 할 권리가 있다고 봐요."

"그래, 맞는 말이다. 원래 잔챙이는 남의 사정을 이해하지 못하는 법이야."

기와는 그렇게 말하고는 주위를 둘러보았다.

"대체 이만한 짐을 어떻게 사람이 운반하라는 거야. 안 그러니, 슈쇼."

"그러게요."

슈쇼도 마찬가지로 주위로 시선을 돌렸다.

산더미 같은 짐을 쌓은 마차의 짐칸. 기와는 짐 사이에 두꺼운 깔개를 펴서 듬직하게 앉아 있다. 그렇게 편하지는 않았다. 길이 좋지 않은 탓이다.

"확실히 이렇게 많으면 사람이 전부 운반하기는 불가능하죠."

마차 한 대와 짐차 세 대.

슈쇼는 수긍했지만 다소 불편한 마음으로 기와의 얼굴을 보았다.

“정말로 짐이 많네요. 왜 이렇게 많은 짐이 필요하죠?”

기와가 웃었다.

“나에게는 많은 일행이 있기 때문이란다. 모두의 식량만 해도 예사로운 양이 아니야. 그런데 얼마나 걸릴지 모르는 여정 동안에 필요한 물과 식량을 어떻게 운반하라는 건가.”

분명히 마흔 명 치 식량이면 대단한 양이리라. 그래도 슈쇼는 의아했다.

“종자 한 사람 한 사람이 각자 자기 몫을 들면 안 돼요?”

기와는 말도 안 된다는 듯이 손사래를 쳤다.

“며칠 걸릴지 안다면 말이지. 나는 통으로 물을 실어 왔어. 물 한 통을 짊어지라니, 말은 간단하지만 실제로 옮기는 고생은 보통 일이 아니란다. 조금씩 나누어 운반하려 해도 담을 용기가 없어.”

“그러네요.”

슈쇼는 맞장구를 치면서 뒤쪽을 보았다. 얇은 비단 막이 쳐져 있는 탓에 짐을 짊어진 종자들이 짐차를 열심히 미는 모습이 보였다.

“슈쇼, 왜 그러니. 가만있지를 못하는구나. 무섭니?”

"아니에요. 그렇지는 않은 것 같은데, 글쎄요."

슈쇼는 말을 흐렸다. 요마가 있다는 장소로 가고 있으니 당연히 불안하기는 하다. 무섭다고 하면 무섭지만, 이는 간큐의 얼굴을 보기가 싫어서 스스로 선택한 것이니 불만을 토로할 마음은 애초에 없다. 그보다도 신경쓰이는 점은 마차를 타고 가고 있는 것이다. 황해에 들어오고부터 줄곧 여기까지 걸어왔다. 걸으면서 장작을 줍고 샘이 있으면 물을 길었다. 계속 그래왔던 탓에 편히 앉아 가는 자리가 바늘방석 같다.

"괜찮다, 슈쇼. 요마가 있다고 하지만 나무를 쓰러뜨려놓은 것은 겨울 초순이라고 하지 않니. 그로부터 얼마나 시간이 흘렀는지 아니? 요마도 먹을 것이 필요해. 저렇게 길을 막아버리면 지나가는 이도 없지 않겠어. 먹잇감이 없어 벌써 다른 곳으로 갔겠지."

"네, 그러네요. 그럴지도 몰라요."

"그렇지."

기와는 의기양양하게 미소를 지었다.

"이렇게 오래 황해를 여행하면 초짜라도 지혜가 생기는 법이야. 나도 그렇게 얕볼 남자가 아니야. 어쨌거나 조다이와는 달리 줄곧 강씨가 하는 행동을 지켜봐왔으니까. 그러나 마차를 버리라니 말도 안 되지. 나에게는 내 사정이 있어."

"짐 말이죠."

슈쇼는 애매하게 맞장구를 쳤다.

"하지만…… 물을 모조리 가져가려 하니까 무리가 생기는 것 아닌가요. 일단 운반할 수 있는 만큼만 운반하면서 변통하는 편이 낫지 않을까요."

"앞으로 마실 수 있는 물을 길을 수 있을지 모르는데 말이냐?"

"그건 그렇지만. 하지만 간…… 황주는 모두 고작해야 물주머니 하나뿐이었어요. 황주가 물주머니 하나로 버티는데 시쓰 씨 일행도 한 사람당 그 정도 물이 있으면 충분하지 않나요?"

기와가 손사래를 쳤다.

"황주와 똑같이 생각하면 곤란하지. 황주는 마실 수 없는 물을 마실 수 있게끔 하는 돌을 가지고 있어."

"아아……. 그러고 보니……."

"우리는 그런 것이 있는 줄 몰랐어. 당연히 가지고 있지도 않지. 그러니 황주보다 많은 물이 있어야만 해."

기와는 무슨 이유인지 소리를 낮추었다.

"끔찍한 이야기를 들었니?"

"끔찍한…… 이야기요?"

"거, 마시지 못하는 호수가 있었지."

슈쇼는 조금 섬뜩했다.

"네……. 있었죠."

"그 호수부터 늪지까지 이어지는 개울이 있었는데 마실 수 없었어."

"그야 그렇겠죠. 그 호수에서 흐르는 물인걸요."

"그렇지. 그러니까 마실 수 없어. 그런데 모든 사람이 나처럼 물을 충분히 가지고 있지는 않아."

"네, 그렇죠."

"강씨들은 못 마시는 물이라도 돌을 넣어 마실 수 있게 만들지. 누구든 그 돌을 나눠주기를 바라겠지?"

"그야 그렇겠죠."

"물이 모자란 사람이 나눠달라고 말했다더군. 그런데 매몰차게 거절했어. 거절당했으니 어쩔 수 없지만 길어 온 물이 떨어지면 이제 마실 수 없는 물을 마시는 수밖에 없어."

"그래서 마셨어요?"

기와는 아니라면서 고개를 가로저었다.

"다시 한번 강씨에게 가서 돌을 나눠달라고 매달렸지. 그런데 강씨는 고집스럽게 주지 않았어. 그래서 음, 생각다 못한 자가 있었던 게지."

"설마…… 훔쳤어요?"

"가엾게도 훔치려 했지. 나는 훔친 자를 나무랄 마음은 없다.

마실 것이 없으면 갈증으로 죽는 수밖에 없으니까. 그러다 현장을 들켜서 끔찍한 꼴을 당했다더구나."

"싸움이 벌어졌어요……. 늪에서 올라와서 일어난 일이죠?"

분명히 그런 모습을 보았다.

"그래, 맞아. 강씨가 모여서 흠씬 두들겨 패더니 원래 같으면 요마 소굴에 던져버렸을 거라는 소리를 지껄였다더군. 그래서 곤란해하기에 결국 내가 물을 나누어주었다만."

"그래요……."

"너무한 이야기 아니냐. 곤경에 빠진 사람이 있으니 도와주어도 되련만. 그러지 않고 실수라도 하면 폭력으로 응징한다는 겐가. 나는 아무래도 강씨와는 맞지 않는구나 싶더구나. 길이 갈린 건 마침 좋은 기회였어."

"그러네요……."

확실히 기와의 말에 일리가 있다. 자신들이 목이 마르지 않으니 남이 아무리 목이 말라도 된다는 태도가 아닐까. 하지만…….

기와가 말하는 돌은 알고 있다. 만옹석이다. 간큐는 만옹석을 작은 주머니 안에 잔뜩 가지고 있었다. 하지만 그 돌은 하나만 있으면 언제든 쓸 수 있는 것이 아니다. 한 번 쓰면 버렸으니까 일회용일 것이다. 새하얗던 돌은 버릴 때는 연한 검은색인지 녹색인지 모를 색으로 바뀌어 있었다.

"정말이지 강씨는 이해할 수가 없어."

"그렇지만…… 강씨가 그렇게 많은 돌을 가진 것도 아니고."

슈쇼가 말하자 기와는 고개를 움찔하며 눈을 동그랗게 떴다.

"감쌀 마음은 전혀 없어요. 하지만 강씨도 자신들 몫밖에 돌을 가지고 있지 않잖아요. 봉산까지 얼마나 걸릴지 따지고 여정을 고려해서 어느 정도 돌이 필요한지 계산해서 준비한 거잖아요. 그런데 다른 사람에게 주었다가는 자신들이 난처해져요. 돌이 있으니까 물이 든 통은 가져오지 않았는걸요."

"당장 눈앞에 곤경에 처한 사람이 있는데?"

"그건 그렇지만요. 강씨도 그렇게 여유가 있지는 않아요. 오히려 간큐도 비가 내리지 않는 것을 염려했으니까 정말로 간당간당했을 거예요. 눈앞의 사람에게 주기는 간단하지만 그랬다가는 다들 달라고 하지 않겠어요? 그렇다고 모두에게 줄 수 있을 리가 없고, 무엇보다 그 돌은 한 번밖에 쓸 수 없어요. 한번 주면 다음에도 또 달라고 할 것 아니에요. 그랬다가는 돌이 금방 바닥나버리겠죠."

"요컨대 자신이 먼저고 물 때문에 곤란하기 싫으니 당장 곤경에 처한 사람을 못 본 체하라는 소리지 않느냐?"

"그렇게 되겠지만……. 하지만 눈앞에 곤경에 처한 사람을 못 본 체하는 것이 잔인한 일이라면 눈앞에 있는 사람이 앞으로 곤경에 처할 것을 알면서 무언가를 달라고 조르는 것도 마찬가지로 잔인한 일이 아닌가요? 강씨는 자신의 목숨뿐만 아니라 고용한 주인의 목숨까지 책임지고 있어요. 지금 남에게 인정을 베풀었다가 장차 주인이 물이 없어 죽으면 본말전도예요."

"그래, 고용주만 무사하고 절반의 보수를 받으면 된다는 소리인가."

"그런 말이 아니라요. 아아, 뭐라고 해야 할지 잘 표현할 수가 없어요."

슈쇼는 한숨을 쉬고 고개를 홱 돌렸다. 기와가 웃었다.

"음, 고마움을 느껴 강씨를 감싸는 네 마음은 이해한다만."

"그럴 마음은 없어요."

그렇다. 슈쇼는 강씨를 감쌀 마음 따위는 없다. 강씨, 황주도 자신들을 감싸주기를 바라지 않을 것이다.

'하지만 감싸는 것으로밖에 보이지 않겠지…….'

환하게 햇살이 비추는 길, 옅게 먼지를 일으키며 마차는 나아간다. 짐차를 미는 종자의 이마에 땀이 흘렀다. 짐이 너무 많다.

그러나 황해에서 나갈 수 있는 하지까지는 석 달이 남았다. 굶어 죽고 싶지 않으면 적당한 식량이 필요하다. 생각하면 기수 한 마리에 실은 그만한 짐으로 왕복하려 한 간규가 이상한지도 모른다.

"그렇지 않아……."

슈쇼는 혼잣말했다. 간큐는 쌀을 지참하지 않았다. 당연히 쌀이나 밀을 가지고 가리라 생각했지만, 간큐는 그런 것을 전혀 준비하지 않았다. 주식은 곡물의 가루임 직한 꾸러미 하나가 전부였다. 한 번에 쓰는 양은 그릇 절반 정도, 물을 넣어 끓이면 부피가 늘어서 세 그릇 가득 나온다. 죽에 넣는 풀은 주변에서 딴 것이고, 달리 넣는 것이라고는 말린 고기를 자른 조각이나 말린 잔새우와 해초, 찻잎이었다. 쌀이나 밀이라면 그만한 짐으로 충분하지 않았을 것이다. 간큐는 짐을 작게 꾸릴 수 있도록 처음부터 그런 것밖에 준비하지 않았다. 그러고 보니 비슷한 것을 리코도 가지고 있었는데, 리코는 그것이 필요하다는 사실을 어떻게 알았을까.

아무튼 그렇게 짐이 적었기 때문에 요마가 습격하면 재빨리 짐을 꾸려 달릴 수 있었다.

기와에게는 두둑한 짐이 있다. 그렇기에 몸이 무겁다. 요마의 습격이 있을 텐데 괜찮은 것일까.

"저기요, 시쓰 씨. 역시 돌아가는 편이 낫지 않겠어요?"

슈쇼의 말에 기와는 얼굴을 찌푸렸다.

"짐을 버리더라도 그편이 안전하지 않을까요."

"그러면 나나 너도 걸어서 길을 가야만 해, 슈쇼."

"다들 걸어요. 무리는 아니에요."

"그럴 수는 없어, 너도 알지 않느냐?"

002

기와는 한낮에 걸음을 멈출 때에도 작은 천막을 치고 천을 깔았다. 불을 피워 질그릇 접시에 반죽한 밀을 굽고 국과 차와 과일을 곁들였다.

슈쇼는 그것이 오히려 목구멍으로 넘어가지 않았다. 이건 황해를 오가는 사람의 상차림이 아니다.

밤이 되자 불을 피우고 제대로 된 밥을 안치려 한다.

"불은 피우지 않는 편이 낫대요."

슈쇼는 말렸지만 기와는 놀라기만 했다.

"불이 없으면 아무것도 먹을 수가 없단다."

"하지만 강씨가 모닥불을 피우지 말라고 했잖아요. 쓰러진 나무를 넘기 전에요."

"우리는 이미 그곳을 넘어왔어."

기와의 놀란 모습에 도리어 슈쇼가 눈을 동그랗게 뜨고 말았다.

이 앞에 요마가 있다. 강씨조차 길을 돌아서 피해가려 하는 종류의 요마다. 그렇기에 긴하쿠는 기척을 내지 말라고, 불을 피우지 말고 가축을 잡지 말라고 당부했다. 근처에 요마가 있다면 인기척과 모닥불, 피 냄새가 요마를 부를지도 모르기 때문이다. 요마에게 다가가고 있는 지금 강씨와 똑같이 하지 않고 어쩔 작정인가.

"그 말은 그곳, 쓰러진 나무 밑, 그 장소에서 취사하지 말라는 의미가 아니에요. 불은 위험해요. 그러니까……."

"불이 위험하다고?"

"그러니까 강씨는 불을 작게 피우고 금방 껐잖아요."

"물론 금방 끌 거란다, 슈쇼."

"하지만 이런 곳에서……."

기와는 마차를 길가 나무 아래에 세웠다. 나무에 걸친 천막은 탁 트인 장소에 완전히 노출되어 있고, 그곳에서 조금 떨어진 곳에 불을 피우면 빛을 막을 것이 없다. 불은 강씨처럼 나뭇가지로 둘러쌌지만 그렇게 하는 데에 무슨 의미가 있는지 알 수 없었다.

간큐가 그리 신경을 썼으니 설명을 듣지 않아도 의도는 분명했다. 나무 아래에서 자는 이유는 우듬지가 빛이나 인간, 기수의 모습을 감추어주기 때문이다. 특히 요조의 눈을 피하기 위해서다. 그렇기에 가지가 높은 곳에 있으면 밧줄로 끌어내려서라도 처마를 만들었다. 모닥불 주변에 가지를 놓는 이유는 불빛을 되도록 보이지 않게 하기 위함이다. 아무리 모닥불 주위를 둘러싸도 노천에서 피워서야 의미가 없다.

"시쓰 씨, 모닥불 주위 나뭇가지는……."

기와가 뒷말을 가로막았다.

"아아, 저거 말이구나. 너도 보지 않았니? 너희 엽시사도 저렇게 했지. 바람막이일까 아니면 무슨 주술일까. 엽시사는 기묘한 짓을 해. 의미가 있으니 저렇게 하겠지."

슈쇼는 경악했다. 강씨를 뒤따라 다니며 이것저것 흉내내면서, 어째서 그런 행동을 하는지 이유나 목적은 전혀 생각하지 않은 것이다. 그저 무작정 따라만 하면 안전하다고 믿고 있다.

"시쓰 씨, 부탁이에요, 저 불을 꺼요."

"슈쇼?"

"황주가 불을 끄는 이유는 불이 위험하기 때문이에요. 요마는 모닥불 주변에 인간이 있다는 사실을 알고 있어요. 모닥불을 노리고 찾아온다고요!"

기와는 눈을 부릅떴다. 입을 떡 벌리더니 큰 소리를 질렀다.

"불을 꺼! 어서 꺼!"

기와는 어리둥절해서 돌아보는 종자에게 소리치며 야단을 치고 모든 불을 끄도록 명령했다. 명령을 받고 불을 끈 자들은 어두워진 주위에 불안해하며 수런거렸다.

몇 명이 기와를 찾아왔다. 기와의 종자가 아니라 기와를 따른 다른 승산자들이었다.

"시쓰 씨, 이렇게 어두워도 괜찮은가."

"아직 제대로 식사 준비도 못 했는데."

"불안한 줄은 알지만 참아줘. 모닥불을 노리고 요마가 모여들어."

슈쇼는 기와의 설명에 안도하고 숲속을 가리켰다.

"커다란 나무 밑이면 괜찮아요. 되도록 잎이 무성하고 낮은 곳에 가지가 있는 나무를 골라 그 밑에서……."

"웃기지 마."

기와는 무시무시한 소리를 들은 것처럼 부르르 떨었다.

"요마는 모닥불을 노리고 오잖아?"

"맞아요. 그러니까 나무 아래에서 작게 피우고 보이지 않도록 나뭇가지로 둘러싸고……."

"그런 것으로 불빛을 막을 수 있을 리가 없잖아!"

"하지만……."

"나뭇가지를 통해서도 빛은 보이지 않니. 안 그래도 요마는 밤눈이 밝잖아? 안 돼, 안 돼, 불은 절대로 피우지 마."

"그래서는 주변이 보이지 않아서 오히려 위험해요. 오늘밤처럼 달빛이 없을 때에는 잠자리에서 떨어진 곳에 밤새 불을 피워야 해요. 위에 가지를 덮고 꺼지지 않도록, 너무 타오르지 않도록 하는 거예요."

"주변이 보인다는 것은 주변에서도 불이 보인다는 말 아닌가."

"그렇죠."

"그럼 대놓고 요마에게 습격해달라고 말하는 것이나 마찬가지 아닌가."

"그러니까 잠자리와는 거리를 두고……."

"안 돼. 나는 그런 위험은 사양하겠어."

슈쇼가 열심히 설명하려 했지만 기와는 불을 노리고 요마가 온다는 생각에 사로잡힌 것처럼 말을 조금도 듣지 않았다.

"기막혀. 이렇게 벽창호라니……."

슈쇼는 부루퉁해서 기와의 종자에게서 산양 한 마리를 빌렸다.

"훔치지 않을 테니 안심해. 베개 대신으로 삼고 싶을 뿐이야. 빌려줘."

그렇게 말하고 냉큼 근처의 무성한 나무 아래로 들어갔다. 관목 곁을 골라 산양을 묶었다.

"애……."

부르는 목소리에 돌아보자 기와와 행동을 함께한 승산자가 여러 명 서 있었다.

"너는 엽시사에게 안전하게 자는 법을 배웠지?"

"딱히 배우지는 않았지만……."

"그래도 가까이에서 보았잖아. 어떻게 하면 되는지 가르쳐줄 수 없을까."

"나무 아래에 잠자리를 마련해요. 되도록 무성한 나무요. 여기처럼 관목이나 돌이나 쓰러진 나무같이 몸을 숨겨줄 만한 것이 있으면 더할 나위 없어요. 땅바닥의 구덩이라도 괜찮고요."

"그래, 그렇구나."

"천막은 하야니까 눈에 띄어요. 그러니까 아무것도 없는 편이 오히려 나아요. 나뭇가지가 높으면 밧줄을 걸어서 끌어내려요. 아니면 나뭇가지를 베어 이불 대신 덮어도 돼요."

"아아, 그래."

"향이 강한 나무 근처가 안전해요. 되도록 불도 피워두는 편이 좋아요."

"하지만 불은……."

"커다란 모닥불은 안 돼요. 보이는 범위 안에 멀찍하게 아궁이를 만들어 불을 피워둬요. 간규는 전나무 같은 나뭇가지를 꺾어 위에 덮어두었는데 어떻게 하면 작은 불씨로 꺼지지 않게 하는지는 몰라요."

"불이 있는 편이 나은 거구나?"

"불은 위험하지만 전혀 없으면 오늘밤처럼 달이 없을 때에는 요마가 다가와도 보이지 않잖아요? 가까이에 있으면 오히려 어둠이 짙게 느껴지니까 일부러 떨어뜨려둬요. 그러는 편이 안전하고 잘 보이니까. 요마는 밤눈이 밝은 만큼 불빛이 있으면 사물을 잘 보지 못해요. 그리고 말이나 기수와 함께 주무세요. 베개 대신 딱 들러붙어 있어요. 짐승이 더 민감해서 요마가 다가오면 움찔할 거예요. 그러면 사람도 눈을 뜨겠죠?"

"그래, 맞아."

납득한 듯한 사람들을 둘러보면서 슈쇼는 문득 불편함을 느꼈다.

'내 말을 들어주었어.'

간큐는 듣지 않을 거라고 했지만 그렇지 않다. 사람들에게는 역시 황주의 지식이 필요하다. 하지만 정말로 이래도 될까.

이렇게 간단히 들어주니 도리어 안절부절못하겠다. 슈쇼는 황주처럼 황해에서 자란 것이 아니다. 간큐의 어깨너머로 보고 배우고 하는 말을 듣고 눈치껏 이해했을 뿐인데, 이렇게 모든 것을 아는 것처럼 장황하게 늘어놓아도 될까.

"저기요……. 그러니까요."

슈쇼는 허둥지둥 덧붙였다.

"나도 황주만큼 황해를 잘 알지는 못하니까, 그러니까…… 곧이곧대로 들으면 곤란해요."

"아니야, 괜찮아. 고맙다."

안도하고 미소 지으며 멀어지는 사람들을 지켜본 슈쇼는 산양을 끌어당겼다.

"오늘밤에 잘 부탁해."

싫은지 버둥거리며 도망치려 하는 산양을 슈쇼가 간신히 달래는 사이에 숲 여기저기에 모닥불 불빛이 보였다. 그러더니 사람이 달리는 소리와 고함. 언쟁하는 목소리와 물을 뿌리는 소리, 모닥불을 밟아 끄는 소리가 들렸다. 어리둥절해서 지켜보는 사이에 또다시 주위는 어둠으로 돌아갔다.

"기막혀. ……시쓰 씨는 남의 말을 전혀 듣지 않는구나."

003

싫어하는 산양을 포기하고 슈쇼는 되도록 관목 아래에 숨어 들어가서 잠을 잤다. 쓸쓸하지 않다고, 불안하지 않다고 한다면 거짓말이다. 주변이 어두워지고 조용해지면 갖가지 생각이 머릿속에 떠올라 좀처럼 잠들 수가 없었다.

많은 짐과 마차. 그것을 지키기 위해 기와는 굳이 요마가 있는 길로 접어들었다. 하지만 많은 짐은 꺼림칙하다. 도저히 황해에 어울리지 않아 보인다. 간큐의 얼굴을 보기 싫어서 경솔하게 따라왔지만 기와는 호언장담하는 것치고는 황해에 대해 까막눈이나 다름없었다.

'강씨가 제대로 가르쳐주지 않으니까 문제인 거야…….'

반면, 불이 위험하다는 소리를 듣고는 닥치는 대로 불을 끄고 돌아다니던 기와의 모습을 떠올린다.

'정답만…….'

조다이의 말이 머릿속에 떠올랐다. '불은 위험하다'고 가르쳐준 것은 답만 알려준 것이나 다름없다. 슈쇼는 어떤 상황에 어느 정도 규모의 불이 위험한지는 알지 못한다. 떨어져서 불을 피울 필요가 있을 때도 있고 절대로 불을 피워서는 안 되는 때도 있다. 지금까지는 그것을 간큐가 결정했다. 단순히 '불은 위험하다'는 사실을 아는 것은 답만 아는 것이다.

'제대로 하나부터 열까지 설명해주면 좋잖아.'

그러나 그럴 수 있을까. 황주는 황해에 살면서 오랜 세월을 들여 몸에 익힌다. 다르게 말하면 오랜 경험을 쌓지 않으면 진정한 의미의 지식은 몸에 배지 않는다는 소리다.

'나, 후회하고 있는 걸까…….'

후회하지 않는다고 하면 거짓말이라고 인정해야 하리라. 어쩐지 마음에 탁 와 닿지 않는다. 기와와 함께 있으면 여기는 자신이 있을 곳이 아니라는 생각을 떨칠 수 없다. 자신이 장소에 걸맞지 않은 느낌이다.

'주씨에게 물들었나.'

하지만 간큐를 떠올리면 마음속이 치미는 분노로 무겁다.

'사과하러 오지도 않고.'

이쪽 길은 위험하지 않을까. 그렇다고 말리러도 오지 않았다. 적어도 거금을 받았으니까 말만이라도 사과하고 말려도 될 법하건만. 아니면 말리러 올 만큼 위험하지는 않다는 뜻일까.

'아니겠지. 내가 해고했으니까……. 계약이 끝나면 나 같은 건 알 바 아닌 거야. 그런 인간인걸.'

어째 진짜 괘씸하다.

'심지어 리코까지 오지 않는걸…….'

직접 황해까지 찾아온 주제에.

'싫다……. 나 어린애처럼 삐쳤잖아…….'

그 점이 가장 화가 난다.

한번 잠에 취하면 깊이 잠드는데 한밤중에 눈을 떴다. 어째서 눈을 떴는지 자신도 잘 알지 못했다.

아직 수마가 온몸을 뒤덮고 있어 반쯤 몽롱했다. 별생각 없이 눈짓으로 산양의 모습을 찾았지만 밤눈에 하얗게 보일 모습이 보이지 않았다. 나무 뒤쪽, 관목 너머로 들어가서 자는 것일까. 그렇게 생각하며 별 뜻 없이 손을 뻗어 나무에 묶은 고삐를 당겼다.

슈쇼는 다리를 관목 밑으로 집어넣고 나무뿌리를 베개 삼고 있었다. 마침 머리는 나무줄기에 붙이고 있어 고개를 움직이자 바로 옆에 산양을 묶은 밧줄 매듭이 보였다. 손끝으로 더듬어 밧줄을 잡고 살짝 당기자 움직였다. 별생각 없이 더 당기니까 저항 없이 쉽게 끌어당겨졌다.

이상하다고 생각한 순간 끌어당긴 밧줄 끝이 젖어 있음을 알아챘다.

'뭔가에 젖어서…….'

그 의미를 생각할 겨를도 없이 밧줄 끝이 손안에 들어왔다.

밧줄이 끊겨 있다.

'산양은……?'

그제야 정신이 들었다. 드리운 밧줄 끝이 뜯겨 있었다.

'산양이…… 없어.'

몸이 떨렸다. 끊긴 줄을 더듬은 손이 축축하고 끈적거린다.

슈쇼는 비명을 지를 뻔했지만 간신히 참았다. 밧줄을 던져버리고 일어나고 싶었지만 의지의 힘을 총동원해서 버텼다. 대신에 떨리는 손안에 밧줄을 끌어안고 가만히 숨을 죽이고 귀를 기울였다.

'움직이면 안 돼……. 가만히 소리를 내지 말고…….'

자신을 타일렀지만 시선이 어둠을 헤매는 것만은 그만두지 못한 채 숨이 거칠어지는 것도 막을 수가 없었다. 되도록 조용히 깊게 들이쉬고 내뱉는 것이 고작이었다. 고동이 귀를 먹먹하게 할 정도라 주위 소리가 들리지 않는다. 적어도 그것마저 뒤덮고 비명이 들리는 일은 없었다.

'근처에 있나……? 아니면…….'

기척을 찾으려 했지만 자신의 호흡과 고동 소리 말고는 아무것도 들리지 않았다. 희미하게 보이는 나무줄기의 선, 뿌리에 튀어나온 혹, 손이 닿는 범위의 관목과 풀숲, 아무도, 아무것도 없는 것처럼 보인다.

'어딘가로 갔나……?'

그렇게 생각했을 때 옆으로 고개를 돌린 슈쇼의 볼에 무언가 떨어졌다.

물이 떨어지는 감촉, 한 방울, 두 방울. 볼에 떨어진 물방울은 슈쇼의 얼굴을 따라 흘러내렸다. 또다시 물방울이 떨어졌다. 관자놀이에 닿은 그것이 눈가로 흘렀다.

비인가, 아니면…….

'위…….'

나무 위다. 나무 위에서 무언가가.

눈에 비치는 것은 근처 나무뿌리, 나뭇가지는 시야 안에 보이지 않는다. 시선만 위로 향해도 머리 위를 뒤덮은 가지 끝이 그림자처럼 살짝 보일 따름이다.

또 무언가 떨어졌다. 비린내, 녹 냄새가 났다.

더이상 무시할 수 없었다. 슈쇼는 머뭇머뭇 올려다보았다. 꼼짝하지 않으려고 온몸에 힘을 주고 숨을 죽여 머리만 움직인다.

하얀 것이 보였다. 머리 위 가지에 걸린 하얀 무언가와 그 옆의 검고 거대한 그림자. 바로 위 가지에 웅크리고 있다.

비명이 경련처럼 가슴속에서 치밀어 올라 가슴을 옥죄고 목을 헤집었다. 소리는 내지 않았다. 비명을 삼키는 데 성공한 것이 아니다. 목소리조차 낼 수 없었다.

온몸은 마비된 것 같았고 끊임없이 가슴이 경련했다.

눈앞에서 하얀 것이 뻗어 나와 찢어졌다. 뚝뚝 물방울이 떨어진다.

'틀림없이 들키고 말 거야…….'

가만히 있으면 언젠가 반드시 들킨다. 저놈이 산양을 덮치는 사이에 도망치는 편이.

시선을 살짝 내리기만 하면 끝이다. 문득 아래를 보면 슈쇼를 발견할 것이다.

'그전에 도망쳐야 해.'

소리를 내지 않고 도망치려면 어떻게 해야 할까.

'소리 따위.'

걱정해도 소용없다. 심장 박동 소리도, 악다문 이가 떨리는 소리도, 애초에 들리지 않을 리가 없다.

'하지만…… 움직일 수 없어.'

손가락 하나 까딱하지 않는다.

'내가…… 어리석었어…….'

아주 많이 반성하고 있으니까.

'간큐…… 살려줘…….'

그 기도가 전해진 것만 같았다. 어디에선가 고함이 들렸다.

"이봐! 말이!"

머리 위 가지에서 소리가 들렸다. 녀석이 움직였다.

서로 부르는 목소리와 사람이 허둥지둥 움직이는 소리. 뒤이어 하얀 것이 슈쇼 바로 옆에 떨어져 끔찍한 소리와 함께 냄새가 나는 물방울이 튀었다. 그리고 나뭇가지에서 소리가 들렸다. 나뭇가지가 크게 휘더니 용수철이 튕기듯이 뛰었다.

인간의 비명과 말의 울음소리, 많은 사람이 우왕좌왕하기 시작한 소리.

그 소리를 들으면서 슈쇼는 가만히 머리 위를 보고 있었다. 흔들리던 가지는 조용히 움직임을 멈추었다. 이미 검은 그림자는 찾을 수 없었다.

004

그들 중 한 사람이 눈을 뜨고 자신 근처에 있던 말이 사라진 것을 알아챘다. 도망쳤나 싶어 주변을 둘러보다가 가까운 풀숲에 쓰러져 있는 모습을 발견했다. 허둥지둥 다가가보니 그곳에는 말의 하반신밖에 없었다.

그가 지른 소리에 주위 사람들이 벌떡 일어났다. 누군가 참지 못하고 불을 피웠다. 무리 여기저기에서 말과 사람이 일부만 남고 사라진 것을 발견했다. 그들은 무기를 들고 횃불을 든 채 주변을 살폈다.

한 나무 아래에서 산양의 잔해와 소녀를 발견했다. 다들 소녀 역시 희생되었다고 생각했지만 사람 모습을 본 소녀가 비명을 지른 덕에 무사했음을 알았다.

동이 틀 때까지 탐색은 계속되었지만 네 사람을 찢어발기고 가축 몇 마리를 도살한 놈의 모습은 끝내 찾지 못했다.

"슈쇼……. 괜찮으니?"

기와는 물로 얼굴을 닦은 소녀를 끌어당겼다. 소녀는 좌우지간 고개를 끄덕였다.

"괜찮아요. 걱정하지 마세요. 목숨은 잘 붙어 있으니까."

"하지만……."

"부탁이니까 놔요. 머리며 옷에서도 피 냄새가 나요. 씻으러 가게 해줘요."

기와는 더 말하려다 입을 다물고 종자 중에서 다부진 여자 세 사람을 불러서 아래쪽 강까지 따라가도록 명령했다.

태양이 떠오른 야영지는 녹색이고 길은 하얗다. 거짓말처럼 모든 것이 밝았다. 슈쇼는 여자들의 부축을 받으며 길가에서 비탈로 내려갔다. 내려가자마자 바로 작은 시내가 있었다. 과감하게 얼굴을 담그고 머리를 풀고 씻었다. 듬직한 여자 손이 도와주었다.

시냇물은 차갑다. 덕분에 제법 냉정해졌다. 옷가지를 벗자 한 여자가 안쓰러워하며 옷을 빨아주고 다른 여자는 수건을 적셔 몸을 닦아주었다.

"어쩜 딱해라, 무서우셨죠."

"괜찮아. 어쨌거나 살았으니까 됐어."

"괜찮다니요. 그렇게 무리할 필요 없어요."

"정말로 괜찮아. 그래, 무서웠지만……."

떠올리기만 해도 무섭지만 적어도 지금 떨고 있는 이유는 춥기 때문이지 무섭기 때문은 아닐 것이다. 한차례 몸을 닦고 마른 천을 두르자 떨림은 잦아들었다. 따뜻한 길 위로 돌아오자 기분은 산뜻했다. 목숨이 붙어 있으니 운이 좋았다.

광장 구석에서는 인간과 짐승을 땅에 묻고 있었다. 요마의 습격은 처음이 아니지만 이렇게 제대로 장사를 지낼 정도로 인체가 남아 있던 적은 처음이 아닐까. 그 점이 무섭다.

끔찍한 마음으로 그 모습을 보고 있자 기와가 허겁지겁 슈쇼에게 다가왔다.

"괜찮니? 진정이 되었어?"

"네. 이제 아무렇지 않아요. 죄송해요, 그 산양은 시쓰 씨네 산양이에요."

기와가 손사래를 쳤다.

"사과할 것 없어. 네가 무사해서 정말로 다행이다."

기와는 슈쇼가 바라보는 시선 방향을 좇더니 부랴부랴 슈쇼의 등을 밀었다.

"저런 것은 보지 말려무나. 자, 따뜻한 것을 주마."

기와는 슈쇼를 마차 쪽으로 데려갔다. 모닥불을 작게 피우고 물을 끓였다. 녹차를 받아 불가에 앉아 있으니 한결 기분이 진정되었다. 진정되고 보니 불 곁에 사람이 별로 없는 것도 이해가 갔다. 제법 더웠기 때문이다.

"정말이지 이게 무슨 일이냐. 간밤에 가르쳐주었는데도 불을 피운 멍청이가 있었어. 아마도 그 탓이겠지. 불이 요마를 부른 게야. 그런 어리석은 자들에게는 돌아가라고 해야만 해."

"네……?"

"바보 같은 짓을 하는 것은 제 마음이지만 그 때문에 다른 사람까지 위험에 처해서야 쓰나. 괜찮다, 슈쇼. 이제 이런 일은 없을 거야."

"잠깐만요."

"진정이 됐으면 마차에 타렴. 장례가 끝나면 슬슬 출발할 테니까."

"기다려요, 시쓰 씨."

"왜 그러지? 무섭니? 그럴 만도 하지만 머무르면 위험할 뿐이야. 빨리 이런 곳은 지나가야 해."

기와는 그렇게 말하고서 종자들을 지휘하기 위해 허둥지둥 가버렸다. 슈쇼는 뒷모습을 황당하게 지켜보았다.

"다 큰 어른이면서 무슨 생각을 하는 거야?"

기와는 정말로 모르는 것일까. 애초에 요마의 습격을 받은 것은 가면 안 되는 길로 들어왔기 때문이다. 여기서 해야 할 일은 한시라도 빨리 돌아가는 것이지 앞으로 나아갈 일은 아니지 않은가. 슈쇼는 생각했다.

게다가 습격받은 시체가 남아 있었다. 수색했지만 요마를 찾을 수는 없었다. 그것이 무엇을 의미하는지 기와는 생각해보지 않은 것일까. 피 냄새가 났을 것이다. 그럼에도 다른 요마가 오지 않았다. 그래서 시신이 남은 것이다. 그 말인즉 다른 요마조차 두려워서 다가오지 못할 정도의 거물이 여기 있다는 소리가 아닌가.

"앞으로 나아가면 안 돼."

강씨들이 돌아서 갈 만하다. 이놈은 지금까지의 요마와는 차원이 다르다.

슈쇼는 일어났다. 자신만이라도 돌아가서 황주를 뒤쫓아갈까. 그러나 발걸음을 뗄 수 없었다. 기와 일행은 나아갈 심산이다. 그것을 못 본 체하고 자신만 도망쳐도 될까. 기와 일행을 설득해야만 하지 않을까.

기와 일행에게 이 길이 얼마나 위험한지 설명하고 돌아가도록 설득한다. 지금이라면 서두르면 강씨들을 따라잡을 수 있을지도 모른다.

"아아, 안 돼……. 시쓰 씨에게는 마차가 있잖아."

그 점부터 설득해야 한다. 그 수고를 생각하자 지금은 혼자서라도 돌아가는 편이 낫지 싶었다. 돌아간 뒤 뒤쫓아가서 사정을 이야기한다. 강씨들이라면 이럴 때 어떻게 하면 되는지 알고 있을 것이다.

슈쇼는 그렇게 생각하고 머리를 살짝 감싸쥐었다.

"그런다고 강씨가 구하러 와줄 리가 없어……."

애초에 자신들은 강씨의 충고를 무시하고 이쪽으로 와버렸다. 설령 혼자 돌아간다 해도 슈쇼의 다리로 길이 없는 길을 걸어 황주를 따라잡을 수 있을까. 기수라도 있으면 모를까.

"역시 모두를 설득해서 돌아가는 수밖에 없겠어. 우선 시쓰 씨가 마차를 버리게 하고, 짐을 나눠서……."

그러나 이렇게 많은 사람이 되돌아 황주를 따라가면 요마가 따라오지 않을까. 요마는 인간의 목소리에 숨었다. 여태까지 덮쳐온 어느 요마보다 영리하다는 증거다. 저쪽 길로 간 사람들까지 위험에 처하게 된다면…….

"나는 정말로 바보야."

간큐에게 화가 났다. 리코에게도 마찬가지다. 하지만 아무리 화가 나도 참아야 했다. 슈쇼는 그래야만 했다.

"어쩌지……."

기와 일행은 길을 나아갔다. 슈쇼는 어쩌면 좋을지 몰라 일단 기와의 마차에 탔다. 가는 길에 대열은 여러 차례 멈추었다. 끝에서 걷던 사람이 사라졌기 때문이다.

요마가 따라오고 있다.

놈은 숲속에 몸을 숨기고 틈만 보이면 뒤처진 자나 대열에서 벗어난 자를 채갔다. 그러면서 사냥감은 찢어발기기만 할 뿐이다. 틀림없이 살육을 즐기고 있다고밖에 보이지 않았다.

사람들의 발걸음이 자연히 빨라졌다. 공포가 부추기듯이 말이 있는 자는 말에 타고, 길 중앙에 어깨를 맞부딪치듯 다닥다닥 모여서 앞길을 서둘렀다. 밤에는 소리도 없이 몸을 바싹 붙이고 밤새 걸었지만 그래도 끝에서부터 사람이 사라졌다.

"어딘가에서 사냥해야 해요."

이대로 앞으로 나아가 황주 일행과 합류했다가는 그들 또한 위험에 노출된다. 그전에 걸음을 멈추더라도 교활한 요마를 사냥해야 한다. 그렇게 호소했으나 당연히 기와가 수락할 리 없었다.

사라진 자를 찾아 장사를 지내려는 생각은 이내 포기했다. 모래 먼지를 일으키며 대열은 앞으로 앞으로 나아갔다. 제대로 쉬지도 않고 이틀을 꼬박 길을 서두른 사람들이 환호성을 질렀다. 숲이 끝났다.

이제 요마는 몸을 숨길 수 없다. 관목이 무성한 눈앞에 바위가 뒹구는 초원이 펼쳐졌다. 황량한 기복이 이어지고 아득히 먼 곳까지 한눈에 보였다.

"잘되었다. 요마도 몸을 숨길 곳을 잃고 포기하겠지."

기와는 그렇게 말하고 웃더니 사람과 말 들을 채근했다. 간신히 길임을 알 수 있는 길을 그들은 갇혔다 풀려난 사람처럼 서둘렀다. 정오가 지날 즈음, 긴 대열 후미에서 비명이 들렸다.

슈쇼는 거대한 원숭이를 닮은 그림자를 얼핏 보았다. 뒤쪽부터 대열이 무너지고 사람들은 탁 트인 들판에 흩어졌다. 마차는 덜컹거리며 질주했다. 눈 깜짝할 사이에 걸어오던 사람이 멀어지더니 황야의 굴곡 너머로 사라지고 말았다.

"시쓰 씨, 안 돼요. 사람들이 저렇게나……!"

"우리가 간들 아무것도 해줄 수 없어, 슈쇼. 그사이에 도망치는 거야."

"하지만!"

"습격받은 이들은 가엾지만 돌아간다고 해서 우리가 무얼 할 수 있겠니. 그야 마음은 편해지겠지. 하지만 그보다도 우리에게는 사명이 있지 않니."

"사명?"

"그렇고말고. 무얼 위해 승산하지? 우리는 봉산에 가야 해. 가서 왕이 되어 공국 삼백만 백성을 구해야 해. 지금 여기서 몇 명의 목숨을 아까워하다 왕이 될 자가 죽으면 삼백만 명의 백성 목숨이 위험에 처하니 말이다."

슈쇼는 기와를 노려보았다.

"여기서 몇 명의 목숨을 구하지 못한 사람이 삼백만 명을 구할 수 있으리라 생각해요?"

"왕이 되면 단 한 사람도 죽이지 않아도 되는 줄 아느냐?"

슈쇼는 입을 다물었다.

"몇 명을 버리고 백성 전체를 구할지, 아니면 정에 휩쓸려 몇 명을 구하고 국토를 망국의 황폐에 처하게 할지……. 옥좌에 오르면 그런 선택을 해야 하는 일도 수없이 많이 있단다, 슈쇼."

"그건……."

"물론 나도 그들을 희생하는 것이 괴롭단다. 지금 나에게 그들을 구할 만한 힘이 있다면 곧장 구하러 돌아갔겠지. 그러나 나에게는 그만한 힘이 없어. 지금은 그들의 숭고한 희생에 감사하고 앞으로 나아가, 훗날 감사하는 마음을 잊지 않고 그만큼 다른 이에게 베푸는 것밖에 그들의 원통함을 갚을 길이 없는 게야."

"그런……."

그래서야 황주와 아무 차이도 없지 않나. 결국 누군가 희생되는 사이에 조금이라도 도망친다. 하지만 사람에게 달리 방법이 남아 있을까.

“나는 정말 멍청이야…….”

중얼거린 목소리는 질주하는 마차 소리에 묻혔다.

강한 자가 약한 사람을 구한다. 이는 강자의 의무다. 하지만 황해에 강자 따위 없다. 그것은 강자가 약자를 구하고, 자신과 약자를 지킬 수 있는 세상의 이야기다. 강씨들도 황해 안에서는 결코 강자가 아니다.

제 몸을 지키는 것이 고작이다. 돌아가는 길을 표시해야만 할 정도로 거물급 요마 같은 예기치 못한 일이 없다면 자신 외에 두세 명 정도 간신히 도울 수 있다. 그러니까 고용되어 호위를 맡고 있지만 황해에서 강씨가 강자임을 뜻하는 것은 아니다.

강씨는 황해에서 자신의 몸을 지킬 수 있다. 최소한 살아남을 수 있고, 조금 여력이 있으면 어떻게든 주인 정도는 지킬 수 있다. 그런 것이 아니었을까. 하지만 그 이상은 분에 넘친다. 그러니까 주인이 아닌 다른 사람이 습격받더라도 구하러 가지 않고, 구하러 가고 싶어도 구할 수 없다.

“그런 거였어…….”

아무리 황해에 익숙한 황주라도 황해에서는 강자가 아니다. 아무 대비도 마음가짐도 없는 타인까지 품고 길을 나아갈 수 없다. 처음부터 강씨의 조언을 받아들이고 최대한 안전할 수 있도록 모두가 대비한다. 그래야 한다. 물을 마실 수 없는 곳도 있다. 그러니까 만옹석이 필요하다. 준비해서 가져와야 한다. 황해에는 가게가 없다. 황해에는 길이 없다. 평평한 곳은 있지만 길은 아니다. 후회해도 돌아가지 못하고 가는 도중에 그만둘 방도도 없다. 황해에 들어가기 전에 얼마나 준비했는지가 모든 것을 결정한다.

강씨의 조언을 받아들여 처음부터 두루 대비하고 강씨의 지식에 그만한 경의로, 강씨의 지시를 신뢰하고 따른다. 그런 인간이 아니라면 강씨라 해도 온전히 지킬 수 없다. 누군가 강씨를 고용해도 강씨의 주인은 아니다. 여정의 주도권은 강씨가 쥐어야만 한다.

불을 피우고 끄는 것만 봐도 황주라면 어디서는 피워야 하고 어디서는 꺼야 하는지 알고 있다. 그들은 지형을 보고 상황을 파악해서 결정한다. 그것은 어릴 적부터 황해에서 살아온 경험이 축적한 살기 위한 지혜다. 그러니까 여정의 주도권은 경험이 있는 자가 쥐어야만 한다.

강씨를 고용한다는 것은 그런 일이다.

"돈을 내고 봉산까지 안내받는다……."

호위를 고용하는 것과는 미묘하게 다르다. 강씨를 고용해 봉산에 간다. 그들은 봉산까지 길을 떠난다. 고용주는 그를 뒤따라

간다. 지휘받고 지도받고 보살핌을 받는다. 강씨는 대가를 치른 사람을 고려해 처음부터 준비한다. 애초에 기와와 조다이의 안전은 고려하지 않았고, 그들의 안전까지 생각한다면 더 많은 강씨가 있어야 한다.

"모두 강씨를 데리고 있지 않으면 의미가 없는 거야."

한 사람당 강씨를 여러 명. 그래야 간신히 힘을 합쳐서 재난을 회피할 여력이 생긴다. 하지만 대부분 강씨를 데리고 있지 않다. 기와가 데려온 종자는 마흔 명 남짓, 황해를 모르는 점에서는 기와나 종자나 같다. 만약 황해에 들어오기 전에 강씨가 있으면 종자를 더 줄이고 그만큼 강씨든 주씨를 데리고 가라고 조언했으리라. 아무리 머릿수가 늘어나도 황해에서 몸을 지킬 방도가 없다면 서로 희생해서 그동안에 도망치는 것 말고 할 수 있는 일이 있을 리가 없다.

"자기혐오가 밀려오는군. 지금 와서야 이런 사실을 깨닫다니."

마차는 걸어오는 자들을 버려두고 황야를 질주했다.

"이래서야 간큐한테 무시당해도 싸."

저녁에야 간신히 속도가 줄어들었다. 사람들은 요마가 숨어 있는 숲을 희생자와 함께 버려두고 왔다는 안도감으로 그제야 웃었다.

슈쇼는 마차에서 내려 모래 먼지가 엷게 아른거리는 뒤쪽을 보았다. 남겨진 사람들이 있다. 대열을 둘러보자 남은 숫자는 삼분의 일 정도. 그만큼 사람을 버리고 말았다.

아직 흔들리는 것만 같은 땅을 밟고 슈쇼는 불을 피우려는 기와 곁으로 갔다.

"시쓰 씨, 부탁이 있어요."

무슨 일이냐며 돌아본 기와의 얼굴은 온화했다.

"많은 도움을 받아놓고 이런 말을 하기 무척 죄송하지만……."

"어이쿠, 왜 그러느냐."

"물과 먹을거리를 조금만 나눠주세요."

"슈쇼?"

"가능하다면 창이나 검도요. 부탁드릴 수 없을까요?"

"슈쇼! 대체 왜 그러니. 그런 걸 어찌하여……."

"저는 돌아가겠어요."

"슈쇼!"

"걸어오는 사람들과 합류할 수 없을지 돌아가보겠어요. 만약 무사히 합류하고 요마가 정말로 포기했다면 다행이고, 그렇지 않다면 어떻게든 요마를 처리할 길이 없는지 다 함께 고민해볼게요."

기와는 허둥지둥 슈쇼의 팔을 잡아당겼다.

"바보 같은 소리 하지 마라."

"시쓰 씨도 알고 있죠? 이쪽 길로는 오면 안 됐어요. 요마는 우리를 쫓아오고 있어요. 포기했다고 장담할 수 없어요. 그리고 이 길을 쭉 가면 요마의 습격을 피하기 위해 주의하고 올바른 선택을 한 사람들을 만나고 말아요."

"하지만……."

"우리가 어리석은 짓을 한 것은 이미 지난 일이니 생각할 필요 없어요. 운이 나쁜 사람을 버리고 도망치는 것도 약한 동물이 살아남기 위한 섭리인지도 모르죠. 하지만 이대로 어리석은 선택을 하지 않았던 사람들에게 요마를 데리고 가는 짓만은 해서는 안 돼요."

"슈쇼, 침착하게 생각해보아라."

슈쇼는 고개를 내저었다.

"고심했어요. 나는 강씨의 방식에 화가 나서 시쓰 씨와 함께 왔어요. 황해를 모르는 사람은 알 바 아니라는 태도에 화가 났어요. 하지만 말이 없는 사람은 알 바 아니라고 한다면 강씨와 아무 차이도 없잖아요."

"내 말 들으렴, 슈쇼."

"어쩔 수 없는 일이라는 것은 알아요. 하지만 황주의 방식에 화가 나서 와버린 이상, 여기서 똑같은 짓은 할 수 없어요. 나는 화를 낸 것이 어리석었다고 생각해요. 그러니까 이대로 돌아가서 내가 바보였다고 엎드려 사과하는 것도 한 가지 방법이겠죠. 그러나 그건 요마가 뒤쫓아오지 않을 때 이야기예요."

"슈쇼!"

"황주의 사정은 하나도 이해하려 하지 않고 멋대로 화를 내고 충고를 무시하면서 위험한 길로 발을 들였는데 이 상태에서 또 걸어오는 사람을 버리고 도망쳐 돌아가서 이번에는 황주 일행을 위험하게 만들어요? 그것만큼은 할 수 없어요. 부탁이에요, 짐을 나눠주세요. 제가 짊어질 수 있는 정도면 돼요. 안 된다고 해도 원망하지는 않을 테니 말씀하세요."

"줄 수 있을 리가 없지 않니. 돌아가다니, 그런……."

"그래요. 알았어요."

슈쇼는 발길을 돌렸다. 빈손인 편이 몸이 가벼워서 나을지도 모른다.

"슈쇼, 기다려라."

"당신이 돌아갈 용기가 없다면 마음대로 하세요. 나도 돌아가라고 하지 않을 거예요. 자신이 한 어리석은 짓의 대가를 치르지도 못하는 겁쟁이는 오지 않아도 돼요. 그렇다고 나까지 겁쟁이로 만들지 마요."

"슈쇼!"

슈쇼는 돌아보고 손을 흔들었다.

"돌봐줘서 고마워요. 시쓰 씨도 조심하세요. 밤의 어둠은 숲의 그늘과 별 차이 없어요."

005

대지에 옅게 남은 모래 먼지가 떠돌아다녀 공기 색에 누런빛을 더했다.

남자는 신음했다. 계속 달리며 길을 서둘러도 앞쪽에는 옅은 모래 먼지만 자욱하고, 그 너머로는 주인의 마차 그림자조차 보이지 않았다. 언덕 하나를 올라 굽이치는 언덕바지에 오를 때마다 이번에야말로 시야가 트이고 마차 모습이 보이지는 않을까, 쉬면서 기다리는 사람들 모습이 보이지는 않을까, 운이 더 좋으면 돌아오는 사람이 보이지는 않을까 기대했지만 그럴수록 늘 허망했다.

기대하지 말자고 생각하면서도 발돋움하듯이 언덕 하나를 넘어, 주인이 남긴 모래 먼지만을 보고 고개를 떨구었다. 그래서 비탈을 내려갈 때는 언덕 하나를 넘을 때마다 길어지는 자신의 그림자만 바라보았다.

"쇼탄鉦担, 주인어른은 정말로 가버렸나."

헐떡이며 물은 동료에게 쇼탄은 고개를 끄덕일 수밖에 없었다.

"그래……. 그런 모양이야……."

대답하고 한숨을 내쉬자 옆구리가 쑤시는 것처럼 아팠다. 여기까지 쭉 달렸다. 그러나 마흔을 넘긴 몸에 한계가 찾아왔다.

"주인어른은 휴식을 취하고 있을 테니 이대로 쉬지 않고 가면……."

쇼탄은 말을 꺼냈지만 그것도 허망했다. 말을 달려 도망친 기와를 인간의 다리로 따라잡을 수 있을까. 설령 기와 일행이 쉬고 있는 동안에 거리를 벌어 간신히 따라잡는다 하더라도 다시 요마가 나타나면 기와는 마차 속도를 높여 쇼탄을 버리고 가버릴 것이다.

"제길……."

쇼탄과 함께 달리던 남자가 걸음을 멈추고 무릎을 꿇었다.

"어이."

쇼탄이 말을 걸어도 남자는 고개를 가로저었다.

"이제 됐어. 글렀어. 나는 더이상 못 달려."

그러냐며 쇼탄 역시 걸음을 멈추었다. 또 한 남자가 아무 말도 없이 주저앉더니 그 자리에 나뒹굴었다. 또 한 사람, 그들을 따라 하는 자가 있다.

조금 더 달려서 기와를 따라잡을 수 있다면 모두를 질타해보기도 하련만, 그런 희망은 어디에도 없다. 쇼탄도 포기하고 주저앉았다. 거친 숨에 목은 갈라질 것 같고 옆구리는 욱신거려서 쇼탄은 그 자리에 벌렁 누웠다.

요마가 온다. 쫓아오고 있으니까 언제라도 습격받지 않으리라는 보장이 없다. 이러고 있는 동안에도 기와와의 거리는 벌어진다. 그러나 이제 그런 건 전부 아무래도 좋았다.

아무 말도 하지 않은 채 모두가 그곳에 벌렁 눕거나 주저앉아 거친 숨을 헐떡였다. 그러는 사이에 뒤에서 걸어온 사람들이 뒤쫓아와서는 쇼탄 일행을 보고 걸음을 멈추었다. 걸음을 멈춘 쪽도 멈춘 사람을 올려다보는 쪽도 더는 말이 없었다. 멈춘 쪽은 얼굴을 일그러뜨리고 둑이 끊어진 것처럼 주저앉아 헐떡였다. 그렇게 말 한마디 없는 가운데 달이 뜨고, 도주를 포기한 사람들이 같은 함지땅에 겹겹이 포개졌다.

그들은 주인에게 버림받았다. 등뒤에서 비명이 들리는데 짐차를 미는 사이에 주인의 마차는 멀어졌다. 질책을 각오하고 허둥지둥 짐차를 버리고 달렸지만 여섯 마리 말이 끄는 마차를 따라잡을 리 없이 황야 안에 마찬가지로 도보로 가던 자들과 남겨졌다. 요마와 함께 말이다.

승산자는 대부분 말 정도는 가지고 있으니까 남은 사람은 거의 종자뿐이었다. 쇼탄처럼 주인이 두고 간 자가 대다수고, 그중에는 주인을 잃고 그저 앞으로 나아가는 수밖에 없는 불행한 자도 있었다.

두 다리로 달려 도망쳤다. 그럴 수밖에 없었다. 숨을 헐떡이며 달려서 요마가 황야에서 튀어나온 장소에서 멀어졌지만 당연히 제정신은 아니었다. 그들에게는 요마에게서 도망칠 수단이 없다. 요마는 그들보다 훨씬 빠르니, 아무리 서둘러 도망쳐보았자 말이나 기수를 타고 도망친 것만큼 안전할 수 없음을 모두 알고 있었다. 그런 생각을 하자 도망치던 다리가 무뎌진다. 될 대로 되라는 자포자기한 심정이 모두의 마음에 문득문득 떠올랐다. 그래서 한 사람이 포기하자 더는 앞으로 나아갈 수가 없었다.

달이 완전히 떠오를 무렵에는 함지땅에 백 명 남짓한 사람이 묵묵히 앉아 있었다. 이따금 짧게 욕설을 내뱉는 자도 있었지만 그 말에 특별히 반응하는 자도 없었다.

"밤이 됐어……."

누군가의 목소리가 무거운 침묵 속에서 툭 튀어나왔다.

"그렇군."

쇼탄은 누구에게랄 것 없이 대꾸했다. 밤이 왔다. 위험은 커졌다. 이러고 있는 동안에도 그놈의 요마가 다가오고 있는지도 모른다.

"그딴 게 무슨 상관이야."

자포자기로 말하는 자가 있어서 쇼탄은 이 말에도 고개를 끄덕였다. 자신들은 버려졌다. 누구 한 사람 좋아서 황해에 온 것이 아니다. 주인을 따라 여기까지 온 결과가 이거다.

쇼탄은 기와의 집 가솔이다. 동행하라는 명령에 거절도 못 하고 황해까지 왔다. 마차에 탄 주인을 곁눈질로 보면서 장대한 거리를 걷고, 주인이 쉬는 동안에도 일했다. 기와는 그런 쇼탄을 버리고 도망쳤다. 쇼탄 일행이 도보로 도망쳐 요마의 습격을 받는 사이에 말이나 기수의 빠른 발로 도망치려는 속셈이었다.

"웃기고 있어……."

누군가 나직하게 말해서 쇼탄은 여기에도 동의했다.

"그러게나 말이야."

"우리 도움으로 편하게 여행했으면서 말이지……. 위험해지자 우리를 방패 삼아 도망쳤어."

"그렇게 자기 혼자 살아서 봉산에 뛰어들 심산이야."

"운이 좋으면 왕이 돼서 영화를 한껏 누리려고?"

"하. 종자를 버리는 놈이 실수로라도 왕이 될 수 있을까."

"글쎄. 어차피 세상은 변변찮은 놈들이 움직이는 법이니까."

"그 말이 맞아……."

"어느 쪽이건 확인할 방법도 없잖아."

"그렇지. 놈들의 코앞에서 봉산 문이 닫히는 모습을 볼 일은 없겠지."

"뭐, 놈들이 대단한 분이 되는 모습을 볼 일도 없는 게 천만다행이지 뭐야."

"맞아."

자조하는 듯한 웃음이 잔물결처럼 함지땅에 가득찼다. 쇼탄도 웃었다. 웃을 수밖에 없었다.

"어이……."

어딘가에서 긴장한 목소리가 들렸다. 쇼탄은 반사적으로 몸을 웅크렸다. 이제 아무래도 좋다고 생각했건만 긴장한 목소리에 요마의 습격을 예감한 순간 벌써 다리가 일어나서 도망치려 하고 있다. 마찬가지로 몸을 움직인 사람은 많았다. 목숨을 향한 집착은 이다지도 깊다.

"뭔가 온다."

전원이 깜짝 놀라 앞쪽으로 길게 이어지는 비탈을 올려다보았다. 함지땅 가장자리에서 쉬던 사람들은 그쪽을 목을 빼고 응시했다.

"요마인가."

"아니……."

"아니야, 인간이다."

"돌아온다."

쇼탄을 포함해 모두가 까닭 없이 마른침을 삼키고 그쪽을 보았다.

"한 사람이야……."

"하지만 저건……."

가장자리에 있던 자들이 입을 딱 닫았다. 비탈에 있는 쇼탄에게도 가벼운 발걸음이 들렸다. 발소리가 들릴 정도의 고요함 속에서 한층 더 경쾌한 목소리가 그들 머리 위에서 내려왔다.

"거기에 있어?"

가볍게 달리는 발소리에 이어 비탈 위에 그림자 하나가 나타났다.

"당신들 괜찮아?"

목소리가 쏟아졌다. 함지땅에 멈추어 있던 사람들이 저도 모르게 소리쳤다. 쇼탄도 예외가 아니었다. 단 한 명의 소녀. 그 아이가 돌아온들 그들을 위해 무엇을 해줄 수 있을까.

하지만 그런 것은 문제가 아니다. 그들 모두 그녀가 종자가 아니라 승산자임을 알고 있다.

어느새 환호성이 터졌다. 환호성에 움츠러든 것처럼 걸음을 멈춘 소녀는 비탈 위에서 난처한 듯이 함지땅을 둘러보았다.

“날 환영하는 것 같은데 안타깝게도 짐도 검도 없어. 맨몸이야.”

누군가 그런 건 상관없다고 대답했다.

“그래? 모두 무사해? 다친 사람은?”

소녀는 그렇게 묻고는 난처해하며 웃었다.

“모두 무사하지는 못하겠지. 하지만 이만한 사람이 무사히 도망쳐서 다행이야.”

쇼탄은 감사를 담아 소녀를 올려다보았다. 승산자가 무엇을 해주느냐가 아니다. 승산자가 그들의 목숨과 무사를 염려해준 사실이 중요하다.

소녀는 함지땅으로 내려와 일동을 둘러보았다.

“당신들 짐은?”

질문을 질책이라고 느꼈는지 누군가 변명하듯이 버리고 왔다고 대답했다.

“도망칠 때에는 방해밖에 되지 않겠지. 하지만 가지러 돌아가야 해. 물과 식량이 없으면 앞으로 이러지도 저러지도 못하니까.”

“앞으로…….”

쇼탄이 중얼거렸다. 근처에 걸음을 멈춘 소녀는 쇼탄을 돌아보았다.

"어머나, 시쓰 씨네 사람이구나. 무사해서 다행이야."

"예, 하지만……."

"짐을 가지러 돌아가자. 혹시 이제 움직일 수 있는 사람이 없는 거야?"

"그래도……."

"이대로는 여기에 있으면 굶어 죽거나 갈증으로 죽을 거야. 짐이 필요해. 물과 식량. 자기 짐을 들 수 있는 사람이 얼마나 있지?"

드문드문 손을 들었다.

"이만한 인원에는 부족해. 역시 돌아가야 해."

"하지만……."

돌아가서 어쩌려는 것일까. 말도 없건만.

"왜 그래? 짐이 필요하잖아. 그렇지 않다면 꼭 앞날을 포기한 것 같지 않아?"

슈쇼는 말하고 웃었다.

"걸어서도 봉산에 갈 수 있어. 그리고 봉산에 도착하면 요마는 나타나지 않는대. 어서 가자."

슈쇼는 아무렇지 않게 말하고 함지땅을 가로질러 돌아가기 시작했다.

"하지만 아가씨……. 슈쇼 님."

"우리는 여기까지 걸어왔잖아. 이제 걸어온 거리보다 남은 거리가 훨씬 짧아. 고작해야 보름쯤이야. 한 달 가까이 걸어왔는데 여기서 두 손 들 거야?"

"하오나 요마가……."

"이전에도 나왔잖아. 심지어 황해 바깥에서도 나왔어. 다들 운이 좋아서 여기까지 올 수 있었으니 앞으로도 습격받아 죽을 일은 없어."

"그런……."

"하지만 물과 식량이 없으면 다들 절대 오래 살지는 못하겠지."

"돌아가는 길은 어쩌실 겁니까."

"그러네. 함께 온 주씨는 나와 두 사람이 왕복하기 위한 짐을 꾸려 왔지만 힘센 남자라면 짊어지지 못할 양이 아니었어. 여차하면 봉산까지만 버티면 돼. 봉산에 도착하면 어떻게든 될 거야."

"어떻게든이라뇨."

"어라, 봉산에는 기린이 있잖아? 기린이 사는 곳 문 앞에서 이렇게 많은 사람이 굶어 죽어봐. 기린은 훅 가버릴 거야. 곁에서 모시는 사람들이 그것을 잠자코 방치할 리가 없잖아. 죽지 않을 정도의 것은 베풀어주겠지. 돌아가는 길에 필요한 물건을 얻으면 좋고, 얻지 못한다면 그대로 봉산에 눌러앉아 주겠어. 어차피 섬긴다면 황해에 두고 가버리는 주인보다 기린이 낫지 않아? 어쨌거나 자비의 생물인걸."

쇼탄은 입을 벌리고 피식 웃음을 터뜨렸다.

"그렇……군요."

"그러니까 돌아가자. 요마도 언제까지고 한곳에 있지 않아. 여태껏 그런 적은 없었잖아. 당장 돌아가서 짐을 꾸리자. 자신이 봉산까지 가는 데 필요한 만큼만 직접 가져오는 거야."

소녀 주위부터 사람들이 느릿느릿 일어났다.

"그래, 좋아. 기운 내. 어떻게든 봉산에 가면 종자도 왕으로 선택받을 수 있어. 똑같이 기린을 만날 수 있으니까. 종자도 승산한 거야. 그러니까 한심한 행동은 하지 말아야지."

그들은 소녀의 격려에 천천히 길을 돌아가기 시작했다. 그렇게 쉬운 일이 아니리라고 쇼탄은 생각했다. 하지만 실현 가능성이 적은 바람이라 해도 앞으로 할 일을 제시받고, 자신의 앞날을 생각하게 되자 이제 아무래도 상관없었던 목숨이 더없이 아까웠다.

"어쨌거나 떨어지지 마. 다 함께 뭉쳐서 가는 거야. 항시 주위를 조심해. 요마임 직한 모습을 보면 소리쳐. 그리고 목소리가 들리면 자신만 생각하고 무작정 도망쳐."

"그렇지만 요마는 날쌥니다."

슈쇼는 한숨을 내쉬었다.

"맞아. 그렇다고 도망치지 않을 거야? 일단 도망쳐. 도망쳐서 관목이나 바위 뒤에 몸을 숨겨."

쇼탄의 눈이 동그래졌다.

"숨으라니요."

"관목이나 바위가 없으면 땅바닥에 엎드려도 돼. 뭔가에 몸을 딱 붙이고 절대로 소리를 내거나 움직여서는 안 돼. 그러면 요마는 인간이 보이지 않아. 무섭지만 괜찮아. 나는 전에도 그렇게 살아남았어, 몰라?"

"아아."

쇼탄은 고개를 끄덕였다.

"요마의 그림자를 봤어. 나와 아저씨 정도 거리밖에 떨어져 있지 않았어. 바로 머리 위 나뭇가지에 있었으니까. 하지만 무서운 걸 참고 가만히 누워 있었더니 정말로 공격받지 않았어. 그래서 이렇게 살아남았어."

주위에 있던 사람이 고개를 끄덕였다. 요마 바로 옆에서 살아남은 소녀의 말에는 설득력이 있었다.

그것에 용기를 받아 그들은 쉬엄쉬엄 길을 돌아갔다. 동틀 녘에는 버려진 짐을 찾았다. 여느 때처럼 요마는 시신만을 남기고 사라졌다. 그래서 허둥지둥 짐을 꾸렸다. 짐을 다 꾸렸을 때에는 다들 기진맥진해서 더는 걸을 수가 없었다.

"그래."

소녀는 떠오르기 시작한 태양을 쳐다보았다.

"어차피 몸을 숨길 장소도 별로 없어. 그러면 요마가 조금이라도 얌전한 낮에 쉬는 편이 현명할지도 모르겠네."

"낮에? 그럼 걷는 건……."

"밤에 걸으면 돼. 숲이나 산처럼 시야가 좋지 않은 곳에서, 게다가 밤에 그늘이 많은 곳을 걷는 것은 위험해. 요마가 어디에 숨어 있을지 모르니까. 하지만 적어도 이만큼 시야가 트여 있으면 설령 밤이라 해도 달빛으로 다가오는 그림자를 알아챌 수 있잖아."

"그렇겠죠……."

"맞아, 요마는 빛에 약해. 밤눈이 밝은 만큼 빛이 있으면 잘 보지 못해. 자고 있으면 아무도 소리치거나 움직이지 않잖아. 관목과 바위에 딱 달라붙어 자면 더 찾기 어려워질 거야."

"아아, 그렇군요."

"결정했으면 다들 자자. 밤에는 열심히 걸어야 해. 짐은 손이 바로 닿는 곳에 둬. 특히 물은 손목에 걸고 잠든다고 생각해야 해."

그 뒤로 절대 서로 떨어지지 않고, 전망이 좋은 곳을 골라 걸었다. 어느새 슈쇼가 지휘하는 데에는 아무도 토를 달지 않았다. 애초에 그들은 남에게 명령받는 일에 익숙했다. 오히려 스스로의 재량으로 무엇을 하는 것에 위화감을 느꼈다.

여전히 요마의 습격은 계속되었지만 습격받은 사람은 운이 없었다고 포기하고 그동안 나머지는 가능한 한 도망쳤다. 슈쇼의 말대로 관목이나 바위 그늘에 몸을 숨겼다. 그렇게 살아남는 횟수가 늘어나자 점차 사람들은 활기를 띠었다. 습격이 있으면 곧장 가까운 사람과 손을 잡고 달려가 황야에 몸을 숨긴다. 혼자서 숨을 죽이고 있으려면 엄청난 담력이 필요하지만 곁에 사람이 있고 서로서로 제어하면 그리 어려운 일이 아님을 익혔다.

요마가 사라지면 짐을 주우러 돌아간다. 그렇게 조금씩 갔다가 돌아가기를 되풀이하기를 사흘 밤낮, 사람도 짐도 조금씩 줄어들었지만 대부분은 무사히 앞으로 나아갔다.

006

"바큇자국이 없군……."

긴하쿠는 길에 쪼그려 앉아 단단한 땅바닥을 살폈다.

"놈들은 아직 도착하지 않았어."

숲속을 빠져나가서부터는 강씨가 해둔 표시를 따라 황야를 나아가 간신히 얕은 계곡을 따라 난 길로 접어들었다. 요마의 습격도 없고 이렇다 할 어려움도 없었지만 길로 돌아와도 기와 일행이 도착한 흔적이 없다.

주변은 환히 밝다. 긴하쿠가 간큐를 돌아보았다.

"습격받았을지도 모르고."

"당연하지."

주씨의 목소리는 쌀쌀맞았다.

"어쩔 거야?"

"어쩌고 자시고도 없잖아. 해가 뜬다. 야영 준비를 해야지. 살아 있으면 우리가 자는 동안에 도착할지도 모르지. 어차피 놈들에게는 시야가 트인 곳에서는 낮에 자고 밤에 나아가는 편이 좋다는 지혜도 없을 테니까."

긴하쿠는 고개를 끄덕였지만 길 너머가 신경쓰였다. 과연 요마에게 습격당했을까, 아니면…….

바위뿐인 낮은 구릉을 우회해 오르는 길 끝에는 모래 먼지조차 보이지 않았다. 낙담하고 돌아보자 간큐는 벌써 잠자리를 찾으러 간 뒤였다.

"주씨는 주씨인가……."

긴하쿠는 쓴웃음을 지었다. 주씨는 강씨가 아니다. 강씨는 붕추를 잃은 승산이 얼마나 무참해질 수 있는지 잘 알고 있다. 긴하쿠 자신은 겪은 적 없지만 장로에게 들은 일화라면 얼마든지 떠올랐다.

강씨 동료가 어쩌겠느냐고 묻기에 긴하쿠는 일단 야영하라고 명령했다.

"일어나도 그 사람들 모습이 보이지 않는다면?"

"어찌할까. 설령 요마가 나왔다 해도 한두 사람 정도는 살아남아서 여기까지 도착하겠지. 그걸 기다리는 수밖에 없어."

"그보다 도우러 가야지. 누가 심부름꾼을……."

"뒷말은 하지 마."

말을 꺼낸 동료를 긴하쿠가 노려보며 입을 다물게 했다.

"말하지 마. 진군의 가호를 잃는다."

그들은 그곳에서 일몰까지 지냈지만 역시 길을 따라 오는 사람은 보이지 않았다.

서둘러 가고 싶어 하는 자들을 얼러서 간신히 그곳에 머문 채 하룻밤을 보내고, 다시 이튿날 오후, 해도 저물어갈 즈음에 드디어 길 저편에 모래 먼지가 보였다. 낮은 언덕을 따라 우회하듯이 뻗은 길 너머에서 감도는 모래, 물기 없는 계곡으로 떨어지는 돌이 보였다.

"왔다."

너나없이 환호성이 들끓었다. 길을 따라 나타난 것은 이름뿐인 기수와 말을 탄 열 사람 남짓. 그들은 앞쪽에서 기다리는 사람들 무리를 발견하더니 낯빛이 달라져서 질주했다.

"설마 이만큼만 살아남은 건가."

맞이한 긴하쿠에게 기수에 탄 사람이 숨을 헐떡이며 대답했다.

"아니, 아직 훨씬 뒤에……."

"요마가 나와서……."

긴하쿠가 고개를 끄덕였다.

"댁들은 그런 상황을 알고 간 거잖아. 더 있겠지? 뒤처진 건가."

"맞아. 기와 일행이 뒤에서……. 하지만 걸어오는 사람이……."

긴하쿠는 남자를 노려보았다.

"설마 댁들, 걸어오는 사람을 내버려두고 도망친 건가."

그렇다는 듯이 고개를 끄덕인 남자를 보며 긴하쿠는 혀를 찼다.

"아가씨는 모르나. 어쩌고 있지, 무사한가."

"몰라……. 기와와 함께 있겠지."

"기와는?"

"뒤처지고 있다."

기수에 탄 남자가 아니라며 대화에 끼어들었다.

"기와와 함께 있지 않아. 마차에서 내려서 돌아가는 모습을 봤어."

"돌아갔다고? 도보로 오는 사람들에게 간 건가."

"아마도."

기수를 탄 남자가 대답했다.

"그래서 요마는. 쓰러뜨렸나?"

"아니, 그럴 정신이 없었어."

"제길!"

긴하쿠는 동료들 곁으로 달려갔다.

"아무나 다섯 명, 여기에 남아. 날이 저물면 모두 이끌고 무조건 앞으로 나아가!"

"무슨 일이지."

"요마다. 놈들이 해치우지 않고 도망쳐 왔어."

"그러면……."

"상태를 보니 따라오고 있겠지. 요마도 재미를 들였어. 다른 요마를 사냥하기보다 인간을 사냥하는 편이 훨씬 손쉬우니까."

긴하쿠는 그렇게 말하고 간큐를 돌아보았다.

"주씨 나리는 어쩌겠어. 아가씨는 아무래도 걸어오는 사람이 버려진 것이 가여워서 도우러 간 건지 울러 간 건지 돌아간 모양이야."

"녀석답군."

간큐는 나직하게 중얼거리고 쓴웃음을 흘렸다.

"나는 이쯤에서 헤어져서 사냥하러 가려고 했지만, 뭐, 남아서 다른 사람을 책임지는 정도쯤은 해줄 수도 있어."

"그래."

긴하쿠가 쓴웃음을 짓는데 간큐 옆에 있던 리코가 그것을 가로막았다.

"간큐는 나와 함께 당신들과 갈 거야."

"이봐."

간큐는 리코를 본다. 리코가 웃는다.

"함께 와줘."

"댁은 이미 슈쇼에게 흥미를 잃은 것 아니었나?"

"흥미를 잃었다는 소리는 안 했어."

간큐는 한숨을 내쉬었다.

"그럼 들었던 그대로 복창해주지. 댁은 더이상 슈쇼에게 필요 없어진 것 아닌가?"

"그렇게 말했지. 하지만 어쩌면 아직 슈쇼에게 필요가 있을지도 몰라. 그걸 확인하러 가보고 싶어."

"요마가 쫓아오고 있다고. 댁도 목숨은 아깝다며. 나도 그런 식으로 남을 돕지 않아."

"사람을 살리라는 말 같은 건 안 해. 고용하겠다는 소리야."

간큐는 야유를 담아 웃었다.

"호오? 얼마에? 말해두지만 절반은 현금으로 받을 거야."

"이놈으로."

리코는 세이사이의 고삐를 던지고 바위에 묶은 박을 풀었다.

"추우 한 마리에서 박을 차감한 만큼이다. 불만은 없겠지. 따라와."

007

씩씩하게 걷는 사람들을 보면서, 슈쇼는 쇼탄과 웃으며 말을 주고받으면서도 내심 당혹스러웠다. 아무튼 길을 따라 나아가고 는 있지만 이대로 길을 가다 간큐 일행과 합류하게 되면 어떻게 할까. 요마는 명백히 슈쇼 일행을 따라오고 있다.

그렇더라도 그곳에 길이 있는 이상 앞으로 나아가야만 했고, 어딘가에서 요마를 사냥하려 해도 어떻게 하면 되는지 도무지 상상이 가지 않았다.

무기를 지니지 않은 자도 많지만 제대로 된 무기를 가진 자도 많다. 만약 요마가 공격한 인간을 먹기 위해 걸음을 멈추어준다면 숫자에 의지해 어떻게든 처리할 수 있을지도 모른다. 그러나 정작 요마는 질풍처럼 나타나 한 사람 두 사람을 찢어발기고 다시 질풍처럼 사라진다. 먹이가 필요할 때에는 그 자리에 머무르지 않고 채어간다. 도무지 기회를 틈탈 겨를이 없었다.

"왜 그러세요?"

쇼탄의 물음에 슈쇼는 억지로 웃었다.

"도망치기만 해서는 해결이 안 되니까 어떻게든 놈을 사냥할 방법이 없을까 싶어서."

"놈을 말입니까?"

"무언가로 발을 묶을 수 있으면 돼. 잠시라도 놈을 움직이지 못하게 할 방법은 없을까."

"글쎄요."

중얼거리듯이 대답하던 쇼탄이 소리쳤다.

"슈쇼 님, 저기 보세요."

쇼탄의 목소리에 고개를 들자 앞길에 시커먼 것이 웅크리고 있었다. 핏기가 싹 가시는 것을 느꼈지만 달빛에 그것이 요마가 아니라 마차임을 알았다. 참담한 꼴이 된 마차가 앞에 버려져 있었다.

"어르신의 마차다."

"그래, 결국에는 마차를 버려야 했나 보네."

얄궂은 이야기다. 마차를 잃고 싶지 않아서 기와는 어리석게도 굳이 앞으로 나아갔건만.

다가가보니 마차 뒤쪽에서 몇 명이 나타났다. 말을 잃었거나 기와에게 버림받은 딱한 사람들이리라.

"시쓰 씨는?"

그렇게 묻자 말을 타고 도망쳤다고 한다.

"그래. 훌륭한 주인님이네. 그래도 당신들이 살아남아서 다행이야."

어쩌겠느냐는 쇼탄의 물음에 슈쇼는 마차를 보았다.

"일단 쓸 만한 것이 없는지 찾아보자."

모두 쉬라고 하고 슈쇼는 마차를 뒤졌다.

"휘장과 천막은 쓸 수 있어. 이걸 낮에 덮고 자면 주위 돌과 색이 비슷해서 구분이 안 될 것 같지 않아?"

쇼탄은 고개를 끄덕인다.

"그러네요, 아마 그럴 겁니다. 잘라서 될 수 있는 대로 나눠줄까요?"

"그렇게 해줘. 잘 걷지 못하는 사람부터. 다친 사람이 우선이야."

"네. 알겠습니다. 이봐."

쇼탄이 동료에게 그렇게 명령하는 모습을 확인하고 슈쇼는 계속해서 짐을 뒤졌다.

"물통이 있어. 몇 개는 못쓰게 되었지만 괜찮은 것도 있어. 이것도 나누자. 여기 작은 통은 뭐지?"

"기름이나 술 아닐까요."

"기름도 있는 편이 좋을 테고 술도 상처 치료에 쓸 수 있어. 문제는 용기인데, 담을 만한 물건이 있는 사람이 있으면 나눠주자."

슈쇼는 그렇게 말하고 손을 멈추었다.

"비단 천이 있어……."

쇼탄이 쓴웃음을 지었다.

"어르신이 봉산 분들께 바치기 위해 가져온 것이겠죠."

"어이없어……. 그걸 위해서 이렇게 으리으리한 마차를 가져왔구나. 무척이나 장사꾼다운 발상이야."

질 좋은 천과 항아리, 문갑.

"그릇이 있어. 훌륭해서 곤란할 것은 없겠지. 이쪽에 있는 가죽옷을 잘라서 뚜껑으로 쓰면 분명히 쓸모가 있을 거야."

"예에."

쇼탄은 또 씁쓸하게 웃었다. 주인어른이 어리석은 것 같기도 하고 소녀의 빠른 결단이 신기하기도 했다.

"이건 뭘까."

떡갈나무 같은 견고한 목재로 만든 상자가 있었다. 뚜껑이 덜컹거리기에 주변에 있는 물건을 쑤셔 넣어 억지로 열었다. 열어서 안을 보고 슈쇼는 기가 막혔다.

"어쩜……."

기와는 무슨 생각을 했을까. 안에는 목걸이며 비녀가 빼곡하게 들어 있었다.

"목걸이는 말이지……. 쓸데도 없고."

슈쇼는 그것을 내버리려다가 문득 손을 멈추었다. 아름다운 세공의 금은과 옥.

"슈쇼 님이 가지셔도 주인어른은 돌려달라고 말씀하실 수 없겠죠."

쇼탄이 살며시 한 말에 슈쇼는 고개를 가로저었다. 윗옷 가슴

께를 움켜쥐었다.

“되도록 모아. 금이나 은은 잘 모르겠지만 아무튼 조금이라도 옥이 붙은 물건은 전부. 짐을 뒤집어서 찾아.”

“예……. 모조리요?”

“그래. 기름인지 술인지 하는 물건도.”

슈쇼는 옷 아래, 천 너머로 목패를 쥐고 사당을 떠올렸다. 황해의 수호신 견랑진군. 갑옷과 옥을 단 끈. 괴물에게 과연 옥이 통할까. 하지만 해볼 가치는 있다.

“그러고 나서 무기를 가진 사람을 모아줘.”

슈쇼는 모인 사람들을 바라보았다. 달빛 아래, 한차례 얼굴을 둘러보니 그다지 미덥지는 않았지만 수십 명이 모이면 그리 호락호락하지만은 않을 것이다.

“여기에 시쓰 씨가 남긴 기름이 있어. 그리고 술. 목걸이와 비녀도.”

사람들이 술렁거렸다.

“놈을 사냥하지 않는 한 언제까지고 쫓길 거야. 사람은 점점 줄겠지. 다음에는 자신이 될지도 몰라. 운 좋게 자신이 아니라도 사람이 줄어든 만큼 위험은 커져. 그렇지 않아?”

그런 역귀를 거느리고 있는 한 황주들이 이끄는 무리에 합류할 수 없다. 적어도 슈쇼는 그럴 마음이 없다.

"요마 중에는 옥에 취하는 놈이 있다고 들었어. 그놈에게 옥이 통할지는 알 수 없어. 안 될지도 몰라. 하지만 여기에 술도 있고 기름도 있어. 옥으로 안 되더라도 술이라면 들을지도 모르고, 그렇지 않더라도 기름으로 불을 붙일 수 있잖아."

눈앞의 사람들이 동요했다.

"휘장의 지지대가 대나무야. 대나무를 잘 이용해서 활을 만들 수 없을까. 그리고 뭐라고 하더라. 성채에 있는, 바닥에 놓고 쏘는 커다란 활."

"상자노床子弩 말씀이세요?"

"그래, 그거야. 무기가 없는 사람은 죽창이라도 좋아. 어떤 것이든 해볼 가치는 있어."

"하오나……."

"든든한 사람들이 이렇게나 많이 있는걸."

슈쇼는 억지로라도 웃어 보였다.

"그 녀석의 발만 붙들 수 있다면 틀림없이 해치울 수 있어."

불안해 보이는 눈빛을 교환하는 사람들을 슈쇼는 둘러보았다.

"내가 미끼가 될게. 당신들은 이렇게 작고 가녀린 아이를 버리고 도망치지 않겠지?"

008

인간은 그놈을 주염朱厭이라 불렀다.

붉은털원숭이를 닮았는데 거대하고 목만 하얗다. 뒷다리는 한층 더 붉다. 예리한 엄니와 맹금류 같은 발톱이 있고 교활한 지혜를 지녔다.

주염은 황해 한쪽에 자리를 잡았다. 평소에는 요마를 사냥하고, 사나운 놈들이 위협하는 것을 비웃으며, 공격해오는 놈의 의표를 찔러 찢어발겨 숨통을 끊기를 즐겼다. 그렇게 사냥감의 씨가 대강 마르면 사냥터를 바꾸며 황해를 전전했다. 때로는 두 발로 걷는 짐승이 사냥터로 헤매 들 때가 있다. 두발짐승은 약하고 작아서 배는 별로 차지 않았지만 손쉽게 찢어버릴 수 있어 재미있다.

어느 날, 무슨 영문인지 두발짐승이 사냥터로 잔뜩 들어왔다. 단숨에 사냥해버리는 것은 즐겁지 않다. 죽인 짐승은 쉽게 썩으니 조금씩 처리하는 편이 재미있다. 그래서 두 발로 걷는 무리를 좇아 따라다니며 때로는 뒤에서 때로는 앞으로 돌아가 덮쳤다.

그렇게 발톱에 낚아챈 두발짐승을 바위 뒤로 끌고 가 맛만 본다. 만족스러운 기분으로 짧은 잠을 자고 일어나서 나머지를 뱃속에 넣는다. 배는 그다지 차지 않지만 맛은 나쁘지 않다.

배를 채우고 바위 뒤에서 나오자 온통 황야뿐인 공간에 붉은 불빛이 빛났다. 주염은 그 곁에 두발짐승이 있음을 알고 있다. 키득키득 웃으면서(주염은 웃을 수 있다) 바위 뒤에서 나온다.

주염의 다리라면 작은 불빛까지 힘껏 뛰어서 세 걸음 거리다. 그래도 오늘밤에는 달이 있어서 한 발자국 거리는 몸을 낮춰 슬금슬금 기었다. 요새 두발짐승은 좀처럼 빈틈이 없어서 처음처럼 간단히 주염의 접근을 허락하지 않는다. 주염이 다가가면 후다닥 흩어져 두세 마리를 잡는 동안에 나머지가 모조리 도망치는 듯한 형세였다.

그래서 몸을 낮추고 슬금슬금 다가갔다. 빛이 눈에 부셔서 도통 잘 보이지 않았지만 불 곁에 두세 마리 정도 크고 작은 두발짐승이 있었다. 시선을 황야로 돌렸지만 부근에는 일단 그 이상의 먹잇감은 보이지 않는다.

주염은 시험 삼아 가볍게 고개를 들고 주위 공기를 맡아보았다. 없을 리가 없다. 숨어 있을 뿐이다. 많은 냄새가 난다. 그와 동시에 이것은 무슨 냄새일까. 몹시 좋은 냄새가 났다.

까닭도 없이 마음이 들떠서 그런 기분을 억누르기 위해 주염은 땅을 더 기었다. 그런 기분이 들 때에는 참는 편이 편하다. 틀림없이 그러는 편이 좋다.

붉은 짐승은 앞다리와 뒷다리를 자유자재로 써서 땅을 기었다. 관목에 닿아 소리가 나지 않도록 대단히 신경을 썼다.

더는 들키지 않고 접근할 수 없겠다고 판단했을 때, 주염은 단숨에 땅을 박차고 뛰어나왔다. 남은 거리를 한 걸음으로 도약해 노린 사냥감 곁에 내려서서 땅에 발을 내려놓자마자 그것을 후려쳤다. 어깨 기묘한 감촉이 나고 손끝에서 아픔이 느껴졌다.

그것을 보자 판자 같은 것을 묶어서 가죽을 입힌 조잡한 물건이었다. 허를 찌를 작정이었는데 도리어 함정에 빠진 것을 알고 주염은 울컥해서 주위를 보았다. 뒷걸음질치는 크고 작은 두발짐승이 두 마리. 나쁘지 않다.

덮칠까 했지만 어쩐지 마음이 들떴다. 좋은 향기가 가득해서 근원지를 찾지 않고는 배길 수 없었다. 작은 녀석이 무언가를 던졌다. 그것은 반짝반짝 빛나며 그릇 곁에 떨어졌다. 별 볼일 없는 그릇 곁에 좋은 향기가 나는 무언가가 자그마하게 쌓여 있다.

저 두발짐승을 해치우고 나서 이것을 해치울까.

그러는 편이 즐거울 줄 알고 있었지만 주염은 향기에 저항하지 못했다.

그래, 두발짐승을 사냥할 기회라면 얼마든지 있다. 하지만 이것을 맛볼 기회는 지금밖에 없을지도 모른다. 실제로 여태껏 이 같은 것을 만난 적이 없다.

한발 한발 물러나는 작은 짐승을 보면서 주염은 그것에 다가

갔다. 황홀할 정도로 좋은 향이 났다. 좋은 향기가 나는 것도 있고 그렇지 않은 것도 섞여 있다. 아무튼 코를 처박고 앞다리로 그것을 헤집는다. 향기가 더욱 강해져서 도저히 참을 수 없었다. 이내 향기의 근원지를 발견했다. 한두 개가 아니다.

맛있어 보여서 입에 넣었다. 향기가 입안에 퍼진다. 씹어 으깨자 향기는 한층 더 짙어졌다. 머릿속이 멍해졌다. 뒷걸음질치는 작은 짐승도 전부 머릿속에서 사라졌다.

뒷다리에서 힘이 빠졌지만 그런 것은 아무래도 좋았다. 옆으로 푹 쓰러져 앞다리 끝으로 작은 산을 더 헤집는다. 또 하나를 찾아냈다. 불쾌한 냄새의 미끈미끈한 것이 몸에 닿았지만 아무래도 좋았다.

또 하나를 입안에 넣고 황홀하게 취해 있을 때 느닷없이 눈앞이 새빨개졌다. 눈앞이 뜨거워져서 아무것도 보이지 않는다. 아픔은 느끼지 않았고 황홀한 기분도 사라지지 않았지만 범상치 않은 일이 일어난 것은 알았다.

무슨 일인지 생각할 새도 없이 딱딱한 것이 닿는 감촉이 났다. 몸을 일으켜야 한다고 생각했지만 어지럽다. 또 무언가 닿는 감촉이 났다. 손사래를 쳐 치우려 했지만 잘되지 않았다. 다시 세게 닿는다. 아니, 찌른다.

그래, 뭔가 찌르고 있다. 박힌 채 긁히는 아픔.

통증이 희미하게 돌아왔다. 찔린 곳뿐만 아니라 지금은 온몸이 아팠다.

한번 통증이 돌아오자 곧 작열하는 아픔이 되어 주염을 관통했다. 앞다리도 뒷다리도 목도 등도 눈도.

무슨 일이 일어났는지 모르겠다. 위험이 닥쳐온 것만은 알 수 있었다. 마구잡이로 사지를 휘두르며 뛰었다. 뭐가 맞았는지조차 모르겠다.

소리는 들리지 않고 새하얀 빛 말고는 아무것도 보이지 않았다. 휘두른 발톱 끝에 무언가 걸린 것은 느껴졌다. 발톱 끝에 묵직한 무언가가 걸린 감각.

그것을 뿌리치려 하면서 주염은 뛰어올랐다. 뛰어오르고 또 뛰어오르고 구르고 또 뛰어올랐다.

새하얀 시야에 검은 반점이 나타나고 눈 깜짝할 새에 커졌다. 통증은 더 심해졌지만 이윽고 아픔이 사라졌다. 아픔이 물러가서 안도할 즈음에는 눈앞은 새카매졌다.

쇼탄은 달렸다. 요마가 무시무시한 기세로 도약한 곳. 바위와 관목 때문에 다리가 걸려 넘어졌다.

아득히 멀리 불덩어리가 된 생물이 뛰어오르는 모습이 보였지만 아래로 내려가더니 보이지 않았다.

"저쪽이다. 쫓아!"

있는 힘껏 소리치고 무기를 든 사람들이 달린다.

쇼탄 역시 일어나 달렸다. 무릎이 후들거리고 발이 비틀거린다. 자신의 눈앞에 붉은 짐승이, 주염이 나타났을 때의 떨림에 비할 바가 아니었다.

주염은 옥에 취했다. 기름도 쓸모가 있었다. 다리에 힘을 쓰지 못하고 날뛰는 주염을 공격하기는 손쉬웠다. 그렇건만.

"슈쇼 님!"

하필이면 발톱에 슈쇼가 걸려버리다니.

쇼탄이 달리고 가까이에 숨어 있던 사람들도 달렸다. 날이 밝기 시작한 황야를 엎어지고 넘어지며 달려서 주염이 사라진 쪽으로 향했다. 숨을 헐떡이면서 달려가자 턱이 있었다. 허둥지둥 멈춘 그 발치, 석 장丈 정도의 거리를 두고 아래에 불빛이 보인다. 아직 주염은 타오르고 있었다.

"어디 이 부근에……."

아니면 도중에 떨어뜨렸을까.

쇼탄은 주위를 기어다니며 소녀를 찾았다. 이윽고 밤이 밝고 주변에는 밝은 빛이 가득찼다. 그들은 여전히 주위를 뒤졌지만 소녀의 모습은 찾지 못했다.

"말도 안 돼……."

주저앉을 뻔했을 때, 멀리서 마찬가지로 허리를 구부리고 찾던 자가 소리를 질렀다.

쇼탄은 일어나서 달렸다. 하지만 나이 많은 여자가 가리킨 것은 멀리서 이쪽으로 다가오는 모래 먼지였다.

열 마리쯤 되는 기수의 모습을 보고 쇼탄은 우두커니 서 있었다.

하루만 빨랐더라면 얼마나 믿음직하고 마음 든든했을까. 이제 늦었다.

5 장

001

슈쇼는 눈을 떴다.

눈을 뜨고 숨을 들이쉰 순간 가슴이 몹시 아팠지만, 일어나려는 의지로 문제없이 일어났으니 그리 심하게 다치지는 않은 듯했다.

주위는 어둑해도 제법 위쪽에 가늘게 빛이 보였다.

"굉장해……. 나 아직 살아 있잖아."

슈쇼는 돌벽에 낀 좁은 빛을 올려다보고 멍하니 말했다. 작게 중얼거린 목소리는 비좁은 양쪽 암벽에 메아리쳤다. 바위 사이에 좁게 난 균열 같은 장소.

목소리는 나온다. 눈도 보인다. 이곳저곳 움직여보자 아프기는 해도 제대로 움직였다. 생채기는 있는 것 같지만 찰과상이나 타박상뿐이리라.

"어머나……. 놀라라."

불덩이가 된 요마가 슈쇼를 향해 앞다리를 들었을 때 이렇게 죽는구나 생각했다.

한쪽에는 커다란 바위가 둥글게 덮쳐 누르듯이 돌출되어 있고, 다른 쪽 한편에는 마찬가지로 둥그런 바위 두 개가 겹쳐져 높낮이 차가 있는 비탈을 이루었다. 두 암벽 사이에 비스듬히 생긴 균열 바닥에는 축축하게 젖은 흙 위로 마른 풀이 조금 쌓여 있다. 바닥 넓이는 슈쇼가 누우면 약간 남는 정도다.

시험 삼아 일어나서 비탈에 손을 대고 위를 들여다보니 뚫린 부분은 생각보다 큰 균열이었다. 한쪽 큰 바위는 지상까지 쭉 이어져 뻗어 나가 있다. 큰 바위 아래에 물이 흘러들어 뚫린 것이 이 균열인 듯했다.

"흐음……."

슈쇼는 바위 비탈을 기어올랐다. 바위 표면은 미끄럽고 이끼가 낀 낙엽이 쌓여 있기도 했지만 간신히 한 번도 굴러떨어지지 않고 비탈을 오를 수 있었다.

구멍 바깥에 고개를 내밀자 따스한 햇볕이 가득 쏟아졌다. 바깥은 커다란 바위의 밑동을 파낸 것처럼 생긴 넓은 사발 형태의 구덩이로 풀이 잔뜩 나 있다. 풀뿌리를 붙들고 구멍 바깥으로 기어나와 반원을 그리는 풀밭에 나뒹구니 더없이 상쾌했다.

푸른 하늘을 우러러보고 한숨 돌리고 일어났다. 풀을 밟고 구덩이에서 올라와 관목 수풀을 헤치고 넘어가자 황무지가 보였다. 며칠을 봐서 익숙해진 하얀 돌과 흙, 풀과 관목이 줄지어 있다. 하얀 대지의 기복과 멀리 숲을 바라보았다.

황무지에 서서 주위를 둘러보았지만 눈에 익은 모습은 보이지 않았다. 사람 그림자도 버려진 마차의 흔적도 찾을 수 없다.

'아무래도…….'

커다란 바위 위로 기어 올라가면서 슈쇼는 생각했다. 큰 바위는 지면 위에서는 그다지 높지 않은 평평하고 낮은 바위산이었다. 바위 위에서 보아도 부서진 마차 형체는 보이지 않는다.

아무래도 요마의 발톱에 걸려 어딘가로 끌려온 모양이다. 웃옷 한쪽 소매가 어깨 부근부터 크게 찢어져 있는 것을 보아 끌려가던 중에 소매 어딘가가 걸려서 찢어져 떨어진 것이리라. 떨어진 곳이 풀이 자란 구덩이 안이고, 구덩이에서 굴러떨어져 큰 바위와 지면 사이의 틈으로 미끄러졌다. 틀림없이 그런 상황이었을 것이다.

"나는 정말로 운이 좋구나. 일단은……."

목숨을 건진 것은 운이 좋았지만 자신이 어디에 있는지 모른

채, 승산자들, 정확하게는 승산자들에게 버려진 종자들이 어디 있는지도 모른 채 물도 식량도 없으니 기뻐하고만 있을 상황은 아닌지도 모른다.

찢어진 소매를 과감히 뜯어내 관목에 묶었다. 이것을 구덩이가 있다는 표시로 삼고 조금씩 주변을 돌아보기로 했다.

"이렇게 운이 좋은 것을 보면 요마는 아마도 처리했겠지. 분명히 그럴 거야."

원숭이가 무서워서 다른 요마가 얼씬거리지 않은 것은 다행이었다. 적어도 한동안 요마 걱정은 하지 않아도 될 것이다.

그림자는 제법 길다. 정신을 잃은 지 얼마 되지 않은 것 같은데 벌써 저녁이 다 된 것일까.

큰 바위 형태를 찬찬히 관찰하고 먼저 큰 바위에서 정면으로 걸어갔다. 여전히 마차의 형체는 어디에도 보이지 않았다. 더이상 멀어지면 큰 바위 모습이 언덕 뒤로 사라질 만한 아슬아슬한 지점까지 걸어가, 그곳에서 큰 바위를 중심으로 원을 그리듯 삥 돌았다. 역시 마차는 보이지 않는다. 시험 삼아 몇 번 소리치고, 귀를 기울여보았지만 대답은 없었고 사람 목소리 같은 것도 들리지 않았다.

"이거 곤란하네."

어떻게든 길까지 돌아가야 하는데 과연 그 길이 어디에 있을까.

"미아가 되었을 때 명심할 점은 움직이지 말 것, 이기는 한데."

정말로 자신을 찾고 있는지가 문제였다. 요마가 데려갔으니 다들 죽었다고 포기하고 가버렸을지도 모른다. 적어도 여태껏 그렇게 걸어왔다. 자취를 감춘 사람은 죽었다고 간주한다. 그러면 여기서 마냥 기다리는 것은 그다지 현명한 방법이 아니다.

"아무튼 갈 수 있는 곳까지 가볼 수밖에 없겠어."

소매가 찢어진 쪽의 어깨와 팔을 살폈다. 만지면 아프지만 피가 난 흔적은 없다. 피부가 찢어지지는 않았으니 옷가지가 발톱에 살짝 걸렸을 뿐이리라. 그렇다면 설마 몇 리나 멀어진 것은 아닐 터다. 어찌되었든 길만 찾으면 앞서간 사람들을 쫓을 수도 있을지 모른다.

"할 수 있는 일은 해봐야지."

스스로에게 그렇게 말하고 고개를 끄덕이고는 큰 바위 위로 돌아가, 그곳에 돌을 쌓아 이정표를 만들었다. 하는 김에 관목 가지를 잡아 뜯어 그곳에 꽂았다.

"이렇게 하면 이 바위를 못 찾을 일은 없겠지."

큰 바위만 어디에 있는지 알면 눈을 떴던 안전한 구덩이도 잃어버릴 일이 없다. 균열 바닥은 축축했다. 여차하면 바닥을 파서 물을 찾을 수 있을지도 모른다.

그렇게 해놓고 태양의 위치와 대지의 기복을 느끼며 막연히 이쪽이 아닐까 싶은 쪽으로 행선지를 정해 걸음을 세면서 걸었다. 큰 바위가 보이는 부근에서 걸음을 멈추고 또 돌을 쌓아 이정표를 만들었다.

슈쇼는 더 걸어가 그곳에서도 돌을 주워 이정표를 만들었다. 이렇게 해두면 적어도 구덩이로는 돌아갈 수 있다.

그림자는 더욱 길어졌다. 해가 저문다. 바위 더미를 네 개 만들고, 다섯 개째를 만들고, 그것이 보이는 아슬아슬한 곳까지 걸어간 뒤에야 슈쇼는 단념했다. 아무래도 방향을 완전히 잘못 잡은 모양이다.

터벅터벅 큰 바위까지 돌아가 이번에는 정반대 방향으로 똑같이 시도했다. 이쪽에서도 역시 아무것도 찾지 못했다. 풀이 죽어 바위로 돌아가는 동안에 해가 저물었다.

주변에는 어둠이 감돌기 시작했지만 불을 피울 방법도 없거니와 식사는커녕 물을 마실 방도조차 없었다.

"좌절해도 소용없어."

자신을 타이르면서 큰 바위에 앉아 쉬면서 가느다란 달이 떠오르기를 기다렸다 다시 걸었다.

달빛 아래에서 돌을 찾기는 어려웠고 앞도 잘 보이지 않아서 바지런히 이정표를 만들어야 했다. 밤이 되어 처음으로 걸은 방향에는 아무것도 보이지 않았다. 다음으로 향한 방향에도 아무것도 보이지 않았다. 그리고 세 번째, 다섯 번째 이정표를 쌓고, 이정표가 보이는 범위를 걸어가니 멀리 기울어진 마차인 듯한 형태가 보였다.

"역시 나는 운이 좋아."

주위에는 불빛도 인기척도 없다.

"다들 정말 박정하다니까."

투덜거리면서도 가벼운 발걸음으로 황야를 빠르게 달렸다. 숨이 차고 옆구리가 아플 정도로 달리다가, 그렇게 멈추었다.

"어라……?"

가까이에서 보자 그저 바위일 뿐 마차가 아니었다. 슈쇼가 걸음을 멈춘 위치에서는 이제 마차처럼 보이지 않았다. 슈쇼는 허둥지둥 돌아보았지만 당연히 마지막에 쌓은 이정표는 어디에도 보이지 않는다.

"길을 잃었네……."

002

간큐는 부루퉁하니 입을 다물고 황야에 주저앉은 사람들을 둘러보았다.

그들은 하나같이 풀이 죽어서 분노인지 슬픔인지 모를 감정을 주체하지 못하는 것처럼 보였다. 특히 심하게 낙담한 사람은 기와의 종자인 쇼탄이라는 중년 남성이었다.

긴하쿠는 그들을 난처한 표정으로 둘러보았다.

"그러니까…… 이봐들. 아가씨가 사라진 지 슬슬 만 하루가 지났으니 오늘 하루 찾고 못 찾으면……."

그들은 하루 동안, 주염을 함정에 빠뜨린 마차 근처 모닥불 흔적과 실제로 주염이 떨어진 낮은 절벽을 잇는 방향을 샅샅이 뒤졌다.

간큐 일행이 도착할 때까지 그들은 모닥불 주변과 절벽 사이를 온갖 방법으로 거의 다 수색했다. 그들 중 한 사람은 비탈을 내려가 평평한 바위를 보았지만 얼마 높지도 않은 바위 밑에 구덩이가 있으리라고 상상하지 못했다. 바위 밑에 어린아이가 한 명쯤 숨을 수 있다고 생각지도 못했기에 그 밑은 돌아보지 않았다. 목청껏 슈쇼를 불렀지만 상대가 반드시 의식이 있으리라는 법은 없다는 사실을 깜빡하고 있었다.

슈소가 떨어진 곳은 주염이 떨어진 절벽 앞쪽이라고 판단 내렸다. 주염이 떨어질 때 내던져져 그 아래 관목이 무성하게 우거진 완만하고 광대한 내리막에 던져지지 않았을까. 그래서 관목을 헤치고 수색했다. 그러나 수색은 헛수고로 끝났다.

"그러니까……."

긴하쿠는 말꼬리를 흐렸다.

"먼저 가세요. 저는 남겠습니다."

말한 이는 쇼탄이었다.

"하다못해 내일만이라도 다시 한번 찾아보겠습니다. 저와 슈쇼 님 몫의 물과 식량만 주십시오."

"하지만 댁은……."

"우리가 황무지에 버려졌을 때 슈쇼 님만 버리지 않고 돌아와 주셨습니다. 덕분에 살아남은 제가 슈쇼 님을 버리면 하늘에 해명할 길이 없어요."

그 말이 옳다는 여러 목소리가 나지막이 들려서 긴하쿠는 한숨을 내쉬었다.

"어쩔 거야."

긴하쿠는 간큐를 보았다. 간큐는 리코를 가리켰다.

"현재 내 고용주는 저 사람이야."

간큐의 시선에 리코가 웃었다.

"이렇게 하지. 우리가 남는다. 나와 간큐는 원래 슈쇼와 함께 왔어. 애초에 세 사람이 함께한 여정이다. 나와 간큐가 찾아서 슈쇼를 데리고 봉산에 간다. 처음부터 그럴 예정이었으니 그렇게 하면 원래대로 돌아가지."

반박하려는 쇼탄을 리코가 미소로 가로막았다.

"우리에게는 박과 추우가 있어. 슈쇼를 찾기만 하면 금방 따라잡을 수 있지. 당신들은 긴하쿠 일행과 함께 먼저 가서 대열의 발목을 잡아두고 있어줘."

"발목을 잡으라고요?"

"그렇지. 조다이는 빨리 앞으로 가고 싶어서 안절부절못할 테니까. 당신들이 알게 모르게 짐이 되어서 발목을 잡아두고 있으면 금방 뒤따라갈게."

"예, 하지만……."

"슈쇼는 괜찮아. 강씨의 도움도 없이 이 인원을 이끌고 온데다 주염까지 해치운 아이잖아."

"그러네요."

쇼탄은 절로 미소를 지었다. 긴하쿠도 경쾌하게 웃었다.

"그야 그렇지. 밤에 걸었다니 놀랄 노 자야."

어리둥절해하는 쇼탄을 보고 긴하쿠는 또 웃었다.

"탁 트인 곳에서는 밤에 걷는다. 적어도 황주는 그렇게 해. 간큐가 가르쳐주지 않았다면 슈쇼가 자기 머리로 생각했겠지. 대단해. 그 아가씨라면 걱정 없어."

긴하쿠는 주저앉은 사람들을 바라보았다.

"그렇게 되었으니 날이 밝을 때까지 조금이라도 걸어두자고. 슈쇼는 주씨 양반한테 맡기면 걱정할 것 없어. 그보다도 자꾸 앞으로 가려는 조다이와 겁먹고 봉산까지 달음박질칠 것 같은 기와와 빨리 합류해서 제자리걸음이나 걷게 해둬야지."

"예."

그제야 쇼탄이 제안을 받아들이고 사람들도 움직일 낌새를 보였다. 안도한 자신을 쳐다보는 긴하쿠에게 간큐는 가볍게 한숨을 내쉬면서 손을 들어 응답했다.

"나 참……."

작게 중얼거린 간큐를 리코가 작은 목소리로 달랬다.

"자자, 어차피 주씨는 적은 인원으로 황해를 돌아다니는 게 특기지?"

"생무지 두 사람이 없다면."

"간큐는 내가 고용했으니 그 부분은 문답 무용이야. 우리는 어쩌지?"

"불을 피운 채 잠깐 눈을 붙이자. 사람 수색은 해가 없으면 방도가 없어. 운이 좋으면 불빛을 보고 슈쇼가 어슬렁어슬렁 나타나겠지.”

“그건 그렇군.”

003

일행은 긴하쿠 같은 강씨들이 이끌고, 간큐는 리코와 그곳에 남았다. 지금은 주인이 서로 바뀐 기수에게 기대어 얕은 잠을 자고 새벽녘에 눈을 떠 배를 채웠다.

“슈쇼는 물도 식량도 없다고 했지. 이 부근에 물을 마실 곳이 있을까.”

“땅을 파면 없지는 않은 모양이다만.”

“어제 그만큼 찾았으니 절벽 아래 비탈은 아니야…….”

주위를 둘러보며 말하는 리코를 간큐는 복잡한 심경으로 바라보았다.

“뭐라고 해야 하나, 댁은 신기한 사람이야.”

“내가?”

“그래. 댁 정체가 뭐야? 이런 질문에는 대답하지 않겠지.”

“단순한 떠돌이.”

간큐가 실소했다.

"하, 그렇게 대답할 줄 알았어. 그런데 댁은 어째서 새삼 슈쇼를 찾지?"

"내버려둘 수는 없잖아."

"그 대답은 안 통해."

"너무하군. 그런 당신도 여태 대열을 벗어나지 않고 따라온 주제에."

"그건……."

간큐는 말을 흐렸다.

"당신은 슈쇼에게 해고당했으니 대열에서 냉큼 벗어나 사냥하러 가면 되는 것 아니었나? 어째서 여태껏 대열에 머물렀지? 이러쿵저러쿵했지만 실은 슈쇼가 신경쓰였기 때문 아닌가?"

"그렇지 않아."

간큐가 중얼거렸다.

"나에게는 내 사정이 있어. 사냥한다 해도 적당한 사냥터가 따로 있다고. 머무르는 편이 더 나을 것 같아서 함께 왔을 뿐이야."

"그래? 음, 그렇게 말한다면 나에게도 내 사정이 있어."

"너 말이지……."

한숨을 쉬는 간큐를 보며 리코는 끝까지 웃는다.

"간큐, 그건 치사해. 자신의 진심을 말하지 않고 남의 진심을 캐려 하다니. 그러고 싶으면 더 교묘하게 해야지."

"지당하십니다."

간큐는 다시 한번 한숨을 내쉬었다.

"본심을 듣고 싶은 것은 아니지만……."

"아니지만?"

"석연치 않아. 댁의 행동에는 논리고 뭐고 없어 보여."

"없을지도 모르겠네."

"이따금 댁이 엄청난 악당으로 보인다고."

"그래도 상관없어."

끝까지 생글생글 해맑게 웃는 얼굴을 보고 간큐는 머리를 감싸쥐었다.

"애초에 댁은 슈쇼 때문에 황해에 왔잖아. 그런데도 슈쇼가 기와 일행과 간다고 버렸지. 댁은 그때 함께 가주지는 않았어. 목숨이 아까운 거야 나도 이해하지만 지금은 어째서 위험을 무릅쓰고 슈쇼를 찾지?"

"이제 위험은 없잖아? 주염은 슈쇼가 해치웠어."

리코는 말하고는 키득거리며 웃었다.

"정말 대단해."

"주염이 없으면 다른 요마가 다가올 거야. 목숨이 아깝다면 이런 곳에 어슬렁거리지 말고 조다이 일행과 함께 봉산으로 가면 돼. 그런데 일부러 대열을 벗어나 덤으로 추우까지 바쳐가며 슈쇼를 찾으러 왔지. 여기서 찾을 바에야 처음부터 기와와 함께 가면 되었던 것 아닌가?"

"그건 문제가 다르군."

리코가 웃는다. 웃는 얼굴은 선량해 보이지만, 간큐는 요즘 들어 이 남자가 아무래도 수상쩍었다.

"나는 공국에서 슈쇼를 만났어. 만나서 마음이 동해 도와줬고, 봉산에 간다는 이야기를 듣고 납득했지. 슈쇼는 봉산에 도착하면 틀림없이 등극할 거야. 아마도 역사상 최연소 왕이 되겠지. 그러니까 따라온 거야. 그렇게 말했지?"

"슈쇼가 왕이 되는 모습을 보러?"

"알기 쉽게 말하면 그렇지. 솔직히 말하면 황해가 어떤 곳인지 승산이 어떤 것인지 흥미가 있었어. 그러는 김에 슈쇼가 등극하기 전에 되도록 얼굴도장을 찍어두려는 꿍꿍이도 있었지."

"그런 거였나……."

간큐가 쓴웃음을 짓고, 리코는 큰 소리로 웃었다.

"안 돼, 간큐. 지금 네 생각은 옳지 않아. 그렇게 멋대로 상상하지 마."

"아, 예. 댁한테는 댁의 사정이 있다지."

"그래. 나에게는 내 생각이 있어. 나는 네 말처럼 추우를 주고받을 수 있는 인간이라 왕과 안면을 트고 지위나 재산을 얻을 필

요는 처음부터 없었어."

"그러시겠지요."

"하지만 슈쇼와 친분은 쌓아두고 싶었어."

"어째서?"

"몇 번이고 말했잖아. 슈쇼가 도움의 손길을 만난 사실이 중요한 것이 아니야. 슈쇼가 다름 아닌 나와 만난 것이 중요한 거지. 모처럼 만났으니 그렇게 헤어지기보다 조금 더 제대로 인연을 맺어두는 편이 더 좋아."

"도통 모르겠군……."

간큐가 투덜거리자 리코는 웃었다.

"응. 내 나름의 사정이니까. 하지만 만약 슈쇼가 등극하지 않는다면 내 행위에는 아무 의미도 없어져. 그리고 황주와 함께 갈지 기와와 함께 갈지는 슈쇼가 등극할 수 있을지 없을지의 갈림길이 될 것 같았어."

"등극하지 못하는 슈쇼에게는 무의미한 인연이라는 소리인가?"

"그러니까 반대라고 했잖아. 슈쇼가 등극하지 않는다면 나한테는 쓸데없는 짓이었던 거야. 나에게는 내 나름의 생각이 있어 슈쇼를 따라 황해에 왔지. 슈쇼가 등극한다면 그것은 그 나름의 의미가 있는 일이지만, 슈쇼가 등극하지 않는다면 이것은 내 객기일 뿐이야. 그리고 나는 객기로 잃어도 될 만한 목숨은 가지고 있지 않아."

"그야 그렇다만."

"너는 아직 오해하고 있어. 승산자를 지키는 강씨와 마찬가지로 나에게는 내게 주어진 사명이 있어. 그건 객기로 버려도 될 만한 것이 아니야. 어떤 것이든 사명이란 그런 성질의 것이지. 아닌가?"

"그럴지도 모르지."

"슈쇼가 등극하지 못한다면 슈쇼의 안전보다 자신의 안전을 우선한다. 하지만 슈쇼가 등극한다면 다소 안전하지 않은 일이 있더라도 해볼 가치가 있어."

"역시 나는 모르겠군……."

"그렇겠지."

리코가 웃었다.

"슈쇼는 어리석게도 너와 싸우고 기와를 따라갔어."

"그게 어리석은 건가?"

"당연하지. 만약 슈쇼가 왕이라면 그 상황에서 주씨와 싸워서는 안 돼. 왜냐하면 왕의 안전은 다른 어떤 백성의 안전보다 우선되니까."

"얼토당토않은 소리를 하는 놈이군."

"그것이 왕을 요구하는 세상의 논리야. 종자를 버린 기와를 너희는 매몰찬 시선으로 보지만, 만약 기와가 왕이라면 그래야만 했어. 왜냐하면 백 명의 목숨과 왕의 목숨은 바꿀 수 없기 때문이지. 왕의 어깨에는 삼백만 백성의 목숨이 달렸어."

"역겨운 논리군……."

"그런가? 강씨가 주인을 지키는 논리와 마찬가지 아니야? 주인의 희생을 막기 위해서라면 다른 자를 희생해도 상관없지. 왕을 원하는 세상의 논리란 그와 무척 비슷해. 공국에는 왕이 없어. 앞으로 몇만 명의 백성을 희생하지 않기 위해 지금 여기에서 몇백 명이 희생되더라도 어쩔 수 없어."

"추잡한 논리야."

간큐는 매몰차게 말했지만 리코는 여전히 웃고 있었다.

"맞아. 하지만 그것이 왕을 요구하는 세상의 논리야. 왕은 세상을 다스리기 위해 그 논리를 뛰어넘어야 해."

"……뭐?"

리코가 키득키득 웃는다.

"이건 왕에게 지배당하는 사람, 신하의 논리인 거야. 옥좌에 오르는 자는 신하여서는 안 되지. 왕이기에 옥좌에 오른 것이지, 옥좌에 오른 신하를 왕이라 부르는 것이 아니니까. 따라서 왕은 신하의 논리를 뛰어넘어야만 해."

간큐는 관자놀이를 살짝 눌렀다.

"도저히 모르겠어. 하지만……."

"하지만?"

"댁이 슈쇼가 기와 일행과 가서 살아남았기 때문에 찾으러 가려 한다는 사실은 아무튼 알았어. 그때 우회하지 않은 것은 어리석은 인간이고, 우회하는 것이 평범한 강씨, 우회하지 않고 가서 주인을 지키면서 요마를 해치우고 길의 안전을 확보하는 것이 걸출한 강씨라는 거지. 그런 소리지?"

"그래, 훌륭한 비유로군."

"그래서 슈쇼를 데리러 돌아가지 않았군. 댁은 슈쇼가 왕이 될 그릇인지 아닌지 시험한 것 아닌가?"

리코는 웃었다.

"물론 시험했지."

004

슈쇼는 터벅터벅 걷다가 바위 밑에서 잤다. 해가 떠오르면 다시 자신이 만든 이정표를 찾아 걸었지만 공연히 더 길을 잃는 결과를 불렀다.

"큰일이네……. 어쩌지."

중얼거리면서 걷던 그때, 휙 하고 그림자가 스쳤다.

생각을 할 겨를도 없었다. 반사적으로 가까운 바위에 달라붙어 그대로 바위 밑동에 몸을 웅크렸다. 웅크려 앉고 나서야 수색대일지도 모른다고 생각했지만 머리 위에서 기괴한 소리가 울려 퍼져서 슈쇼는 저도 모르게 고개를 들었다.

하늘에 날개가 보였다. 승산자 중에 날개 있는 기수나 요조를 거느린 자는 없었다.

거대한 원숭이는 역시 죽은 것이다. 그래서 요마가 돌아왔다.

"간큐, 저건……."

리코가 황야를 가리켰다. 간큐가 쳐다보니 돌을 쌓은 이정표가 보였다.

"이정표가……. 슈쇼인가."

"달리 없어. 봐, 이 영특한 방법을. 이정표가 똑같은 간격으로 늘어서 있고, 세 이정표가 정확하게 일직선이야."

리코는 이정표 옆까지 와서 곧장 다음에 보이는 이정표를 가리켰다. 그 너머에 세 번째 이정표가 있고, 허리를 굽히고 이정표를 보면 틀림없이 겹쳐 보였다.

"여기서 끝났어. 저쪽에서 와서 여기에서 되돌아갔군. 이정표를 하나만 더 만들었다면 모닥불이 보였을 텐데."

간큐가 뒤돌아보았다. 뒤쪽 아주 완만한 비탈, 저곳을 올라가면 마차의 잔해와 옆에 피운 모닥불이 보일 것이다.

이정표를 따라 비탈을 내려가자 바위 위에 또 다른 이정표가 서 있고, 관목 가지로 거창하게 장식되어 있었다.

"아마도 여기가 기점일 거야."

리코는 그곳에서 다섯 방향으로 뻗은 이정표 행렬을 가리켰다.

"정말이지 지혜만큼은 월등한 녀석이야, 그 녀석."

간큐는 말한 뒤 금세 근처 관목 수풀에 걸린 그것을 발견했다.

"리코, 저기."

바위를 돌아서 다가갔다. 관목에 묶인 것은 틀림없이 웃옷 소매다. 간큐는 주위를 둘러보고 관목 너머의 구덩이로 내려갔다. 비탈을 내려가자 작은 균열이 있었다. 간큐는 안으로 기어 들어갔다. 일단 들어가자 간큐는 안에서 방향을 틀 재간이 없다. 그만큼 좁지만 안의 모습을 들여다볼 수는 있었다.

"있어?"

"없어."

말하면서 기어 올라와 주위를 둘러보았다.

"안에 올라온 흔적이 있어. 틀림없이 여기에 있었어. 슈쇼겠지. 성인은 바닥까지 내려갈 수 없어."

"어디로 갔을까."

"글쎄. 하지만 안쪽에도 이 풀밭에도 구멍은 없어. 그 녀석, 물웅덩이를 파지 않았어."

"물 없이 얼마나 버틸 것 같아?"

"기껏해야 사흘이겠지."

"벌써 하루가 지났는데."

"어린애 걸음이다. 그리 멀리 가지는 않았겠지. 요마한테 잡히지만 않았다면 말이야."

슈쇼는 그대로 바위 밑에서 잠깐 눈을 붙이고 해가 기울 무렵에 일어났다. 공복에 지친데다 맹렬하게 목이 말라서 끔찍한 기분이었다.

일어나기는 했지만 앞으로 어떻게 하면 될지 알 수 없었다. 어디로 가면 될까. 하다못해 구덩이로 돌아갈 수 있을지도 알 수 없다. 보이는 곳은 온통 단조로운 황무지로, 허여스름한 흙에 덮인 지면도 그곳에 흩어져 있는 바위도 사이를 뒤덮은 풀밭이나 관목도 죄다 특징이 없어서 곤란했다.

아무튼 손에 든 돌로 숨어 있던 바위 표면을 긁어놓았다. 손이 미치는 바위 위에는 돌을 얹고 관목 수풀에서는 가지를 꺾었다. 표시가 되기를 바라며 한 행동이었다. 적어도 이렇게 해두면 어느새 같은 곳으로 돌아왔을 때에는 돌아왔다는 것만이라도 알 수 있으리라.

그렇게 생각하면서도 한숨이 새어 나왔다.

"잠시의 위안 같은 거네……."

쉴 때마다 이대로 쉬면서 만에 하나 수색대가 올 때까지 앉아 있을지 계속 걸을지 망설인다. 망설이다가 결국 걷지만 피로가 쌓이자 걷는 것이 어리석게 느껴졌다. 그래, 처음부터 구덩이에 가만히 있어야 했다. 그곳에서 구조되지 못한다면 더는 구조될 가망이 없다.

"후회막급이란 이런 거구나. 내가 좀 싫어질 것 같아."

이렇게 되면 이제 길을 찾는 수밖에 없지 않은가. 그렇게 생각하고 무작정 걷지만 다리에서 서서히 힘이 빠졌다. 공복 탓인지 한쪽 소매를 잃은 탓인지 밤바람이 추웠다.

불안에 후회에 낙심하여 말 그대로 터벅터벅 황야를 걸으니 더없이 서글프다. 정처 없이 헤매며 몇 번이나 주저앉으려 했을 때 목소리가 들렸다.

이봐, 하고 사람을 부르는 목소리였다.

슈쇼는 멈추어 서서 한밤중의 황무지를 돌아보았다.

"이봐."

남자 목소리다. 기쁘기도 하고 울고 싶기도 한 심정이었다. 찾아와주었다. 또다시 뒤에서 부르는 소리가 들려서 슈쇼도 소리를 질렀다.

"여기야! 여기에 있어!"

슈쇼는 외치면서 소리가 난 쪽으로 달려갔다. 슈쇼의 목소리가 들리지 않는지 남자는 여전히 소리치고 있었다. 아무래도 혼자 같다. 어쩌면 거대한 원숭이에게서 도망치다 슈쇼와 마찬가지로 길을 잃은 사람일지도 모른다. 그래도 좋다. 길동무가 있으면 황무지를 걷는 것도 그리 힘들지 않을 것이다.

"어디야? 나는 이쪽이야!"

"어디야?"

이번에는 목소리가 들린 모양이었다. 슈쇼는 주변을 둘러보면서 달렸다. 다리가 아픈 것도 피로도 날아간 것만 같았다.

"이쪽이야!"

목청껏 외치고 제법 멀리 있는 바위 아래에서 사람을 발견했다. 반가워서 웃음이 났다. 상대방은 슈쇼를 알아보지 못했는지 바위 뒤로 돌아가 어디냐고 외쳤다.

슈쇼는 달렸다. 달리면서 상대방을 불렀다.

"지금 갈게."

남자가 바위 뒤에서 얼굴을 쑥 내밀었다. 그리고 손을 든다.

"이쪽이다."

멀어서 이목구비는 안 보인다. 익숙한 목소리는 아니었으니 정말로 거대한 원숭이에게 쫓겨 사라진 사람 중 한 명인지도 모른다.

"당신 혼자야?"

"혼자다."

"나는 길을 잃었어."

"나도 길을 잃었다."

남자는 그대로 바위 뒤에서 손을 들었다. 낯선 얼굴이 실눈을 지으며 웃고 있는 것 같았다.

"괜찮아? 다치지 않았어?"

"다치지 않았다."

바람이 휙 불었다. 맞은편에서 부는 바람에 떠밀린 것처럼 슈쇼의 걸음이 느려졌다.

"저기…… 당신 시쓰 씨와 함께 온 사람이야?"

"함께 온 사람이다."

남자는 그 자리에서 꼼짝하지 않는다. 바위 뒤에서 얼굴을 내밀고 손을 든 채.

"왜 그래? 그곳에서 뭘 하고 있어?"

"하고 있다."

느릿느릿, 그래도 나아가고 있던 슈쇼의 걸음이 멈추었다. 남자를 가만히 응시한다. 남자는 여전히 손을 들고 있다.

"당신…… 이름은?"

"너의 이름은?"

"나는…… 당신도 알고 있을 거야."

"너도 알고 있을 거다."

슈쇼는 다리를 움직였다. 이번에는 뒤쪽을 향해. 천천히 뒷걸음질쳤다.

"있잖아, 당신, 시쓰 씨네 사람이지?"

"씨네 사람이다."

"시쓰 씨의 이름을 기억하고 있지?"

"기억한다."

슈쇼는 더욱 물러났다.

"사실은 잊어버린 거 아냐?"

"사실은 잊어버렸다."

등줄기가 서늘했다. 슈쇼는 뒷걸음질쳤다. 반신을 비틀면서 한 발 한 발 그 자리를 도망쳤다. 남자는 손을 든 채 슈쇼를 가만히 지켜보고 있다.

"이봐."

남자 목소리가 무서웠다. 뒷걸음질치다 다리가 엉켜 넘어졌다. 남자는 여전히 바위 뒤에서 얼굴을 내밀고 손을 들고 있었다. 떨리는 손으로 바닥을 짚고 일어나려 했을 때, 남자가 손을 꿈틀하고 움직였다.

느닷없이 남자 모습이 사라진 것처럼 보였다. 사라진 것이 아니라 뛰어오른 것임을 한 박자 뒤에 깨달았다. 키만 한 바위를 뛰어넘어 슈쇼 근처에 내려섰다.

"이봐."

무표정하게 말한 남자의 얼굴, 두꺼운 목과 단단하게 솟은 어깨선, 듬직한 긴 팔, 명치부터 아래를 덮은 비늘과 짐승의 반신과 땅에 닿은 다리는 새의 발톱, 한 박자 늦게 땅을 친 꼬리는 긴 뱀.

슈쇼는 비명을 지르고 마구잡이로 손을 휘둘렀다. 무의식중에 쥔 흙을 뿌려 남자, 인요人妖의 얼굴에 맞혔다. 쥐고 있던 돌을 던지고 손에 닿는 것을 닥치는 대로 잡아서 던지면서 뒤로 물러났다.

뒷걸음질치며 일어나 달리려는 순간 머리카락을 붙잡혔다. 마구잡이로 몸을 비틀어 억지로 떼치고 날쌔게 달렸다. 바위를 마주쳐 손을 짚고 몸을 비틀어 바위 뒤로 돌아가자 그것은 바위를 뛰어넘었다.

몸을 돌리려 했지만 머리를 붙잡혔다. 억세게 잡아당기는 바람에 다리가 공중에 떴다. 눈앞에 바위가 있다.

처음에는 그 비명을 자신의 목소리라고 생각했다. 눈앞에 바위가 가까워지고 사고가 멈추었다. 순간적으로 양손을 짚었지만 힘이 넘쳐 바위에 머리를 부딪히고 반동으로 엉덩방아를 찧은 자신을 멍하니 느꼈다. 또다시 비명이 들렸다. 주저앉은 허리를 세게 맞았다. 저도 모르게 몸을 비틀어 바위에 등을 대자 머리 위에서 하얀 것이 떨어졌다.

무슨 일이 일어났는지 파악할 때까지 기나긴 한순간.

땅에 떨어진 다부진 팔. 팔꿈치부터 절단되어 있었다. 그 손이 머리를 잡고 있다. 아마도 슈쇼를 바위에 내동댕이치려 했을 것이다. 하지만 그러기 전에 팔이 잘려서…….

눈을 들자 인요는 등을 돌리고 있었다. 발버둥치듯이 몸을 흔들고 그때마다 꼬리가 크게 흔들리고 요동쳐 슈쇼를 때렸다.

또 비명이 들렸다. 이번에는 자신이 지른 소리가 아니라는 걸 알았다.

인간의 목소리라고 생각할 수밖에 없는 비명인지 고함인지 모를 소리를 인요가 질렀다. 온전한 팔과 잘린 팔뚝을 휘둘러 몸을 비트는 등에 번쩍하고 예리한 검 끝이 나타났다. 마치 돋아나듯 몸을 관통하며 나타난 검, 동시에 옆에서 팔을 잡혀 끌려갔다.

고개를 들자 리코의, 틀림없는 리코의 얼굴이 있었다.

"아……."

고개를 끄덕이는 리코를 보고 안도한 순간, 바로 옆으로 닥쳐온 뱀이 꾸물거리며 바위를 치고 그것을 쫓듯이 인요의 몸이 자빠졌다. 바위에 튕겨 그곳에 쓰러진다.

"어이."

슈쇼는 쓰러진 인요의 발치에 선 그림자를 올려다보았다.

"살아 있나?"

슈쇼는 목소리가 나오지 않아서 고개를 끄덕였다.

"정말로 운 하나는 타고난 녀석이로군."

실제로 자신도 그렇게 생각했으므로 역시나 고개를 끄덕였다.

"왜 그래. 다리가 풀렸나?"

그렇게 말하며 물기를 털듯이 검을 털고 검집에 넣는 사람.

"나…… 정말로 어리석었어……."

간큐는 눈썹을 살짝 치떴다.

"정말로 무서웠어……."

뒷말은 목소리가 나오지 않았다. 대신에 오열이 치밀어 올랐다. 저도 모르게 무릎을 끌어안고 얼굴을 묻었다. 다가오는 무거운 발소리.

슈쇼의 목덜미 뒤쪽을 붙잡아 일으켜 세웠다.

"어서 일어나. 도망쳐야지."

이렇게 새끼 고양이처럼 다룰 필요 없잖아.

그렇게 생각했지만 목소리가 나오지 않았다. 슈쇼는 눈을 부릅떴다.

"간큐…… 다리가……!"

당사자인 간큐는 쓴웃음에 가까운 미소를 짓고 있었다.

"실수했어. 발톱에 당했어."

005

"괘…… 괜찮은 거야?"

"괜찮을 것 같지는 않군."

간큐는 대답하고 바위에 손을 짚었다. 그대로 매달리듯이 주저앉았다.

잠방이는 진흙 빛깔이지만 무릎 위에서 찢어져 젖어 있는 것을 한눈에 알았다. 간큐가 주저앉은 순간 오른쪽 다리를 감싸듯이 끌어안으려 손을 대는 모습을 슈쇼는 놓치지 않았다. 슈쇼는 허둥지둥 무릎을 꿇었다.

가까이에서 보니 잠방이째로 무릎 위 살점이 푹 파였다. 리코도 무릎을 꿇었다.

"간큐……."

"관둬. 그런 목소리로 말하면 울적해지니까."

간큐는 아무렇게나 뻗은 다리에 손을 뻗었다. 순간 움직임을 멈추었으니 상당히 아픈 것이리라. 리코가 슈쇼를 돌아본다.

"슈쇼, 정강이가리개를 벗기고 잠방이를 잘라줘."

리코는 그렇게 말하고 부근 큰 바위 쪽으로 달려갔다. 슈쇼는 간큐의 다리 옆에 쪼그려 앉아 지시받은 대로 정강이를 덮은 정강이가리개를 벗겼다. 정강이가리개도 이미 묵직하게 젖었다. 정강이에 들러붙은 잠방이를 걷어올리려고 했지만 달라붙어서 마음처럼 되지 않는다. 손으로 찢으려 해도 천이 질겨서 도저히 찢어지지 않았다.

"비켜. 이리 줘봐."

기수를 데리고 서둘러 돌아온 리코가 주저 없이 검을 빼더니 옷단에 검 끝을 넣어 단숨에 무릎 위까지 찢었다. 지켜보던 슈쇼는 저도 모르게 시선을 피했다. 무릎 조금 위, 바깥쪽 살점이 피가 고일 정도로 깊이 파였다.

"다리는 굽혀지나."

"몰라. 지금은 저리군. 밧줄을 줘. 그거랑 박, 아니지, 세이사이의 짐을 줘. 목에 건 작은 꾸러미야."

슈쇼는 리코를 제지하고 일어나 뒤쪽 짐에 묶인 밧줄을 풀어 리코에게 던지고, 세이사이 등에 나누어 멘 작은 가죽 꾸러미를 벗겨냈다.

리코는 받아든 밧줄을 잘라 고관절 부분을 묶었다. 간큐의 검을 검집째 벗겨 밧줄을 묶은 틈으로 밑에서부터 힘껏 집어넣어 회전시켜서 돌린다.

"능숙하군……."

"뭐, 이쯤이야."

살짝 미소 지으면서 리코는 눈살을 찌푸렸다.

서로 부르는 슈쇼와 남자 목소리. 인요라는 것을 깨달은 사람은 간큐였다. 슈쇼가 서 있는 곳의 아래쪽과 위쪽, 둘로 나뉘어 몰래 다가갔다. 슈쇼를 잡은 인요의 팔을 앞질러 간 리코가 베고, 간큐가 숨통을 끊었다. 간큐의 자세가 흐트러지는 것은 보았다. 단말마를 지른 인요가 휘두른 꼬리로부터 슈쇼를 지키기 위해 일부러 자세를 흐트러뜨린 것은 명백했다. 홀로 황해에 들어올 만하다. 주씨는 강하다. 하지만 웬만큼 실력이 있고 슈쇼를 감쌀 여유가 있었던 것이 실수를 불렀다.

"간큐, 있지……. 괜찮아?"

슈쇼가 짐을 끌어안고 돌아왔다.

"이 정도 상처로 뻗으면 황주는 못 해먹어."

"그래도……."

"그런 너는 다치지 않았어?"

"괜찮아, 덕분에. 아무리 나라도 이번에는 죽는 줄 알았지만……. 고마워."

간큐는 시선을 들어 살짝 쓴웃음을 짓는 듯했다.

"아무리 너라도 말이지."

"간큐가 검을 쓰는 모습은 나뭇가지를 떨어뜨릴 때밖에 본 적이 없었는데 역시 제대로 쓸 줄 알았구나."

슈쇼가 이렇게 너스레를 떨자 간큐는 받아든 짐 속에서 대나무 통과 작은 주머니를 꺼내면서 어이없는 표정을 지었다.

"다시 봤어."

"그거 황공하군. 인사는 리코에게 해. 리코가 놈의 팔을 자르지 않았더라면 그 끔찍한 입은 지금쯤 바위에 들러붙어 있을 거야, 머리까지 통째로."

대나무 통 내용물을 상처에 전부 뿌리고 한껏 얼굴을 찌푸렸다. 냄새로 보아 술인 것 같다. 그러더니 작은 주머니에서 재 같은 것을 꺼내 상처에 뿌린다.

"리코가? 고마워, 하지만 좀 놀랍네."

"귀찮기만 한 도련님인가 했더니 의외로 제법이야. 용케 슈쇼를 베지 않고 놈만 벴어."

리코가 웃었다.

"그 정도 쓸모도 없으면 곤란하잖아. 상대가 인요라서 다행이야. 인요와 슈쇼가 이야기하는 소리가 들려서 제때 찾았어. 비명을 들은 뒤면 늦었을 거야. 그것도 애초에 슈쇼가 표시를 해두었으니 목소리가 들리는 장소로 갈 수 있었다고 해야 하나. 잘했어."

"나는 영리하다고 했잖아."

슈쇼는 웃은 뒤에 고개를 갸우뚱했다.

"음, 전혀 그렇게 보이지는 않지만 혹시 리코는 군인이야?"

"옛날에 그런 일을 한 적도 있었던가."

"그래서 추우를 가지고 있구나."

"가지고 있었다고 해야 하겠군. 세이사이는 간큐의 박과 바꿨어."

슈쇼가 눈을 동그랗게 떴다.

"어째서?"

"추우는 세이사이 말고도 가진 적이 있지만 박은 없었거든."

"리코는 특이해……."

"슈쇼, 물을 주머니째 내려줘."

네, 하고 서둘러 추우 곁으로 달려간 슈쇼가 물주머니를 들고 돌아오자 간큐가 그것을 받았다.

"리코, 당신 무슨 짐을 가지고 있지?"

"건에서 강씨가 꾸려줬어. 아마도 네 짐과 그다지 차이는 없겠지."

"좋아. 그럼 가."

"간큐!"

소리친 사람은 이야기를 나누던 리코가 아니라 대화를 듣고 있던 슈쇼였다.

"피 냄새를 맡고 놈들이 올 거야……. 나는 이 짐만 있으면 괜찮아. 그러는 김에 추우를 돌려주지."

"농담하지 마!"

"물론 농담이 아니야."

간큐는 매몰찼다. 상처에 이상한 냄새가 나는 가죽을 대고 낡은 천을 감았다.

리코는 잘라둔 밧줄로 검집 끝을 간큐의 무릎 위, 상처에 닿지 않는 부위에 가볍게 묶었다.

"솔직한 대답을 듣고 싶군. 박과 추우 중 뭐가 좋지?"

"박을 남겨준다면 고맙겠어."

"알겠어……."

"잠깐만 기다려!"

슈쇼가 소리쳤다.

"뭐야, 그게. 남겨두고 갈 수 있을 것 같아? 말도 안 돼, 나는 싫어!"

"착각하지 마. 조금이라도 승산이 없다면 가라고 안 해. 황주는 그런 자기희생과는 인연이 없거든."

간큐는 짐 속에서 꺼낸 말린 나무껍질인지 나무뿌리인지 모를 것을 입안에 넣었다.

"가. 나는 혼자인 편이 더 좋아."

"싫어! 그게 뭐야, 웃기지 마!"

"큰 소리 내지 마. 세이사이가 아까부터 안절부절못하고 있어. 곧 놈들이 온다. 나는 괜찮다고 했잖아. 이런 상처는 익숙해. 그만 가."

어둠 속에서도 간큐의 얼굴이 이마부터 볼까지 젖어 있는 것이 보였다. 이렇게 비지땀을 흘리면서 어디가 괜찮다는 걸까.

"리코, 그쪽을 부축해줘. 세이사이라면 타지 못해도 잘 태워 줄 거야."

그러나 슈쇼가 잡으려 한 팔을 간큐는 뿌리쳤다.

"말이 안 통하는 놈이로군. 가라고. 너희가 없는 편이 나를 도와주는 거야. 누가 너를 위해 목숨을 버릴까 봐. 승산이 없으면 가라고 안 해."

간큐는 찢은 잠방이를 찔러 넣으며 정강이가리개를 원래대로 감았다.

"나는 싫어. 그렇게 말했잖아. 나와 함께 도망칠지 나라는 짐을 안고 여기서 꼼짝하지 않을지 둘 중 하나를 골라."

"둘 다 거절하지. 리코, 그 밧줄로 이 녀석을 묶어서 얼른 싣고 가."

"싫어! 나를 그렇게 취급하는 건 용납할 수 없어!"

그 목소리에 놀란 듯이 세이사이와 박이 돌아보고 별이 흩뿌려진 밤하늘을 올려다보았다.

리코가 중얼거렸다.

"늦은 모양이야. ……온다."

동시에 세이사이가 밤하늘을 향해 낮게 그르렁거렸다.

"간큐, 내가 어떻게 하면 좋겠어."

리코의 목소리에 간큐는 바로 대답했다.

"이 녀석을 데려가줘."

"슈쇼는……."

"나는 절대로 여기서 움직이지 않겠어. 도망치고 싶으면 멋대로 도망가!"

"좋아."

리코가 웃었다.

"절충하지."

리코는 말을 마치자마자 달려가서 세이사이에 뛰어올랐다. 간큐가 욕설을 퍼부을 새도 슈쇼가 불러 세울 새도 없었다.

"버티면서 기다려. 강씨를 데리고 돌아오마."

006

"저 자식이!"

"이건 절충이 아니라 무승부네."

간큐가 슈쇼에게 호통쳤다.

"지금이 침착할 때야?"

"스스로 선택한 일이니까. 나는 가지 않아. 남았으니 그걸로 됐어."

"그러니까 나는……."

"포기할 줄을 모르는구나. 리코는 가버렸어. 추우가 마음먹고 달리면 강씨를 따라잡지 못할 것도 없어. 우리는 리코가 돌아올 때까지 버텨야 해."

"버틸 수 있을 것 같아?"

슈쇼가 웃었다.

"괜찮아. 나는 운이 따르니까."

"지금 그 운이 다했어. 박을 데려와."

간규는 바위에 의지해 일어났다.

"처음부터 그렇게 말하면 됐을 텐데."

슈쇼는 밉살스러운 소리를 하고는 달려가서 박의 고삐를 붙잡았다. 바위 쪽으로 끌어당기자 박은 살짝 싫어했다. 밤하늘을 올려다본 채 파르르 고개를 젓는다. 고삐를 간규에게 건네자 간규는 재빠르지는 못해도 반듯한 동작으로 박에 올라타 슈쇼에게 손을 뻗었다.

"아프지 않아?"

"말했지. 호들갑 떨 정도는 아니야."

간규는 말했지만 오른쪽 발을 등자에 제대로 딛지 못하고 무릎에도 힘이 들어가지 않았다. 진통제 덕택에 고통은 덜했지만 동시에 다른 감각도 둔해져서 곤란했다. 어쨌거나 슈쇼를 안장 위로 올리고 박의 머리를 세 번 두드린다.

"너 내키는 대로 해."

박은 꿈틀하고 고개를 세우더니 느닷없이 땅을 박찼다. 요수의 본성에 따라 위험을 두려워하며 그 자리에서 도망친다. 아직 도망칠 만한 여유가 있다는 소리다. 금방 요마가 공격해올 것 같았다면 박은 그 자리에 엎드려 움직이지 않았을 것이다.

박은 달리면서 공중으로 떠올랐다. 고삐를 당겨 고도를 낮추고 박이 마음대로 움직이도록 내버려두었다. 아무리 이름조차 모를 기수라도, 설령 당나귀와 별 차이 없는 놈이라도 요수는 말과 달리 황해를 잘 안다. 그 점이 압도적인 차이점이다. 그들은 어떻게 하면 요마로부터 몸을 지킬 수 있는지 알고 있다.

뒤에서 날갯짓 소리가 들렸다. 슈쇼가 놀라서 움직이자 간큐는 손으로 입을 막아 소리 내지 못하게 했다. 앞에 탄 슈쇼는 몸을 젖히며 간큐를 쳐다보고 말없이 고개를 끄덕였다.

박은 지면을 따라 낮은 위치에서 느릿하게 비상했다. 기맥을 타지 않는 이런 비행법은 박이라도 지치겠지만, 굳이 그렇게 나는 까닭은 박도 발소리를 내고 싶지 않기 때문이다. 뒤에서 또 날갯소리가 들리고 위협하는 듯한 소리가 높고 낮게 교차했다. 요조다. 요조 두 마리가 먹잇감을 두고 다투고 있다.

박은 리코와 추우를 쫓듯이 비행하다 이내 바위 사이를 누비며 반대 방향으로 향했다. 황야를 지나 관목으로 덮인 넓은 함지 땅을 낮게 날아 바위가 뒤섞인 숲으로 들어가려 한다.

'위험해.'

간큐는 속으로 중얼거렸다.

역시 박은 안전한 곳으로 가려 했다. 물론 간큐도 그러기를 바라고, 그렇기에 그 장소를 기억하는 박을 남겨달라고 대답했지만, 슈쇼를 데리고 그곳으로 갈 수는 없다.

하는 수 없이 고삐를 당겨 싫어하는 박을 타일러 숲속, 반대 방향으로 가게 했다. 박이 당황하는 것이 느껴진다. 안전한 곳을 알고 있는데 그곳을 등져야 하는 이유를 이해하지 못하고 있다. 막무가내로 타일러서 숲속을 달리게 했다.

느닷없이 박이 뛰어올랐다. 순간적으로 간큐는 슈쇼를 떠밀어 쓰러뜨리고 박의 등에 엎드렸다.

"아래에…… 있어."

"저놈은 날지 못해."

쪽빛 하늘이 밝기 시작했다. 여기서 비행하면 위험하지만 아래로 내려갈 수 없다.

"박 등에 엎드려 있어."

간큐는 말했지만 늦었다.

"간큐, 저기."

슈쇼가 작게 중얼거리며 손을 들었다.

"잠깐만. 저기에 불빛이 있어!"

슈쇼가 가리켰다. 숲 너머, 나무 그늘이 짙어지고 숲이 모양새를 드러낸다. 그 안쪽에 조그마한 둔덕. 봉우리가 두 개인 작은 산은 정상이 훤하게 헐벗었지만 기슭에 분명히 등불이 보였다. 하나가 아니다. 서너 개는 됐다.

손으로 가리키는 슈쇼를 무시하고 박은 그곳과 멀어지려 했다. 슈쇼는 고삐에 손을 얹어 어떻게든 박의 걸음을 멈추려고 시도했다.

"슈쇼!"

"기다려, 저기야! 건물이 있어……!"

슈쇼가 소리지르자 간큐는 혀를 찼다.

"기분 탓이야."

"기분 탓이 아니야! 분명히……."

박은 허공을 달린다. 돌아본 산기슭에는 더이상 건물 모습은 보이지 않았다. 하지만 분명히 아직도 등불이 있다.

"너는 아무것도 보지 못했어."

슈쇼가 간큐를 돌아보았다.

"아무것도 보지 못했어. 알아들었지?"

"어째서?"

"봤다고 떠든다면 나는 너를 여기에서 떠밀 거야."

슈쇼는 반사적으로 아래를 보았다. 나무가 많지 않은 숲 여기저기서 가는 나무가 흔들리는 모습으로 무언가 아래에서 뒤쫓아 오고 있다는 사실을 알 수 있었다. 설령 그 존재가 없더라도 이 높이에서 떨어지면 아마도 목숨은 부지할 수 없으리라.

"밀어."

"슈쇼."

"결론만 듣고 그래요, 알겠습니다 하고 얌전히 말을 듣는 건

말이 통하지 않는 가축뿐이야. 인간을 가축 취급할 거면 여기에서 떠밀든 요마의 코앞에 내던지든 하라고!"

외친 순간 시야가 흔들렸다. 박이 운다. 말보다 훨씬 나직한 목소리가 들렸다.

무슨 일인가 싶어 둘러본 시야에 옅은 남색 하늘, 바로 옆을 가로질러 하늘로 뛰어오르는 날개가 보였다.

박은 쏜살같이 하강했다. 슈쇼가 비명을 지를 새도 없었다. 숲 상단이 가까워지고 동시에 머리 위에서 쇠 장식이 삐걱거리는 듯한 소리가 들렸다.

맹금류 같은 새의 머리가 두 개다. 두 머리가 기괴한 소리를 지르며 박을 향해 내려온다. 박은 몸을 피했다. 허공을 꿰뚫고 구부러지듯이 날아오른 요조를 간큐가 검으로 떨어뜨렸다.

박이 운다. 옅은 남색 하늘 더 먼 곳에서 그림자가 보였다. 날개는 없지만 이쪽을 향해 허공을 달린다.

"젠장……."

간큐는 소리를 질러 박에게 눈 아래 언덕을 넘게 했다. 바위와 관목으로 뒤덮인 뾰족한 언덕 너머, 박을 숲속에 내리면서 짐 속에서 검은 밧줄을 찾았다. 박에게 실은 짐은 리코의 것이라 손으로만 뒤져서는 찾기 어려웠지만 강씨가 꾸린 짐이라면 반드시 앞쪽 꾸러미 안에 그것이 있을 것이다. 더듬거리며 안을 휘저어 그것을 찾아냈다.

"네 짐을 풀어. 물도."

슈쇼에게 말하고 박이 착지하자마자 엎드리게 했다. 다리를 감싸고 굴러떨어지듯 내려가 고삐에 가늘고 검은 줄을 묶었다. 찍어놓은 나무 곁으로 한쪽 다리로 뛰어가 밧줄을 나무에 단단히 묶는다.

"간큐? 풀었어."

슈쇼가 말하자 간큐는 다시 박 곁으로 돌아와 짐을 받아들고 박을 돌아보았다. 목을 가볍게 쓰다듬고 격려하듯이 가볍게 두드린다.

"물은 있어?"

"응."

슈쇼가 고개를 끄덕이자 간큐는 슈쇼의 어깨를 붙잡았다. 슈쇼를 지팡이 삼고 한쪽 다리를 끌면서도 달리기 시작한다. 박을 남겨두고.

"간큐, 박이……."

"됐어."

"됐다니."

슈쇼가 돌아본다. 간큐가 저곳에 묶어두었지 않는가.

"서둘러."

"간큐, 하지만!"

밧줄은 가늘고 길다. 그래도 묶여 있는 것은 사실이다. 간큐의 명령대로 여전히 땅바닥에 엎드려 있는 박은 언덕 기슭을 따라 멀어지는 간큐와 슈쇼를 어리둥절하게 지켜보고 있다.

"간큐, 박이 도망치지 못해. 뭐가 쫓아오고 있어. 저 상태로는……."

"그래도 괜찮아."

"무슨 말이야?"

"너는 녀석에게 이름을 지어주라고 했지."

그런 적도 있었다. 황해에 막 들어왔을 때의 이야기다.

"황주는 기수에게 이름을 붙이지 않아. 이것이 그 이유다."

007

두 사람은 바위와 관목 사이를 빠져나가 언덕을 따라 달렸다. 넘어지고 엎어지면서 그늘에서 그늘로 신중하게, 하지만 서둘러 앞으로 나아갔다.

슈쇼는 싫었다.

멀리서 박이 우는 소리가 들렸다. 슈쇼는 고개를 가로젓고 눈을 피하듯이 귀를 막을 수 없을지 궁리했다. 앞으로 나아가고 있다. 박에게서 도망치고 있는 것이다.

"……울지 마, 꼬마 아가씨."

"내버려둬."

슈쇼는 대꾸했다. 자신들을 바라보던 박의 모습은 절대로 평생 잊지 못한다.

"이름을 붙이면 정이 생기지. 그러니까 황주는 기수에게 이름을 지어주지 않아."

간큐의 목소리가 갈라졌다.

"웃겨……."

"잔인하다고 솔직하게 소리질러도 괜찮아."

슈쇼가 간큐를 쳐다보았다.

"바보. 아무도 그런 소리 하지 않았잖아."

작게 말하고서 슈쇼는 어깨에 걸친 간큐의 팔을 다잡았다.

"어쩔 수 없잖아. 우리는 도망쳐야 해. 그러기 위해서 박을 희생해서 요마가 박에게 모여든 틈에 해가 뜨면 우리는 살 거야. 박이 가여워서 함께 죽으면 마음이 편할 것 같지만 박이 죽는 것은 다르지 않아."

"……잘 아는군."

"사람을 바보 취급하지 마."

슈쇼는 남은 한쪽 소매로 얼굴을 닦고 길을 서둘렀다. 되도록 멀리. 비명 따위 들리지 않을 만큼 멀리.

"바보는 황주야. 버리기 위해 기수에게 이름을 붙이지 않는 거면 의미가 없는데."

슈쇼는 의아하게 바라보는 간큐를 올려다보았다.

"간큐는 박을 너나 녀석이라고 부르잖아. 그건 단순히 이름으로 부르는 것보다 심정적으로 훨씬 친밀한 호칭이야, 알아?"

허를 찔린 간큐는 눈물이 그렁거리는 아이를 바라보았다.

대답하지 않고 달리는 데에 전념했지만 속이 시끄러워서 숨이 막혔다. 슈쇼의 말이 맞을지도 모른다. 어딘가에서 같은 종류 비슷한 기수를 보면 떠올린다. 그러니까 두 번 다시 같은 종류 기수를 데리고 다니지 않는다. 그런 간큐와는 반대로 주씨 중에는 같은 종류의 기수를 고집스럽게 집착하는 사람도 많다.

"……미안해. 내 탓이구나."

"무슨 말이지."

"내가 남았으니까 박이 희생된 거야. 내가 없었다면 박과 간큐는 건물 안으로 도망쳤겠지. 그래서 간큐는 박을 남겨달라고, 혼자 있는 편이 돕는 거라고 말했던 거야. 그렇지?"

간큐는 자신을 부축하는 소녀를 놀라서 응시했다.

"그건 뭐야? 내가 보면 안 되는 거였지? 내가 함께 있어서 그곳으로 도망칠 수가 없었던 거지?"

간큐는 입을 다물었다. 실제로 숨이 차서 말하기가 귀찮았다.

"만약 여기서 나와 헤어진다면 간큐는 그곳으로 도망칠 수 있었어? 거기까지 갈 자신은 있어?"

간큐가 걸음을 멈추었다.

"무슨 이야기를 하는 거지."

"만약 간큐가 그곳까지 갈 수 있다면 여기서 헤어져도 된다는 소리야. 어때?"

"너 말이야……."

간큐는 그 자리에 주저앉았다. 마침 바위 턱 아래 파인 듯한 구덩이가 있어서 그곳으로 굴러 들어갔다.

"거기까지 갈 수 있어? 그러면 나는 이대로 앞으로 갈게. 열심히 큰 소리를 질러서 요마의 관심을 끌면서 리코와 만날 때까지 버텨볼게."

간큐는 옆에 무릎을 꿇은 아이를 신기한 마음으로 올려다보았다.

"너 대체 무슨 생각을 하는 거야."

"박을 희생한 책임을 지는 방법을 생각하고 있는 거야……. 말해두지만 간큐가 아무 말을 하지 않은 것에도 조금은 책임이 있다고 생각해. 도망칠 곳이 있지만 나나 리코가 있으면 갈 수 없으니까 두고 가라고 했다면 나도 조금은 생각했을 텐데."

간큐가 쓴웃음을 지었다.

"조금은?"

"간큐는 솔직하지 않은걸. 늘 진심을 말하지 않으니까 뭐가 진심인지 모르잖아. 그러니까 그런 말을 들어도 단순한 허세라고 생각했을 수도 있어. 그건 간큐 잘못이야. 그걸 자업자득이라고 한다고."

"그렇군."

"하지만 남겠다고 고집 부린 나도 잘못했어. 그 탓에 박을 희생했으니까 간큐에게도 박에게도 미안해. 그러니까 보상으로 간큐가 그곳까지 갈 수 있다면 덫이 되어줄게. 그렇게 생각했는데, 이 상태로는 무리인 것 같네."

간큐는 떨떠름한 표정으로 웃었다.

"그런 것 같군."

"있지, 내가 그곳까지 가서 도움을 요청하면 안 돼?"

"관둬. 도움을 요청할 새도 없이 살해당할 게 뻔해."

"그럼 근처까지 바래다줄게. 그리고 잊어버리겠다고 약속해. 그러면 안 돼?"

간큐는 누운 채, 바위 턱이 만든 처마 밖으로 밝아지는 하늘을 보았다.

"너는 뭐하러 황해에 온 거지?"

"왕이 되기 위해서야."

"그러면 가. 나는 뭐, 어떻게든 해볼게."

"간큐는 그 근처까지 부축할 사람이 필요해."

"왕이 되기를 포기하고 황주가 될래?"

슈쇼는 어리둥절한 표정을 지었다.

"내가 황주라면 함께 가도 괜찮아?"

"황주가 되는 것이 어떤 것인지 알고 있다면."

슈쇼는 한숨을 쉬었다.

"그런 말은 모욕이라고. 정말이지 열받게 하는 사람이야."

"호오?"

"그 말은 나 같은 어린애가 황주의 고단함을 알 리가 없다는 소리잖아."

"그렇지 않은가?"

"나를 아이라고 우습게 보는 것은 사실이니까 인정해. 황해를 모른다는 것도 인정해줄게. 하지만 세상일을 아무것도 모르는 멍청이라고 생각하는 건 용납 못 해."

"호오? 네가 안다고?"

간큐가 비꼬며 묻자 옆에 앉아 있던 아이는 진심으로 화난 모습으로 간큐를 쏘아보았다.

"당신은 눈이 있잖아? 귀가 있잖아? 앞에 있는 것을 눈을 뜨고 귀를 기울여 제대로 받아들이면 많은 것을 알게 되리라는 생각은 안 해?"

간큐는 쓴웃음을 지었다.

"아씨에게 황주인 지인이 있다는 건가?"

"우리집은 연장에서도 유명한 호상이야."

"진짜배기 아씨로군. 그래, 그럴 거야."

"그런 말투 그만둬!"

간큐는 당황해서 손을 들었다.

"큰 소리 내지 마. 부탁이니까."

"그러면 그렇게 사람을 모욕하는 듯한 말은 하지 마. 그래, 우리집은 유복해. 그래서 가솔도 많아."

간큐는 분노로 붉어진 슈쇼의 얼굴을 뚫어지게 응시했다.

"내가 비단옷을 입고 상학에 갈 때 가솔인 게이카는 무명옷을 입고 먼지를 뒤집어쓴 채 일해. 온종일 일하는 것이 어떤 것인지 나도 상상이 가고, 이번 여정으로 상상과 크게 다르지 않다는 걸 잘 알았어."

또래 여자아이인데 한 사람은 비단에 둘러싸여 살고 한 사람은 그 사람을 시중들며 살아간다.

"가솔도 부민이야. 땅과 직업을 잃고 집을 잃고, 호적이 있는 고향을 떠나 기댈 곳을 잃은 끝에 먹고살기 곤란해서 고용된 거야. 최소한의 생활은 봐주지만 주인의 허락 없이는 아무것도 못해. 선생님은『태강太綱』에 사람을 사고팔아서는 안 된다, 노비를 가져서는 안 된다고 적혀 있다고 하셨어. 하지만 가솔은 노비야. 노비라고 부르지 않을 뿐이지."

간큐는 슈쇼를 바라보았다.

"주인은 먹고살 길 없는 부민을 자비로 고용하지. 부민은 자비에 감사하며 오래도록 가솔로 일하며 은혜를 갚아. 겉으로는 그렇게들 말해. 미담이지. 하지만 그런 말은 거짓말이야. 부민은 달리 어찌할 방도가 없으니까 노비나 마찬가지인 줄 알면서 주인에게 복종하는 거야."

"그런가……."

"가솔은 주인집에 들어가는 대신에 정권을 부러뜨려. 알고 있어?"

간큐는 고개를 끄덕였다. 정권은 신분을 보증하는 유일한 물건이다. 소속한 마을 관청에서 받는다. 토지와 집을 떠난 지 칠 년이 지나면, 어딘가에서 객사했다고 판단하고 나라에서 회수한다. 그래도 정권만 있으면 돌아가 다시 급부를 받을 길도 있다. 적어도 관청에 보호를 요구할 수 있다. 그러니까 부민 대부분은 일말의 안심을 위해 정권을 부러뜨린다. 황주의 두령에게 팔린

아이도 그렇다. 따라서 부민을 달리 할정割旌•이라고도 한다.

"정권을 부러뜨리고 도망치지 않겠다고 맹세하는 거지. 부모가 가솔이 되면 자식도 가솔이야. 어릴 적부터 일하고, 학교도 못 가고, 정권을 가지고 있으면 역시 부러뜨려. 어른이 되어도 호적이 없어서 땅을 받지 못하니까 독립할 수 없어. 혼인도 못하고 아이도 가질 수 없어. 주인에게 봉사하고 의식주를 얻고, 주인은 가솔이 돈을 모아 도망칠까 봐 품삯을 한 푼도 주지 않아. 최소한의 것만을 받으며 일하고 나이를 먹어도 호적이 없으니까 이가里家에도 들어갈 수 없어. 죽을 때까지 일하고 죽으면 객사 취급이야. 공터 구석에 묻히고 말지."

간큐는 말없이 고개를 끄덕였다.

"게이카는 우리 아버지가 돌아가실 때까지는 자유로워질 수 없어. 아버지가 돌아가셔도 어머니가 살아 계시면 가재와 함께 가솔도 인수할 수 있지. 어머니도 돌아가시고 우리 집안이 없어져 나라에 재산을 몰수당할 때까지는 가솔로 살아야 해."

"하지만 그 징수도 제대로 이루어지지 않지……."

"맞아. 아버지는 오라버니께 보상이라는 말로 가게와 재산을

• '정권을 쪼개다'라는 의미.

계속 주고 있어. 아버지가 돌아가셔도 효심 깊은 자식에게 부양받은 무일푼의 노인이 죽을 뿐이야. 징수할 것 따위 남지 않아. 집안 재산은 가솔과 함께 자식에게 분산되어 남지."

간큐는 고개를 끄덕였다.

"나한테는 분명히 황주인 지인은 없어. 하지만 부민과 함께 자랐어. 어째서 나는 비단으로 지은 예쁜 옷을 받고 게이카에게는 똑같은 옷이 주어지지 않는지 무척 이상했지. 어째서 게이카는 함께 밥을 먹을 수 없을까, 어째서 게이카가 사는 곳은 안채가 아닐까, 어째서 같은 부엌에서 만들었는데 게이카가 먹는 밥은 내가 먹는 밥과 다를까. 부민이 된 적은 없지만, 그래서 부민을 모른다고 누구도 말하게 두지 않겠어."

"아무렴."

"황주에 대해서는 모르지만 안전한 저택이라는 우리에 들어가는 가솔과 달리 황주가 황해에서 자유롭다는 사실은 잘 알아. 가솔도 황주도 마찬가지로 부민이지만 한쪽은 주인의 비위를 맞추며 어떻게든 부민 같지 않은 평범한 삶을 살려고 하지. 다른 한쪽은 평범한 삶을 버리고 대신에 본인이 황주의 백성이라고 말해. 나는 주인의 보호보다 붉은 정권이 좋아."

"너는 봉산에 가서 왕이 되고 싶잖아."

"맞아. 그러기 위해 왔으니까. 왕이 안 된다면 황주도 좋아.

그래, 주씨는 나쁘지 않아."

"왕과 황주를 저울질하는 건가."

"왜 안 되지. 몰랐어? 왕도 호적이 없어."

간큐는 가볍게 웃었다.

"우리 황주는 왕을 필요로 하지 않아……."

간큐는 유국에서 태어났다. 전란에 쫓긴 부모가 나라를 떠나 호적을 잃었다. 이주한 안국은 안국 백성을 위한 나라이기에 부민은 행복한 백성을 보면서 길거리에서 먹고 잘 수밖에 없었다. 땅도 없고 자식도 바랄 수 없다. 온갖 것으로부터 단절된 유랑하는 백성.

"왕은 우리를 도와주지 않지만, 땅을 얻어 정주하지 않는다면 애초에 왕은 필요하지 않아. 공국이 기울면 공국을 나가면 그만이니까."

"그래……."

"과연 이 세상에 정말로 왕이 필요할까? 왕을 잃어 재난이 닥친다면 유폐해버리면 돼. 정사를 돌보지 못하게 하면 돼. 그러면 이로운 행동을 못 하는 대신 해로운 짓도 못 하겠지."

슈쇼는 간큐의 의도를 파악하지 못하고 고개를 갸우뚱했다.

"기린의 자비는 인간을 구하나. 그저 가여워할 뿐이라면 누구든 할 수 있어. 왕과 기린, 사실 그런 존재는 인간에게는 필요하지 않아. 나라의 혜택을 받지 않고 살아갈 각오만 있다면 말이지. 왕이 필요하다고 바라는 것은 의존이지. 부민이 주인의 자비를 청하듯이 스스로 왕의 종복으로 전락하는 행위다."

왕에게 지배받지 않고 천제의 뜻에서 벗어난다. 황주는 요마의 백성이다. 고국은 황해다.

"왕을 원하는 한 너는 황주가 될 수 없어."

"바보구나."

슈쇼가 웃었다.

"나는 왕을 원하는 것이 아니야. 내가 왕이 되고 싶은 거지. 두 가지는 전혀 달라."

슈쇼는 그렇게 말하고 하늘을 보았다. 새벽녘 하늘이 밝다.

"날이 밝고 있어. 움직이는 편이 낫지 않아? 내가 떠나는 편이 좋겠어?"

간큐는 몸을 일으켰다.

"어깨를 빌려줘……."

"괜찮겠어?"

"거기까지라면 버티겠지."

"거기……."

간큐는 하늘을 올려다보았다.

"황주의 마을이다."

6
장

001

황해에 들어온 사람은 다음 안합일까지 나갈 수 없다. 노천에서 자고, 다치거나 병이 나면 나무 그늘에 웅크리고 있을 수밖에 없다.

아득히 오래전에 시작되었다고 한다. 주씨가 또는 강씨가, 황해에 들어와 짐승을 잡고 돌과 식물을 채취하는 모든 황주가 안전한 땅에 돌과 기와를 들고 오기 시작했다. 요마에게서 몸을 지키고 묵을 수 있는 움막이 시작이었다고 전해진다.

황주에게는 고향이 없다. 대부분 정주할 집도 없다. 이윽고 황해 안에 자리를 잡고 사는 괴짜가 나타나고, 그런 사람들이 힘을 합해 마을을 짓기 시작했다.

"하지만 그건 이里가 아니야. 이목里木이 없으면 이라고 부르지 않잖아."

슈쇼는 간큐를 부축하면서 말했다.

"처음에는 그랬지."

슈쇼는 눈을 동그랗게 떴다.

"처음에는?"

"이목이 어떻게 늘어나는지 아나?"

"아니. 들은 적이 없어."

"이목은 꺾꽂이로 증식한다고 하더군. 왕궁에 있는 왕의 이목만이 가지를 꺾어 꺾꽂이할 수 있어."

나라의 왕궁에는 나라의 토대가 되는 이목이 있다. 왕의 자식을 맺는 나무임과 동시에 왕의 기원으로 새로운 가축 열매를 맺고 새로운 곡물 열매를 맺는다. 그 가지를 꺾어 꽂으면 같은 나라 땅에 한해 이목을 늘릴 수가 있다.

"흐음……."

"황주는 이목을 원했어. 황해에 이목이 있으면 거기서 태어난 아이는 진정한 황해의 백성이지."

"설마 훔쳤어? 왕궁에서?"

"어느 왕궁에서 훔쳐오지? 여기는 어느 나라의 땅도 아니야."

"하지만……."

"황주 백성의 한탄을 듣고 황주의 신이 이목 가지를 내려주셨어."

적어도 전설은 그렇게 전해진다. 황해의 수호자, 견랑진군. 진군은 옥경의 천제, 제신諸神께 탄원하여 이목의 가지를 열두 개 얻어 황주의 백성에게 그것을 주었다.

"설마."

"설마?"

"상학의 선생님은 신 같은 건 없다고 하셨어. 인간의 상상 속에서밖에 존재하지 않아. 그건 단순한 전설이지?"

"글쎄다. 적어도 황주는 모두 믿어. 그리 오래전 일이 아니야……. 삼백 년인가 사백 년쯤 전 이야기지."

"그 이목이 뿌리를 내렸어……?"

"그래. 진군은 가지를 내려주시면서 절대로 이것을 황주 외에 알려서는 안 된다고 말씀하셨어."

진군은 제신에게 탄원하여 이목의 가지를 얻었지만, 제신은 황주의 백성에게 이목을 주는 것을 환영하지 않았다. 따라서 한 가지 저주를 걸었다. 이목은 요마와 재해, 당연히 인간 때문에 고사하는 일이 절대로 없으나, 황주의 이목은 황주가 아닌 자가 건드리면 말라 죽도록 저주받았다.

"그래서 나나 리코를 데려가고 싶지 않았던 거구나."

"그 이상이야. 황해에 마을이 있다는 사실이 알려지면 반드시 사람들이 찾아오지. 승산자, 그렇지 않은 자, 황해에 들어오는 사람은 황주의 마을에 기대게 될 거야. 사람이 오가면 반드시 이목을 죽이는 자가 있겠지. 유감스럽게도 인간은 그런 생물이야."

"그러네……. 그러겠지."

"죽이기만 할까. 어느 나라 왕이든 왕 아래에 지배할 수 없는 백성이 있으면 눈엣가시겠지. 우리는 왕의 보호를 받지 않아. 그 대신에 군역이나 조세의 구속도 받지 않지. 왕이 베푸는 은혜를 받지 않는 사실은 못 본 체하고 고된 노동과 과세에서 벗어난 것만을 시기해 구미에게 주어진 이목을 분에 넘친 보살핌이라고 화내는 자도 있겠지."

"맞아……. 괴롭히기 위해서나 장난으로 이목을 없애려는 사람이 있겠지. 정말로 유감스럽지만."

"그러니까 황주가 아닌 사람은 들일 수 없어. 마을을 들키면 죽여서라도 진군과의 서약은 지킨다. 황주는 반드시 이목을 지킨다. 그 비밀을 지킨다고 약속했으니까."

"그래서 내가 보면 안 되는 거였구나……."

간규가 고개를 끄덕였다.

황주의 마을 이목은 빈약한 가지를 드리웠다. 그래도 틀림없이 아이를 내려준다. 현재의 지위도 태어난 나라도 관계없다. 가서 빌고, 기원이 닿으면 금색 열매를 맺는다. 이목을 하사받은 작은 마을은 아무리 가난하더라도 황주의 고향이다. 황해 바깥으로 나가면 수없는 박해에 노출되는 황주도 돌아가야 할, 지켜야 할 고향이 있다는 사실이 황주로서 긍지의 근원이 된다. 설령 평생 황해에 발을 들이지 않더라도 단 한 번도 마을을 본 적이 없더라도, 남들이 혐오하고 두려워하는 장소라도 황해야말로 진짜 고향이다.

"자식을 원하는 사람은 황해에 들어가 이목에 빌지. 아이는 비밀을 지킬 수 있는 나이까지 모친과 마을에서 살면서 두령 곁에서 기술을 닦아."

슈쇼는 키득거리며 웃었다.

"황해 바깥에서 사는 우리는 순수한 황주의 아이를 보지 못하는 거구나. 과연 요마의 백성이야. 요마와 똑같아."

간큐도 경쾌하게 웃었다.

"그러고 보니 그렇군……."

간큐는 작은 목소리지만 평소답지 않게 떠들었다. 왜 그러는지 슈쇼는 알고 있었다. 점점 어깨에 기댄 무게가 무거워진다. 간큐의 다리는 명백히 힘을 잃어가고 있었고, 그와 동시에 얼굴에서도 생기가 사라지고 발음도 이상해졌다. 의식이 혼미해진 것이다. 간신히 정신을 잃지 않기 위해 떠들고 있다.

슈쇼가 고개를 들었다. 드문드문 난 거목은 무슨 나무인지, 가지는 복잡하게 뒤틀리고 떡갈나무 같은 커다란 잎이 무성했다. 가지와 가지 사이로 희미하게 보이는 봉우리가 둘인 산.

해가 저물기 전에 도착할 수 있을까. 그때까지 간큐를 부축할 수 있을까. 쉬면서 다리 윗부분을 묶은 줄을 풀면 출혈이 심해졌다. 지혈하면 줄어들지만 완전히 멈추지는 않았다.

"힘들어?"

"아니……. 부민 중에서도 황주는 행복해. 객사는 없으니까. 설령 송장은 공터에 버려지듯 묻히더라도 반드시 같은 황주가 주정을 가지고 황해에 들어와 황주의 마을에 장례를 치러주지……."

"불길한 소리 하지 마. 그보다 유국은 어떤 나라였어?"

"글쎄. 추웠지……."

"공국도 추워."

슈쇼가 핀잔을 주었다. 실제로 지금도 춥다. 어깨에 걸친 간큐의 팔이 차갑다.

주위를 둘러싼 거목 나무줄기는 어른 여러 명이 손을 잡아도 안지 못할 만큼 두꺼운 주제에 우듬지 높이는 낮다. 무성한 커다란 잎사귀 때문에 나무 아래에는 녹음이 져서 어둑하기까지 했다. 뿌리 또한 두꺼웠다. 나무줄기를 들어올리듯이 크고 넓게 불거져 나와 수염 같은 가는 뿌리를 발처럼 드리웠다. 허여스름한 흙 위에 잘 뻗은 뿌리는 곳곳의 거목끼리 뒤얽혔다. 두껍게 불거져 나오거나 허공으로 살짝 솟아올라 구불거리는 뿌리를 넘기란 보통 사람에게도 힘들었다. 다리를 다친 간큐는 더욱 힘에 겨우리라. 낮게 옆으로 퍼진 우듬지는 옆 나뭇가지와 가까스로 접해, 그곳에서 비스듬히 빛줄기가 비치고, 푸르른 한낮의 하늘이 들여다보였다.

하늘에 그림자가 스쳤다.

슈쇼는 순간적으로 간큐를 쓰러뜨리며 불거져 나온 뿌리 사이로 밀어넣는다. 두꺼운 뿌리에 매달려 머리 위를 올려다보았다. 새가 아니다. 추우도 아니었고, 강씨가 데려온 어느 기수와도 닮지 않았다.

간큐가 쉰 목소리로 말했다.

"산여酸與다……."

사람 키의 두 배는 긴 뱀이다. 네 장의 날개를 천천히 날갯짓하며 몸을 꿈틀거리며 허공을 헤엄치는 모습은 오한을 불러일으켰다.

도망치고 싶은 심정을 억누르고 뿌리 사이에 웅크렸다. 산여는 하늘을 유영하며 선회하듯이 허공을 맴돌았다. 비늘에 덮인 배와 세 다리를 보이며 머리 위 틈을 지나갔나 싶으면 주변을 한 바퀴 돌았는지 다시 돌아온다. 무언가를 찾고 있는 것처럼 슈쇼와 간큐의 상공을 떠나지 않는다. 몇 바퀴째인지 산여의 배가 우듬지 꼭대기를 비비며 격렬한 소리가 났다.

"피 냄새다……."

간큐가 아주 은밀하게 말했다.

"냄새가 나는 거야……. 슈쇼, 달려."

"싫어."

"박과 마찬가지야. 신경쓰지 마."

"하나도 똑같지 않아. 내가 박이라면 당연히 간큐를 묶어두고 박과 도망쳤겠지. 하지만 안타깝게도 나는 인간이야."

"황주가 되는 것 아니었나."

"될 거야. 그러기 위해서는 제자로 받아줄 두령이 필요해."

"황주는 목숨을 헛되이 하지 않아. 살아남을 가능성이 큰 쪽이 산다. 그러기 위한 희생은 희생이 아니야."

"안됐네. 나는 아직 황주가 아니야."

말한 순간 바로 곁에서 소리가 들렸다. 슈쇼는 제 얼굴에서 핏기가 가시는 것을 느꼈다.

비틀린 뿌리는 뒤얽히고 불거져 나와 나무 기둥을 지탱해서 마치 커다란 무덤이라도 있는 것 같았다. 무덤 비탈 뿌리 사이에서 얼굴을 내민 붉은 털을 지닌 늑대의 목은 호랑이처럼 크다.

슈쇼는 새카만 눈과 시선이 맞았음을 깨달았다.

간큐가 오른쪽 다리에 묶은 검자루를 쥐었다.

"뿌리 밑 틈으로 들어가……."

"하지만……."

간큐는 입을 연 슈쇼의 머리를 붙잡아 눌러서 억지로 숙이게 했다. 부목처럼 묶은 검집에서 검을 뽑기란 고생스러웠다. 아마도 갈저褐狙일 것이다. 요마는 간큐와 슈쇼를 가만히 응시한 채 움직이지 않는다.

또다시 머리 위에서 가지가 부러지는 소리가 들렸다. 산여다. 서서히 낮은 곳까지 오고 있다.

검자루를 쥔 손에는 악력이 거의 없었다. 운만 좋으면 산여는 이대로 피할 수 있을지 모른다. 문제는 눈앞의 갈저다.

"슈쇼……. 잘 들어, 그곳에서 절대로 움직이지 마."

몸을 웅크리고 소리 내지 마.

"조용해지면 도망쳐. 미안하지만 주정을 긴하쿠에게 건네줘."

"바보 같은 소리 마!"

다친 쪽과 무사한 쪽, 젊은 쪽과 나이를 먹은 쪽. 어느 쪽이든 미래와 가능성을 더 많이 가진 쪽이 살아남는다. 그것이 황주의 사고방식이다. 다치지 않았다면 간큐는 슈쇼를 희생시켜 도망쳤을 것이다. 간큐 쪽이 앞으로 살아남을 가능성이 크기 때문이다.

현재 상황에서 살아남아야 할 사람이 누구인지는 너무나도 명확했다.

간큐는 검을 간신히 겨누고 천천히 발 디딜 곳을 찾는다. 한 걸음 내디딘 순간 갈저와 산여와는 또 다른 방향에서 지저귀는 소리가 들렸다. 새소리와 몹시 비슷했다.

'여기서 또…….'

간큐의 얼굴에서 핏기가 가셨을 때 지저귐에 자극받은 것처럼 갈저가 뿌리 사이에서 튀어나왔다. 간큐가 검을 휘두를 새도 없이 갈저는 곧장 뛰어올라 머리 위 나뭇가지를 가르며 하늘로 산여를 노리고 날아갔다.

002

"대체 왜."

간큐 옆구리 부근에 몸을 웅크리고 있던 슈쇼가 입을 열었다.

새로운 놈이 갈저가 도망칠 정도의 상대인가. 간큐는 주위를 둘러보았지만 아무것도 보이지 않는다. 머리 위에서 소나기 같은 소리가 울려 퍼졌다. 저도 모르게 올려다본 까닭은 그것이 산여가 위협할 때 내는 소리임을 알고 있었기 때문이고, 동시에 갈저의 높은 포효가 들렸기 때문이었다.

산여가 몸을 비틀고, 갈저가 그 숨통을 끊는다.

슈쇼는 물론이고 간큐마저 얼이 빠져 그 모습을 지켜보았다. 요마끼리 사냥감이나 영역을 다투며 싸우는 일은 흔하다. 그러나 눈앞에 피 냄새가 나는 사냥감을 처리한 뒤라면 모를까, 사냥감을 무시하고 싸우는 일은 없다.

나뭇가지와 잎사귀 틈으로 비쳐 드는 햇살이 그늘졌다. 큰 빗방울이 잎을 때리는 소리가 들리더니 검붉은 비가 내리고, 뒤를 쫓듯이 산여가 몸부림치면서 추락했다. 갈저가 반쯤 떨어져나간 산여의 목을 여전히 물어뜯고 있었다.

산여는 나뭇잎 사이로 비쳐 든 햇살에 비늘을 무지갯빛으로 빛내면서 버둥거린다. 갈저는 산여의 날개를 짓밟고 고개를 크게 흔들었다. 산여의 목이 몸에서 떨어져나간다. 산여의 기다란 몸은 잠시 펄떡이다가 이내 잠잠해졌다. 이따금 경련을 했지만 이미 완전한 죽음만이 남은 것은 명백했다.

갈저는 비늘로 덮인 산여의 목을 문 채 한순간 간큐와 슈쇼를 돌아보았다. 적갈색을 띤 목덜미 털이 나뭇잎 사이로 새어 든 햇살에 붉게 비쳤다. 이내 흥미를 잃은 것처럼 목을 늘어뜨린 갈저의 발치에서 산여의 몸이 다시 한번 경련하며 비늘이 반짝였다.

멍하니 바라보는 간큐를 슈쇼가 밀었다.

“가야지. 도망쳐야 해.”

“아아…….”

불안하게 고개를 끄덕인 간큐는 작은 울음소리를 들었다. 흠칫 놀라 제정신이 돌아왔다.

조금 전 지저귐, 새로이 들린 울음소리. 그 울음소리가 박의 소리와 너무나 비슷해서 무심코 목소리의 주인을 찾고 있었다.

“간큐.”

슈쇼가 손을 들고 산여를 해치우는 갈저 너머를 가리켰다.

나뭇잎 사이로 비쳐 든 햇살 너머로 사람이 보였다. 그가 말을, 말과 비슷한 짐승을 데리고 있다. 틀림없이 박이다. 버리고 왔을 때의 안장과 짐을 그대로 짊어진 채 사람에게 이끌려 다가오고 있다.

짙푸른 그림자가 드리워 고삐를 쥔 사람의 얼굴은 제대로 보이지 않았다.

“……사람……?”

슈쇼가 중얼거렸다. 황주의 백성일까. 그렇게 생각한 까닭은 남자치고는 가늘고 여자치고는 다부진 모습에 눈앞의 참상을 두려워하는 낌새조차 없이 평온해 보였기 때문이다.

리코가 아니다. 다른 강씨가 아니다. 커다란 천을 머리부터 몸에 두르고 있지만 그 사이로 보이는 한층 더 단단한 선과 예리한 음영은 갑옷의 윤곽이 아닐까.

인영은 박을 끌고 걸으며 아무 감개도 비치지 않고 갈저 곁을 지나 뻗은 산여의 꼬리를 넘어왔다. 나뭇잎 사이로 비친 햇살에 잠시 보인 얼굴은 온화하고 젊었다.

그는 압도당해 우두커니 서 있는 간큐와 슈쇼 옆으로 박의 고삐를 잡고 다가왔다.

"이 박은 그대 것인가?"

목소리 역시 젊다.

간큐는 고개를 끄덕였다. 작은 체구의 남자, 아니 소년도 고개를 끄덕이고 박의 고삐를 간큐에게 내밀었다. 더없이 조용한 동작에 비해 박은 힘차게 고개를 흔들었다. 간큐는 고삐를 받아들다 놓쳤지만 대신에 박이 고개를 숙였다. 간큐의 어깨에 주둥이를 얹는다. 길들이는 동안에 자주 보이던 '칭찬해달라'는 의사 표시다.

간큐는 목에 손을 얹고 가볍게 두드렸다.

"용케…… 무사히……."

두고 간 것을 아는지 모르는지 박은 자꾸만 콧등을 비볐다. 아름답게 휘어 녹색의 옅은 빛깔을 띤 반들반들하게 빛나는 목덜미를 간큐는 몇 번이나 두드렸다.

"황주의 백성인가."

비난조도 칭찬하는 말투도 아닌 더없이 차분한 목소리다.

간규는 고개를 끄덕였다.

"고맙군. 댁이 구해준 건가."

"검은 밧줄로 묶여 있기에 주인이 어지간히 위급했나 보다 싶었지. 다쳤군."

"맞아."

부상을 떠올린 간규는 박을 놓고 검집에서 뽑았던 검을 지팡이 삼아 그 자리에 주저앉았다.

"보시다시피. 덕분에 살았어."

"저기."

슈쇼도 입을 열었다. 여유롭게 식사를 하는 요마를 가리켰다.

"저거 요마 아닌가. 여기서 느긋하게 이야기를 나눠도 돼? 아니면 저게 당신의 기수야?"

그는 아니라며 고개를 가로저었다.

"기수는 아니지만 아는 사이야."

"요마와 아는 사이라고?"

"음."

대화를 나누고 가까이에서 얼굴을 살펴보니 꽤 어렸다. 슈쇼와 별로 차이 나지 않아 보인다.

"당신도 황주?"

"아니라고 하는 편이 옳겠지."

"혹시 우리를 구해준 건가. 진심으로 고마워."

"응."

그의 목소리는 차갑다.

"피가 흘렀어. 움직이는 게 좋겠어."

그는 그렇게 말하고 간큐에게 손을 뻗었다.

"다리가 그러니 박에 타. 안전한 곳으로 안내하지."

손을 내민 동작으로 뒤집어쓴 천이 어깨 부분에서 갈라졌다.

슈쇼는 놀라서 쳐다보았다.

낡기는 했지만 훌륭한 갑옷이다. 어깨에 건 옥이 청명하게 빛난다. 옥을 엮은 오색의 끈은 오른쪽 어깨에서 왼쪽 옆구리로 훌륭하게 반짝이며 늘어섰다. 아주 훌륭한데도 장식으로 보이지 않는 것이 신기했다.

옥을 두르고 있다.

슈쇼는 고개를 들었다. 눈을 부릅뜨고 간큐에게 손을 내민 상대방의 옆모습을 바라보았다.

간큐도 손을 뻗고 눈을 휘둥그렇게 뜬 채 얼어붙었다.

003

당신은 설마…….

슈쇼는 몇 번이고 물으려다 말을 삼켰다.

간큐만 박에 태우고 고삐를 쥔 그의 옆을 걷는다. 시험 삼아 머뭇머뭇 팔을 뻗어 손을 잡으니 그는 잠깐 돌아보았을 뿐, 특별히 뿌리치지 않고 슈쇼의 손을 끌어주었다. 부드럽고 따스했다. 올려다본 옆모습도 평범하고 앳된 얼굴이라 어딘가의 젊은 무사가 섞여 든 것처럼만 보였다.

그는 아무런 불안감도 패기도 비치지 않은 채 숲을 빠져나갔다. 틀림없이 황주의 마을로 갈 줄 알았는데 박을 끈 채 그대로 숲을 빠져나와 간큐가 박을 버린 언덕이 보이는 곳까지 돌아갔다.

언덕 기슭을 우회해 그 밑에 있는 관목 수풀로 헤치고 들어가자 가느다란 개울이 나왔다. 개울을 거슬러 올라가 해가 기울 무렵에는 바위밭에 접어들었다. 마침내 바위에 매달린 소나무 밑동에 샘솟은 샘터가 나왔다.

주위는 솔숲, 나뭇가지가 샘 위를 덮어서 하늘에서는 잘 보이지 않는다. 바위가 품고 있는 형태로 샘 주위만 한층 낮았다.

그는 바위 사이에 박아 넣은 쐐기에 박을 묶고, 작은 바위 턱 밑에 돌로 만든 오래된 부뚜막으로 향했다.

이런 곳을 잘도 찾았다는 생각과, 어지간히 자주 왔는지 익숙한 모습에 슈쇼는 당황하며, 오는 길에 꺾은 관목 가지와 솔잎을 모아 불을 피우는 그를 지켜보았다.

안전한 곳에 익숙한 모습은 황해에 정통한 인상을 주었지만, 안전한 장소를 파악해두고 자주 이용하는 듯한 모습이 황해의 수호자와는 어울리지 않았다.

그런데 역시 '당신은 설마'의 뒷말이 나오지 않는다.

날이 저물기 시작한 숲속, 소나무 아래, 한층 더 낮은 샘터에는 한발 먼저 저녁이 찾아왔다. 쌀쌀한 공기가 고이기 시작하자 슈쇼는 부지런히 일했다. 박을 몇 번이나 쓰다듬어주고, 안장을 벗겨주고, 샘에 주둥이를 박고 물을 마시게 했다. 묶여 있던 짐을 내리고, 사료가 든 꾸러미를 열어 바위 위에 올려준다.

"다행이야……."

사료 쪽으로 숙인 박의 목을 껴안자 따뜻했다. 정말로 무사해서 다행이다. 마음속으로 중얼거리면서 따스한 목을 안고 있자 눈시울이 살짝 뜨거워졌다. 슈쇼는 비비적비비적 머리에 얼굴을 비비고 돌아보았다. 바위에 등을 걸치고 앉아 멍하니 자신과 박을 보고 있는 간큐 곁으로 돌아갔다.

"괜찮아? 아프지 않아?"

"응……."

웃음을 머금은 목소리가 이야기에 끼어들었다.

"시시한 거짓말은 하지 마. 그 상태로 아프지 않을 리가 없지."

너무나 사람 냄새가 나는 목소리에 슈쇼는 더욱 당혹스러웠다.

"아가씨, 상처를 닦아줘. 마실 물을 먼저 길은 다음에 말이지."

"네."

슈쇼는 대답하고 물주머니 안에 있던 물을 버리고 샘에서 새로 물을 길었다. 물주머니를 두고 간큐의 손을 잡아끌었다. 간큐는 일어나면서 그를 돌아보았다.

"진군."

불을 피우고 돌아본 그는 말을 기다리듯이 간큐를 바라보았다.

"감사를…… 드립니다. 저와 박 모두. 고맙습니다."

"그 말은 하늘에 해. 그대는 그저 운이 좋았을 뿐이야."

슈쇼는 그를 빤히 보았다. 진군이라 부르자 대답했다.

"견랑진군……."

그는 불 곁에 한쪽 무릎을 꿇은 채 슈쇼를 바라보았다.

"인간처럼 보여……."

슈쇼가 중얼거리자 그는 웃었다. 지극히 자연스러운 웃음이었다.

"인간이 아닌 존재였던 기억은 없어……. 내가 돕지."

그는 말하고서 간큐의 몸을 부축했다. 슈쇼는 허둥지둥 간큐를 샘까지 데려가 앉히고 신발을 벗기고 정강이가리개를 벗겼다. 감은 천을 풀고 물에 담가 상처를 씻는다.

간큐가 입을 열었다.

"저는 진군은 인간이 아닐 거라고 생각했습니다."

"선인을 인간이 아니라고 한다면 그렇겠지. 평범한 천선天仙이야."

"천선."

"비선飛仙 같은 거라고 해둘까. 조금 오래 살았지만 태생은 인간에 지나지 않아."

"흐음."

슈쇼는 그를 응시했다.

"진군은 옥경에 봉사하는 거지요?"

"글쎄."

"아닌가요?"

간큐가 그만하라고 말렸다. 질문을 받은 그는 작게 웃었다.

"천선은 인간과 교류가 금지되어 있어. 사실은 말이지. 그러니까 쓸데없는 질문은 하지 않는 것이 좋아.”

“아, 네……. 죄송해요.”

슈쇼는 사과하고 다친 간큐의 다리를 처치하는 데에 전념했다. 굳은 피를 천으로 닦아내면서 내심 놀랐다. 진군이 인간이라면 다른 신도 인간일까. 어딘가에 정말로 옥경이 있고, 그런 사람들의 세상이 있는 것일까.

“세상에는 깜짝 놀랄 만한 일이 잔뜩 있구나…….”

혼잣말을 하고 그를 보았다.

“이러면 될까, 아니, 될까요.”

“긴장하지 마.”

그는 쓴웃음을 짓는 듯하더니 간큐의 다리 쪽으로 웅크리고 앉았다. 그러고는 간큐가 짐 꾸러미를 가져오려는 것을 막더니 뒤집어쓴 천 아래로 갑옷 허리에 단 천주머니 안에서 작은 죽통을 꺼냈다.

“아무거나 새 천을 주겠니.”

슈쇼가 허둥지둥 짐 속에서 쓰지 않은 수건을 꺼내서 건네자 그는 죽통 안의 물을 천에 적셔 상처에 댔다. 죽통 뚜껑을 닫고 슈쇼에게 내민다.

“이것을 가져가. 괴로워하는 것 같으면 마시게 해. 많지는 않지만 상처가 아물 때까지는 버티겠지.”

"저, 이게……."

뭐냐고 물으려는 슈쇼를 그가 가로막았다.

"너는 황주로는 보이지 않는구나."

"네, 아니에요. 저는 봉산에……."

그는 간큐의 다리에 원래대로 천을 감으며 슈쇼를 바라보았다.

"네가……?"

"네, 그래요. 간큐는 주씨지만, 그러니까 강씨로서 동행을 부탁해서……."

"무모한 짓을 하는구나."

슈쇼는 쌀쌀맞은 말투에 살짝 울컥했다.

"무모하다는 건 충분히 알아."

"어째서 너처럼 어린아이가 승산할 생각을 했지."

"내가 왕의 그릇이라고 생각했기 때문이야."

"슈쇼."

간큐가 작은 목소리로 나무랐지만 슈쇼는 간큐를 쳐다보지 않았다.

"대단한 자신감이구나."

"선생님도 스스로에게 자신감을 갖는 것은 좋은 일이라고 하셨어."

"지나친 자신감은 자신을 망치지. 너는 왕이 어떠한 존재인지 알고 있니?"

빱이 화끈거렸다.

"그게 무슨 말이야?"

황주도 그렇고 천선도 그렇고.

"어린아이라고 아무것도 모른다고 단정짓는 건 그만둬! 왕이 어떠한 존재인지 모르면 애초에 황해에 오지도 않았어!"

"아는데 스스로가 왕의 그릇이라고?"

"그래, 맞아. 그래 보이지 않아?"

그는 슈쇼를 냉담한 눈빛으로 바라본다.

"그렇다면 앞으로 자력으로 헤쳐나가. 말해두지만 이리로 요마가 오고 있어. 내가 있는 한 공격하지 않지만, 내가 이곳을 나가면 틀림없이 계곡을 올라오겠지."

슈쇼는 차갑게 말한 상대방을 쏘아보았다.

"그래, 역시 천선쯤 되니 사람을 사람이라고 생각지 않는구나."

"옥좌는 아이의 장난감이 아니야. 옥좌란 앉는 것이 아니라 짊어지는 것이지. 왕의 책무를 짊어진다는 것이 어떠한 일인지 안다면 자신이 왕의 그릇이라는 말은 입이 찢어져도 할 수 없어."

"알아. 나라를 짊어지라는 소리지. 만백성의 목숨을 전부 짊어지는 거야. 왕이 오른쪽을 고를지 왼쪽을 고를지에 만 단위의 사람이 죽거나 울어."

"그것을 네가 올바르게 해낼 수 있다고?"

슈쇼가 소리지른다.

"그런 일을 내가 할 수 있을 리가 없잖아!"

간큐는 눈을 부릅뜨고 슈쇼를 응시했다.

"슈쇼, 너……."

"나는 아이고 나라의 어려운 정사 따위 아무것도 몰라. 황해에 와서 제 몸 하나도 남의 도움 없이 지키지 못해. 그런데 어떻게 남의 목숨까지 짊어질 수 있겠어! 나는 기껏해야 공부하고 학교에 가서 하급 관리가 되는 것이 한계야. 당연하잖아. 내가 정말로 왕의 그릇이라면 이런 곳까지 오지 않아도 기린이 맞으러 오겠지!"

"그런 줄 알면서 어째서 승산했지?"

"의무라고 생각했기 때문이야!"

황해의 기나긴 여정, 자신의 무력함을 느끼는 일뿐이었다.

"나는 공국의 백성이야. 만약 내가 총재라면 기린기가 오르자마자 모든 백성이 승산하도록 법을 만들겠어!"

슈쇼의 부친은 승산할 마음이 없었다. 지금의 삶을 잃고 싶지 않기 때문이다.

"왕이 어딘가에 있어. 누구인지는 모르지만 그 사람이 황해는 멀고 무섭다면서 겁내는 동안에 사람이 계속 죽어나가고 있어!"

어디어디에 요마가 나왔다는 이야기를 들으면 가엾다, 이 무슨 일이냐, 세상이 어찌되려느냐고 근심 어린 얼굴로.

"만백성이 봉산에 가면 그중에 반드시 왕이 있겠지. 그런데 그러지 않고 남의 일인 양 창문에 철창을 끼우고 그 안에서 세상을 한탄하고 있어. 어리석게도!"

"……슈쇼."

간큐는 손을 뻗었다.

"승산하지 않느냐고 물으면 웃지. 내가 아이인데다 왕이 얼마나 큰일인지 황해가 얼마나 무서운 곳인지 모르니까 말할 수 있는 거라는 표정을 지어. 내가 아이인데다 부잣집에서 자라 세상 물정을 모르기 때문이라며 비웃어. 자신들만 안다는 얼굴을 하지."

"그랬구나……."

"내가 보기에는 근처에서 사람이 계속 죽어나가는데 남의 일인 양할 수 있는 사람이 훨씬 더 세상 물정을 몰라. 죽음도 괴로움도 사실은 하나도 모르는 거야. 내 말 틀렸어?"

"아니."

"황해는 무서운 곳이다, 너무 무모하다고 말하지. 뭐가 무모해! 나 같은 어린애도 각오 하나로 올 수 있는데!"

간큐는 웅크린 아이를 끌어안았다.

"울지 마……. 너는 잘했어."

슈쇼는 몸을 일으키고 소매로 얼굴을 훔쳤다.

"승산할 마음도 없다면 황주처럼 왕 따위 필요 없다고 하면 돼. 요마가 나오는 게 당연하다는 얼굴을 하고 요마와 공존하는 법을 익히면 돼. 어떻게 몸을 지킬지, 공격당하면 어떻게 할지 생각하고……."

"맞아……."

"황해 안에서도 사람이 살 수 있어. 공국에서 살아가지 못할 리가 없어. 온 나라에서 요수를 사냥하고, 공국을 통과하는 여행자를 호위하고, 다들 주씨나 강씨가 되면 돼."

간큐는 쓴웃음을 지었다.

"그건 나쁘지 않은데."

"간큐, 지금 자신이 엄청 사람 열받게 만드는 인간이란 거 알아?"

"그래?"

"우는 아이한테는 두 손 들었다고 얼굴에 씌어 있어."

"뭐, 사실이니까."

슈쇼는 퉁명스럽게 고개를 돌렸다. 그 등에 대고 조용한 목소리가 물었다.

"만약 네가 왕이라면 어쩔 거지?"

슈쇼는 천선을 바라보았다.

"그런 일은 만약의 사태가 일어났을 때 생각하겠어. 하지만…… 그래, 만약 내가 왕이라면 이 나라에서 나보다 제대로 된 인간이 없었다는 거니까 받아들일 수밖에 없겠네."

"그렇군."

그는 웃는 듯했다.

"너는 왕이 되면 마음껏 사치를 부를 수 있지. 많은 하관이 네 발치에 몸을 던지며 절할 거야."

"하찮아. 나는 여태껏 실컷 사치하며 살았어. 으리으리한 집도 있고, 영리하고 귀여운 아가씨라며 금이야 옥이야 사랑받아 왔으니까."

"그런데 황폐한 나라를 용납하지 못하는구나. 어째서지?"

슈쇼는 어이없다는 표정을 지었다.

"그야 당연히 나 혼자만 괜찮으면 꿈자리가 뒤숭숭하기 때문이지."

"그래……."

"나라가 부유해지고 안전하고 모두가 비단옷을 입고 맛있는 것을 배불리 먹는다면, 내가 옷을 갈아입거나 밥을 먹을 때마다 울적해하지 않아도 돼. 거리낌없이 마음대로 호화를 누릴 수 있지."

그는 그러냐며 미소 지었다.

"그럼, 지금은 그의 식사를 도와줘."

004

"가만 생각했더니 엄청 오랜만에 먹는 밥이었어."

슈쇼는 그릇을 내려놓고 만족한 듯이 웃었다. 그 모습을 보고 간큐는 쓴웃음을 지었다. 황주의 주식을 백가百稼라고 한다. 갖가지 곡물을 볶아서 곱게 간 것이다. 부피가 작고 이것만 먹어도 살아갈 수 있을 정도의 물건이라 황주가 주식으로 삼고 있지만 맛은 별로 없다. 하지만 돌이켜보면 슈쇼가 불평한 적은 없었다.

"이런 음식을 불평 한마디 없이 먹는 아가씨는 슈쇼뿐일지도 몰라."

"그래? 맛있다고 할 수는 없지만."

"집에서는 더 맛있는 것을 먹었겠지."

"그야 그랬지."

슈쇼는 어깨를 으쓱했다.

"늘 접시가 탁자 가득 늘어서 있는 게 그야말로 진수성찬이었어. 하지만 상학에서 벌써 며칠이나 밥을 제대로 먹지 못했다는 이야기를 듣고 돌아오면 맛 따위 나지 않았어."

슈쇼가 한숨을 내쉬었다.

"내가 먹다 말아도 가축의 사료가 될 뿐이잖아. 그렇다고 거리에서 나눠줄 수도 없는 노릇이고, 먹고 싶지 않다고 하면 배가 불렀다며 혼이 나고. 달리 먹을 것도 없으니까 먹었지만, 맞아, 맛없었어. 정말 맛이 아니라 심정적으로."

"그런 건가."

"그래. 세상에 굶어 죽는 사람도 있다고 알고 있는데 진수성찬을 잔뜩 먹어야 하는 인간의 심정은 경험하지 않으면 모르는 거야. 눈앞에 좋아하는 것이 잔뜩 놓여 있고 배도 고픈데 목이 막혀서 먹을 수가 없어. 그런 경험 해봤어?"

간큐는 쓴웃음을 지었다.

"확실히 못 해봤군."

"배가 고프면 슬프겠지. 하지만 먹을 것이 있는데 삼키지 못하는 것도 마찬가지로 슬퍼. 그렇다고 굶어 죽는 것은 아니지만, 나는 차라리 굶어 죽을 만한 신분이 되면 얼마나 좋을까 생각한 적도 있어."

간큐가 입을 열려고 하자 슈쇼가 얼굴을 찌푸렸다.

"부탁이니까 뒷말은 하지 마. 또 짜증을 내고 싶지 않으니까……. 무슨 말을 하고 싶은지 알아. 그런 말은 굶어보지 못한 아가씨니까 할 수 있는 거라고 하고 싶겠지."

슈쇼는 말하더니 고개를 홱 돌렸다.

"밥을 먹지 못하는 사람에게 나눠주고 싶어 하면 적선이라고들 생각하지. 고생 모르는 아가씨에게는 남을 구할 권리가 없어. 가엾게 여기고 무언가 해주려고 하면 잘난 척한다는 소리를 들어. 그런 주제에 사치를 부린다고 비난해. 배곯아본 적 따위 없을 거라는 소리를 들으면, 없어, 우리집은 부자니까, 하고 거만하게 웃을 수밖에 없어. 그러지 않으면 용납되지 않으니까."

간큐는 씁쓸하게 웃는다.

"과연……."

"가끔 식단을 조금 더 검소하게 바꾸자고 말하고 싶지만 말해도 아무 의미도 없어. 먹을 것으로 돈을 쓰지 않는 만큼 아버지의 품에 돈이 남을 뿐이라 딱히 배고픈 사람이 밥을 먹을 수 있는 것도 아니니까."

슈쇼는 싫은 한숨을 내쉬었다.

"분명히 나는 고생을 몰라. 먹을 것도 입을 것도 풍족했고, 집도 크고 훌륭하고 창문에는 전부 철창을 끼워서 안전했어. 호위무사도 잔뜩 있었고……. 집밖에서는 사람이 계속 죽어가. 가엾기는 해도 가엾다고 말할 권리는 나에게 없어. 그럴 때에는 이렇게 말해야 해."

슈쇼는 말을 끊고 손가락을 들었다.

"어째서 호위 무사 하나 고용하지 않았어?"

두 사람의 숨죽인 웃음소리, 박 옆에서, 그리고 모닥불 곁에서. 슈쇼는 양쪽을 보고 한숨을 쉬었다.

"그래서 관리가 되겠다고 결심했어. 관리가 되면 조금쯤 다른 사람을 위한 일을 할 수 있으니 그러면 죄책감도 줄어들지도 모르잖아. 그런데 요마가 학두를 덮쳐서 상학이 문을 닫아버렸어. 내 생각이 물렀어. 공부해서 관리가 되어 사람들에게 이로운 정치를 하다니, 곰곰이 생각하면 왕이 있어야 의미가 있는 일이잖아."

"그래서 왕이 되겠다고 결심했나?"

간큐가 묻자 슈쇼는 고개를 내저었다.

"아니야. 누군가 왕이 되어주기를 바랐어. 아무리 그래도 열두 살 아이가 왕이 될 리가 없지 않아. 그런 일이 있다면 난 비웃을 거야. 제대로 분별 있는 사람이 왕이 되어준다면 요마도 나오지 않을 테고 기근이 일어날 일도 없잖아? 그러니까 여러 사람에게 승산하지 않느냐고 물었지만 전혀 상대해주지 않았어. 아이는 천진난만해서 귀엽다는 소리나 하지."

슈쇼는 고개를 갸웃거렸다.

"배고프다, 무섭다, 괴롭다고 투덜거리며 남을 시기할 여유가 있다면 자신이 주위 사람을 끌고 승산하면 되지 않나. 승산하고 나서야 비로소 불평을 말할 자격이 있다고 생각해. 그러지도 않고서 한탄만 한다고 곰곰이 생각해보니 나도 그러고 있잖아."

간큐는 진지하게 고개를 갸웃거리는 소녀를 바라보았다.

"어째서 아무도 왕이 되려 하지 않느냐고, 왕은 나타나지 않느냐고 화내면서 자신이 왕이 될 수 있을 리가 없다고, 애초에 봉산에 갈 수 있겠느냐고. 완전히 똑같잖아. 그래서 내가 먼저 가자고 결심했어. 황해에 갔다 돌아오면 나는 해야 할 일을 한 뒤에 한탄하라고 당당히 말해줄 수 있어. 시기하든 부러워하든 나는 혜택을 받는 만큼 해야 할 일을 했다고 말할 수 있어. 그러면 더는 억지로 관리가 되려고 하지 않고 마음대로 살 수 있어."

"마음대로?"

불 곁에서 조용한 목소리로 물었다.

"나는 기상이 되고 싶었어."

슈쇼는 웃는다.

"기수를 좋아해. 그러니까 주씨도 좋을 것 같아. 네가 황주의 심정을 아느냐는 이야기는 하지 마. 이제 지긋지긋하니까. 주씨가 되어 공국을 나가서 마음껏 기수와 함께 지내다가, 어딘가에서 옛날 지인을 만나 왕이 없어서 못살겠다고 투덜거리는 소리를 들으면 왕을 원하면 먼저 자신부터 승산하라고 차갑게 말해주겠어."

불 곁에서 키득키득 숨죽인 웃음소리가 들렸다.

"사실 왕 같은 건 아무래도 좋아. 어른들은 왕이 계시면 전부 좋아진다고 하지만 뭐가 어떻게 좋아지는지 나는 짐작도 안 가는걸. 태어났을 때부터 줄곧 왕이 없었으니까."

"그랬군……."

"태어났을 때부터 왕이 없었지만 아버지는 장사를 하고, 나는 학교에 가고, 관청도 가게도 열려 있고, 다들 그럭저럭 지냈잖아. 그러면 왕이 없더라도 어떻게든 계속 해나갈 수 있지 않을까 싶기도 한데."

슈쇼가 살피듯이 고개를 갸웃거리자 불 곁에서 조용한 목소리가 들렸다.

"글쎄 어떨까."

"왕이 없으면 그렇게 심각해질까?"

"계속 나빠지기만 하니까."

"그건 좀 곤란하네."

슈쇼가 팔짱을 끼었다.

"공국을 나와 마음대로 살다가 또다시 죄책감에 괴로워할 정도로 안 좋아지는 건 싫어."

구시렁구시렁 멋대로 계획을 세우는 슈쇼를 지켜보면서 간큐는 박에 기대었다. 받은 약 덕인지 통증도 거의 없어져 푸근한 졸음만 왔다.

등에 박의 온기를 느끼며 반쯤 졸면서 슈쇼는 주씨에 적합한지도 모른다고 생각했다. 어쩌면 좋은 주씨가 될지도 모른다. 하지만 아마 그런 일은 일어나지 않을 것이다.

슈쇼는 남쪽으로 왔다. 황해라는 물 없는 바다로.

몸집은 태산과 같고 날개는 하늘을 뒤덮은 구름과 같다.

날갯짓으로 회오리바람을 일으키고 호를 그리며 날아오른다. 구름을 쫓아내고 푸른 하늘을 짊어지며 훗날 남쪽을 도모한다. 남쪽 바다를 향해.

'도남圖南의 날개…….'

그 새의 이름을 붕鵬이라 한다.

커다란 사업을 계획하는 것을 도남의 날개를 편다고 하고, 따라서 왕을 포함한 승산 길을 붕익鵬翼에 탄다고 말한다.

'그것도 나쁘지 않아…….'

간큐는 쓴웃음을 지으며 눈을 감았다.

아마도 주씨보다 적성에 맞을 것이다.

005

두 사람과 한 마리는 그곳에 기대어 잠들고 아침에 눈을 떠 출발 준비를 했다. 천선은 잠을 자지 않은 듯했다.

떠나기 전에 슈쇼는 지시받은 대로 간큐의 상처를 처치했다. 천을 풀고 대었던 천을 떼자 슈쇼는 물론이고 간큐도 눈을 휘둥그렇게 떴다. 벌써 상처가 나아 희미하게 새 살이 올라오고 있었다.

슈쇼는 죽통과 그것을 준 천선을 번갈아 보았다.

"굉장하다……."

그는 중얼거리는 슈쇼를 보고 웃으며 간밤과 마찬가지로 간큐를 치료해주었다.

"있지, 천선은 인간과 교류하면 안 된다고 하지 않았어?"

"했지."

"이건 상당히 교류한거 아니야?"

그는 쿡쿡 웃었다.

"그렇겠지. 음, 괜찮을 거야. 내가 황해를 방랑하는 괴짜에 말길이 통하지 않는다는 것은 옥경도 잘 아니까."

"옥경."

슈쇼가 작게 말했다. 그건 말할 수 없다, 그러니까 물어도 소용없다고 하지 않았던가.

슈쇼가 당혹한 것을 아는지 모르는지 그는 웃으며 일어났다.

“봉산까지 얼마 남지 않았어. 힘내.”

“저기…… 여러모로 고마워.”

“앞으로 마지막 난관이 있어. 건에서 봉산까지의 여정 중에서 가장 힘든 바위 사막이지. 방심하지 마.”

슈쇼는 박에 얹으려던 안장을 놓고 눈동자만 들어 그 사람을 쳐다보았다.

“역시…… 바래다주지는 않는구나…….”

“어이.”

나무라는 듯한 목소리의 주인공은 짐을 꾸리던 간큐였다. 경쾌하게 웃으며 발길을 돌리며 바래다주지 않을 거라는 천선의 목소리는 조용했다.

“요마는 이제 없어?”

“글쎄.”

“글쎄라니……. 모여들었다며? 어젯밤에 그렇게 말했으면서. 모여든 줄 알면 흩어졌는지도 알지 않아?”

그는 돌아보았다.

“거짓말이야.”

슈쇼가 그를 노려보았다.

"어이없어. 악랄한 사람이네."

"나를 악랄하다고 생각한다면 기억해둬. 기도는 진실한 목소리가 아니면 닿지 않아."

슈쇼는 온화한 얼굴을 슬쩍 쳐다보았다.

"진심이 아니면 안 돼, 아가씨. 그렇지 않으면 하늘의 가호는 얻을 수 없어."

"천선은 정말 사람이 나빠."

그가 웃었다.

"그럼 역시 인간이 아닌가 보지."

"그 거짓말이 현실이 되면 어떻게 해? 하다못해 승산 길까지 바래다줄 마음은 없는 거야?"

"필요 없어. 그럴 필요성을 느끼지 않으니까."

"박정해……. 부상자가 있는데."

"부상자가 있고, 내가 없어. 그러니까 요마는 오지 않아."

"그게 무슨 말이야."

"나는 웬만해서 인간과는 만나지 않아."

슈쇼가 의아한 표정을 지었다.

"천선의 생각은 도통 모르겠어."

"네가 요행을 만났다고 말한 거야."

그는 미소 지었다.

"그거, 당신을 만났으니 운을 다 써버렸다는 소리야?"

"그렇지 않아. 모르면 됐어. 가. 천제의 가호가 있겠지."

슈쇼는 어리둥절하며 간큐를 보았지만 간큐는 알았다는 얼굴로 고개를 끄덕였다.

"……가끔 어른들은 이해할 수가 없어."

그는 웃고 계곡을 내려갔다.

"그래, 맞아."

슈쇼는 일어나 가볍게 뒤쫓았다.

"천선은 원래 사람인 거지?"

"맞아."

그는 돌아보고 웃었다.

"그럼 이름이 있지? 진군은 호잖아?"

그는 고개를 끄덕이고 무언가를 깨달은 듯이 뒤집어쓴 천을 잡았다.

"잊고 있었군. 이 앞은 사막이니까 이 정도는 있는 편이 좋겠지."

천을 벗어던지자 드러난 갑옷 형태. 소나무 우듬지에서 내리쬐는 햇볕에 옥이 작게 반짝였다.

"이거?"

"한쪽 소매를 잃었으니, 그대로 두면 화상을 입어."

"고마워. 당신 이름은 뭐야?"

"알아서 어쩔 거지?"

"어머나, 다른 사람과 만났을 때 이름을 밝히는 것은 기본이야."

슈쇼는 그렇게 말하고 고개를 살짝 갸웃거렸다.

"나는 슈쇼. 이 사람은 간큐. 하지만 박에게는 아직 이름이 없어. 내가 붙여도 된대. 당신의 이름을 붙이면 기분 나쁠까?"

그는 살며시 웃었다. 바람이 불고 머리카락이 푸른빛을 띤 검은색으로 나부꼈다.

"고야更夜."

006

해는 중천을 향해 높이 솟았다. 구름 한 점 없는 하늘을 우러러보며 간큐는 난처해했다.

"정말로 비가 내리지 않는군……."

"드문 일이야?"

"황해는 비가 별로 내리지 않지만, 이렇게까지 내리지 않는 것도 드물어. 여기서 물을 길어서 다행이로군."

"흐응."

소나무 가지 너머로 멀리 보이는 것은 예리한 산등성이를 드러낸 언덕. 아무튼 거기까지는 알겠지만…….

"저기, 간큐는 길로 돌아갈 수 있어?"

고삐를 잡은 슈쇼가 묻자 박에 안장을 씌우면서 간큐는 황당해했다.

"길을 알면 물 걱정을 할까 봐."

"길을 몰라?"

"우왕좌왕 도망쳤잖아. 그래도 마을이 저쪽이니까 대강 위치는 모르지 않지만, 나는 강씨가 아니야."

슈쇼는 고삐를 물었다.

"진군을 협박해서라도 바래다달라고 할걸 그랬나."

"너는 어지간히 불손한 녀석이로구나."

"간큐만큼은 아니야. 그런데 리코와 강씨 일행을 만날 수 있을 것 같아?"

"글쎄다. 그래도 뭐, 어떻게든 되겠지."

간큐는 말하고서 받은 천을 고이 접었다. 이것이 필요해질 때까지는 아직 거리가 남았다.

"천신을 만나는 행운이 있다면 강씨 정도는 아무것도 아니야."

"그렇겠지. 나는 정말로 행운아니까. 덕분에 간큐도 살았지?"

슈쇼는 짐을 묶으면서 웃었다. 간큐가 한발 먼저 안장 위에 올라타 손을 뻗었다.

"뭐, 여기까지 왔으니 무슨 일이 있어도 너는 봉산에 도착할 거야. 뒷일은 미리 생각해두는 편이 좋아."

"왕이 안 되면 황주가 되겠어. 간큐, 제자를 받을 마음은 없어?"

간큐는 쓴웃음을 지었다.

"너에게는 부모가 있잖아."

"있기는 하지."

"좋아하지 않나."

계곡을 내려가면서 간큐가 물었다.

"싫지는 않아. 하지만 존경할 수는 없어. 창문에 철창을 끼우고 호위 무사를 모아 만족하던 사람이고, 승산하지 않느냐고 물었더니 자신은 일개 상인이라며 웃었어."

"훌륭한 상인이잖아."

"장사만큼은 번창했지. 연장의 관리에게 많은 뇌물을 건네고 나라가 어지러운 틈을 타 큰 규모로 장사를 벌였으니까. 부민을 모아 가솔로 삼고, 가솔의 공짜나 다름없는 일손을 써서 곤궁한 사람에게 곡물을 후려친 값으로 사들여 기근에 신음하는 마을에 비싸게 팔아. 나는 그런 사람은 좋아하지 않아."

"그런가……."

"줄곧 함께였으니까 함께 있는 것이 당연했고, 다른 사람보다 풍족한 생활을 누리게 해준 고마움도 느껴. 하지만 열여덟 살이 되어 땅을 받으면 집을 나올 거야. 오라버니들은 농지를 팔고 아버지의 장사를 돕고 있지만 나는 그러고 싶지 않아."

슈쇼는 나직하고 말하고 간큐를 쳐다보았다.

"간큐의 제자가 되면 열여덟 살까지 기다리지 않아도 돼."

"제자가 되려면 지금도 너무 나이가 많군. 그보다 왕이 되었을 때를 생각하는 편이 낫지 않나?"

"왕이 된다면 말이지……."

슈쇼가 고개를 살짝 꺾어 간큐를 본다.

"이런 건 어때? 안 된다면 간큐는 나를 제자로 삼는 거야. 잘 되면 간큐는 내 신하가 되고."

간큐는 쓴웃음을 지었다.

"내가 말인가."

"그래. 연장에서는 요마의 공격에 사람이 죽어. 건을 보고 당연하다고 생각했어. 연장은 요마에 대한 대비가 아무것도 없는 걸. 온 나라가 건 정도로 대비를 하고 사람들이 황주 절반만큼이라도 요마에게서 몸을 지킬 방법을 안다면 피해는 훨씬 적을 거야."

간큐가 웃었다.

"너, 그런 걱정을 하면 어떡해. 왕이 등극하면 요마는 나오지 않아."

"그거야. 그렇게 말하며 여태껏 아무도 황폐해졌을 때를 대비해두지 않은 것이 잘못이야. 왕이 있는 동안에는 괜찮아. 아무튼 모두 열심히 벌기만 해. 정말로 생각하고 대비해두어야 하는 것은 왕이 쓰러진 이후의 일이야."

"맞는 말이야."

간큐가 쓴웃음을 지었다.

"내가 왕이 되면 당분간 강씨는 일자리를 잃게 돼. 다들 주씨가 되어버릴 테니까 주씨가 넘쳐나서 분명히 기수의 값은 폭락하겠지. 그러면 관리가 되는 것이 이득인데?"

"관직에 오를 그릇이 못 돼."

"그럼 또 강씨로 고용할게. 기운 국부는 틀림없이 요마보다 질 나쁜 인요가 발호하는 곳이겠지. 호위해주면서 가끔 황해에 와서 나를 위해 기수를 사냥해줘. 기수를 사냥하는 것도 승선하면 편해지겠지. 적어도 발톱에 할퀸 정도의 상처로는 그런 처참한 꼴을 당하지 않아도 돼."

"뭐, 생각해두지."

아이인지 어른인지. 간큐는 마음속으로 웃었다. 황폐한 나라에 분개하여 승산을 생각한 부분은 어쩔 수 없이 어린아이의 발상이지만, 그것을 진짜로 해낸다는 점이 보통내기가 아니다.

“그렇지.”

슈쇼가 중얼거렸다.

“먼저 건현에서 사냥해야지. 악질 주씨를 혼쭐내줘야 해.”

간큐는 큰 소리로 웃었다.

그때 “이봐” 하고 부르는 소리가 들렸다. 목소리가 난 방향을 올려다보자 가까운 언덕 비탈을 달려 내려오는 기수 모습이 보였다. 틀림없이 추우다.

“어쩜, 세이사이야. 리코가 정말로 찾으러 왔어.”

“인요를 만난 곳에서 제법 떨어졌는데 용케 이곳을 알았군.”

“정말이네. 냄새라도 났나.”

슈쇼가 웃으며 손을 들었다. 추우는 남은 비탈을 거침없이 비상해 박 근처에 내려섰다.

“잘 버틴 모양이군.”

리코가 웃는다. 슈쇼는 가볍게 가슴을 폈다.

“그야 내가 있는걸. 리코도 무사했네. 강씨와 무사히 만났어?”

“너는 없었지만 무사히 만났지.”

“그거 운이 무척 좋았구나.”

리코는 큰 소리로 웃고 안장에서 내려왔다. 추우의 목을 가볍게 두드린다. 세이사이는 그 신호에 높이 날아오른다. 언덕 위에 내려서 언덕 이쪽과 너머를 번갈아 본다.

"강씨? 저 너머까지 온 거야?"

슈쇼가 묻자 리코는 "응" 하고 웃는다.

"용케 여기를 알았네. 냄새라도 났느냐는 이야기를 하고 있었어."

리코가 활짝 웃었다.

"아아, 냄새, 그래. 냄새가 났어. 난리가 났지만 덕분에 찾기 쉬웠어."

슈쇼는 어리둥절해하며 기수에 탄 채 등뒤의 간큐를 쳐다보았다. 간큐도 고개를 갸웃거린다.

리코는 더이상 말하지 않고 손을 내밀었다. 슈쇼는 석연치 않았지만 개의치 않고 손을 잡고 박에서 내렸다. 리코는 간큐를 재촉했다.

"상처는 어떻지?"

"슈쇼의 행운 덕택에 괜찮아. 왜 그래, 무슨 일이 있었지?"

리코가 쿡쿡 웃었다.

"난리가 났었다니까."

리코는 박의 목을 치하하듯이 도닥였다.

“너도 무사하군.”

“그거 말인데.”

간큐의 말에 리코가 돌아보았다.

“역시 나에게는 박이 더 맞는 것 같아. 추우는 돌려줘도 괜찮나.”

“나는 상관없는데. 간큐는 욕심이 없군.”

슈쇼는 웃음을 억지로 참았다.

“그렇지도 않아. 그 박은 특별하니까.”

“응?”

뒷말을 재촉하는 리코를 향해 간큐는 묻지 말라고 제지했다.

“엄청난 이름을 받았어. 주씨인 간큐가 넘길 리가 없지.”

“오?”

“그러니까……” 하고 입을 열었을 때, 언덕 위에서 세이사이가 길고 훌륭한 긴 꼬리를 흔들었다.

“왔군…….”

리코는 그것을 올려다보고 실눈을 지었다. 언덕 너머에 모래먼지가 보였다. 곧이어 녹촉이 먼저 산등성이를 넘어왔다. 뒤따라서 기수 무리가 모습을 드러낸다.

세이사이를 따라 가볍게 급경사를 내려오는 무리를 보고 슈쇼의 입이 떡 벌어졌다.

간큐도 그 무리를 놀라서 쳐다본다. 고운 빛깔을 한 사람 무리처럼 보이는 까닭은 강씨의 수수한 차림에 뒤섞여 갖가지 색상의 치마저고리를 입은 여자들이 북적였기 때문이다.

달려오는 기수는 대략 서른 기, 그중에서도 이질적인 것은 요마, 틀림없이 요수가 아닌 요마를 탄 낯선 남자의 모습이다. 금발이다. 푸른 하늘에 반짝이며 구릿빛으로 휘날린다.

간큐는 물론이고 슈쇼도 한동안 말이 나오지 않았다.

"간큐, 저거……."

"아마 맞겠지."

슈쇼가 리코 쪽으로 몸을 틀었다.

"어째서 기린이 오는 거야?"

"이유는 한 가지밖에 없지 않니?"

"한 가지라니."

간큐는 무리를 올려다보고 살짝 쓴웃음을 지었다.

"맞이하러 나온 거겠지."

"맞이하다니, 왜?"

"왜고 자시고."

"대체 누구를?"

리코는 키득거렸다.

"말해두지만 나는 주국 출신이야. 간큐는……."

"나는 유국 출신이다. 덧붙여 박은 아마도 황해 태생일 거야."

"그렇지만……."

중얼거린 슈쇼의 어깨를 리코가 두드렸다.

"공교롭게도 여기에 공국 출신은 한 사람밖에 없어."

"말도 안 돼……."

슈쇼가 매달리듯 간큐를 쳐다보았다.

"나…… 어쩌지."

얼이 빠진 아이의 등을 간큐가 두드렸다.

"천신에 기린까지 끌어들이고서 이제 와 무슨 소리야."

일국一國이 휘말릴 만한 강력한 운수.

과연 이런 것인가.

"가봐."

슈쇼는 간큐에게 떠밀려 두 걸음쯤 걷고 당황하며 뒤돌아보았다. 박에게 기대어 선 간큐가 손짓하고 리큐가 미소 지으며 가라고 재촉한다. 고개를 끄덕이고 걸어서 언덕을 내려오는 일행을 맞이했다.

강씨가 있다. 긴하쿠가 있고, 송구스러워하는 저 사람은…… 쇼탄이다. 낯선 여자들은 봉산의 여선일까.

우두커니 서 있는 슈쇼 앞에 도착한 이들부터 안장에서 내려온다. 내려온 사람은 차례차례 무릎을 꿇었다. 그곳에 기린이 있다면 무릎을 꿇는 것은 이해하지만 어째서 여선도 강씨들도 자신을 향해 고개를 숙일까?

그 자리에 내려선 모두가 무릎을 꿇고 남은 사람은 구릿빛 금발에 더없이 서글서글해 보이는 얼굴을 한 남자뿐이었다.

그는 잠시 슈쇼를 응시했다. 이내 눈을 가늘게 뜨고 부드럽게 웃었다. 그 또한 기뻐하는 기색으로 기수에서 내려온다. 듬직하고 무거워 보이는 몸인데 동작에서는 무게가 느껴지지 않는데다 소리도 전혀 나지 않았다.

"저어……."

어쩔 줄 몰라 말을 꺼낸 슈쇼 앞에 그가 앞으로 나온다. 또다시 웃더니 역시 무릎을 꿇는다.

"맞으러 왔습니다……."

뜻밖에도 여린 목소리다.

"저기…… 나를……?"

"예."

웃으며 슈쇼를 올려다보는 남자는 최고의 행운을 만난 것 같은 표정이었다.

"정말로?"

그는 미소 지으며 고개를 끄덕였다.

"봉산에서 왕기가 보였습니다."

슈쇼는 빤히 얼굴을 바라보았다.

연장은 겨울이었다. 게이카의 외투를 슬쩍해 맹극을 타고 집을 나왔다. 공국을 건너 황해에 들어와 여행을 했다. 돌이켜보면 장대한 거리다.

한순간에 그 사실이 머릿속에 되살아나 슈쇼는 저도 모르게 손을 치켜들었다.

그들을 둘러싼 일동은 경악하는 동시에 귀가 따가운 소리를 듣고 하나같이 몸을 움츠렸다.

"그러면 어째서 내가 태어났을 때 오지 않았어, 이 멍청아!"

기린은 얼이 빠져서 슈쇼를 올려다보았다.

소녀는 앳된 볼을 붉히고 어깨를 들썩였다.

무심코 미소가 새어 나왔다.

그는 진심으로 미소 지으며 깊이 머리를 조아렸다.

종장

황해 상공에 아주 작고 까만 점이 나타났다.

그것은 아득히 높은 곳, 운해 위를 날아서 곧장 황해를 남쪽으로 가로질러 금강산을 넘어 이윽고 황해 남쪽, 적해赤海 상공으로 나왔다.

흑점은 밝은 빛깔의 푸른 바다를 건너 남쪽으로 곧장 향했다. 하루 밤낮에 걸쳐 대륙 남부, 주국奏國으로 접어들자 더욱 남하해 도읍 융흡隆洽으로 사라졌다.

주국 도읍 융흡산 정상에 구불거리며 이어진 청한궁清漢宮, 각국에 이름을 떨친 종왕宗王이 사는 궁이다. 산꼭대기라기보다 물위의 누각, 하얀 돌의 제전諸殿은 물위에 돌출되어 있고, 마찬가지로 하얀 돌다리와 회랑으로 연결된 정원 또한 물위에 있다. 그렇게 하나의 왕궁을 이루고 있었다.

가장 깊숙한 곳, 왕의 거처 앞쪽에 해당하는 노침路寢의 넓은 정원 또한 온통 잔잔한 수면, 그곳에 천상의 은하가 비추었다.

여관女官은 정원을 둘러싼 회랑에서 숙연히 나타나 그곳에 서 있는 여자에게 무릎을 꿇고 인사를 올렸다.

"태보台輔, 여기 계셨습니까."

은빛을 띤 금발의 여자는 돌아보더니 부드럽게 미소 지었다. 여관은 미소를 보고 더욱 깊이 머리를 조아렸다.

"주상께서 환궁하셨습니다."

"그래."

영롱한 목소리로 대답한다. 여관을 치하하고 그 건물, 인중전仁重殿으로 들어갔다.

그녀의 호칭은 소린宗麟(주국의 기린)이라 한다. 주국의 옥좌에 현재의 종왕을 앉히고 장대한 왕조의 초석이 되었다. 배를 대령하겠다는 하관下官의 말을 거절한 소린은 왕이 기거하는 정침正寢 쪽으로 인중전을 지나갔다.

너른 인중전을 빠져나가면 정침의 주전主殿까지는 얼마 되지 않는 거리, 고개를 숙이고 방으로 들어가자 주인이 하관의 도움으로 예복을 막 갈아입은 참이었다.

"주상, 돌아오셨습니까."

"오오, 쇼쇼昭彰."

돌아보고 활짝 웃음 남자는 쉰 줄, 풍채가 아주 좋은 커다란 남자다. 이자가 주국의 주인, 소린에게 쇼쇼라는 자字를 하사한 희대의 왕. 아니, 희대의 왕, 그 중심.

"교주交州는 어떠하였습니까?"

그녀가 가볍게 인사하자 그는 복스럽게 활짝 웃었다.

"항구는 아주 훌륭하였다."

그렇게 대답하며 더욱 건물 안쪽으로 걷기 시작한 남자를 소린은 따라갔다.

왕은 주전, 기린은 인중전으로 본디 거처가 정해져 있지만, 주국에서는 그것이 지켜진 예가 없다. 왕도 기린도 늘 지내는 곳은 광대한 후궁의 중심인 전장전典章殿, 여기에는 어떠한 관리도 들어오지 못하고, 왕이 직접 엄선한 신하와 왕의 일가만이 살고 있다.

"안국에서 기술자를 불러 만든 보람이 있어. 훌륭한 정박장은 쇼쇼에게도 보여주고 싶었어."

"그거 잘되었군요."

응, 하고 왕은 의기양양했다. 이름을 로 센신櫨先新이라 한다.

쇼쇼는 교주의 바로 그 항구 도시에서 센신을 찾아냈다. 센신은 그곳에서 커다란 여관을 운영하고 있었고, 소린의 내방에 기겁했다. 그것도 벌써 무척이나 오랜 이야기가 되고 말았다.

이미 알려놓았는지 전장전에 들어가자 장신이 허물없이 인사를 하고 문을 열었다.

센신은 그리운 항구 도시의 변모를 쇼쇼에게 이야기하면서 전장전 회랑을 지나 정전으로 향했다. 정전 문을 열자 큰 탁자를 둘러싸고 세 사람이 기다리고 있었다. 센신을 보자마자 일동 일어나 공수한다. 호로 부른다면 종후비宗后妃, 영청군英清君, 문공주文公主라 칭한다.

"돌아오셨습니까."

예의를 갖춘 목소리는 세 사람, 그중에서도 공손하게 인사를 올린 문공주는 맨 먼저 고개를 들고 미소를 지었다.

"주상, 교주는 어떠하셨습니까?"

음, 하고 대답하고 센신은 의자에 앉았다.

"훌륭해졌더군. 하나, 둘, 셋, 쇼쇼까지 넷. 한 사람이 부족하군. 방탕한 우리 아들은 돌아오지 않았나?"

센신은 자신의 부인을 바라보았다. 종후비는 깊은 한숨을 쉬며 대답했다.

"돌아오기는커녕 소식 한 통 없어요."

센신은 부인과 마찬가지로 한숨을 내쉬었다.

"한 해의 절반은 그 녀석 행방을 알 수가 없군."

"그것을 알면서 기수를 하사한 무른 아버지가 계시니까요."

"오라버니에게 그런 기수를 주면 당연히 돌아올 리가 없지요."

장남과 막내딸이 양쪽에서 나무라는 바람에 센신은 신음했다. 쇼쇼가 웃는다.

"주상께서는 할말이 없으실 겁니다. 그러하니 그만두시라 하였건만."

"그랬었나……."

천장을 올려다보는 센신 앞에 손을 내민 사람은 문공주, 분키文姬다.

"그보다 아버님, 선물은요?"

"오오."

센신은 품에서 꾸러미를 꺼냈다. 소소한 선물을 펼치는 그들을 쇼쇼는 미소 지으며 지켜보았다.

어느 나라에서고 유명한 주국 종왕, 등극하고 오백 년의 대왕조를 이룩했다. 종왕이라 하면 북동쪽의 대안국大雁國의 연왕延王과 쌍벽을 이루는 희대의 명군, 그러나 사실은 '종왕'이 한 사람이 아님을 아는 사람은 적다. 물론 주국의 기린인 쇼쇼가 선택한 사람은 틀림없이 센신 한 사람이지만 그 치세는 결코 센신 혼자 쌓아올린 것이 아니다.

쇼쇼가 왕을 찾아 센신을 찾았을 때, 센신은 황폐한 항구 도시의 여관 주인이었다. 도시에서도 유명한 여관을 꾸려나간 사람은 센신과 아내인 메이키明嬉, 그리고 세 아이들이었다. 센신은 일가의 기둥, 대범하고 명석한 남자지만 결코 독단적인 결정은 하지 않는다. 무슨 일이든 메이키와 세 아이들에게 상의하고 그들의 의견을 존중한다. 여관은 거의 메이키와 세 아이들의 합의로 운영되고, 센신은 그들의 의견을 한데 모으는 역할을 했다. 그 체제는 종왕 등극 뒤에도 관철되고 있다. 달라진 점이라고 한다면 거기에 쇼쇼가 끼게 된 정도이다.

메이키와 세 아이들에게는 확실한 관위가 없다. 정비正妃와 태자, 공주의 자리에 오른 후 특별히 조정에 참여하지 않고 후궁에서 조용히 살고 있다고 여겨지지만 실질적으로 종왕의 권력은 그들 네 사람도 동등하게 장악하고 있다.

세 사람 반이라고 해야 할까.

쇼쇼는 생각하고 남몰래 미소 지었다. 여관에 있을 때부터 집을 돕는 한편으로 마음이 내키면 돈벌이를 하러 간다면서 배를 타고 돌아다니던 둘째 아들은 태자가 된 뒤로도 방랑벽이 없어지지 않았다. 덕분에 주국은 다른 열한 개 나라의 실상을 정확하게 파악하고 있다.

그런 생각을 하던 차였으므로 노대 창문이 열리며 얼굴을 내민 사람을 보고는 쇼쇼는 가볍게 웃음을 터뜨렸다.

"어라, 모두 모여 있네."

태평한 목소리로 말하며 들어온 아들을 보고 메이키는 깊은 한숨을 내쉬었다.

"너라는 애는 어찌하여 그곳이 출입구가 아니라는 사실을 몇 번이나 말해도 모르는 걸까."

"아니, 가까워서."

웃는 그를 탁랑군卓朗君이라 부른다.

"아버지께 다녀오셨느냐고 인사하렴. 조금 전에 교주에서 돌아오신 참이니까."

"어, 나갔다 오셨어요?"

"그럼, 두 달이나 말이지. 그보다 두 달도 전에 나간 네가 아버지보다 늦다니 어찌된 일인지."

"아, 이런. 잘 다녀오셨어요."

"정말이지 넉 달이나 지나서 이제야 집을 떠올린 거니. 대체 어디까지 갔던 게야."

"아아, 음, 봉산까지."

"치사해!"

분키가 소리쳤다.

"치사해, 치사하다고! 나도 봉산은 간 적 없단 말이야."

"아니, 나도 갈 작정으로 간 것은 아니었어."

메이키가 눈을 휘둥그렇게 떴다.

"봉산이라니, 얘, 현군玄君의 초대도 없이 말이냐."

"응. 그렇긴 한데요. 정중하게 정문으로 찾아갔으니 현군도 기분이 상하시지 않았던 것 같아요. 돌아오는 길에는 흔쾌히 뒷문으로 보내주셨고."

"뒷문이라니."

메이키의 물음에 그는 창밖을 가리켰다.

"운해 위. 봉산에서 단숨에 돌아왔는데, 꽤 머네. 겨우 이틀이라고 해도 육지가 없으니 생각보다 힘들었어요."

분키가 입을 열었다.

"그렇다는 말은 정문은…… 운해 아래? 설마 황해를 건너 봉산에 간 거야?"

응, 하고 고개를 끄덕이고 그는 웃었다.

"승산에 동행해 공왕 등극을 지켜보고 왔습니다."

그는 말하고서 부친 앞에 공수했다.

"공왕은 봉산에서 천칙을 받기 위해 길일을 기다리고 계십니다. 곧 공왕 즉위를 알리기 위해 봉鳳이 울겠지요. 그전에 주상께 알리고자 한발 먼저 봉산에서 나왔습니다."

센신은 아들을 쳐다보았다.

"공왕은 어떤 분이시지?"

탁랑군, 리코가 웃었다.

"그게 말이죠, 분키와 마음이 아주 잘 맞을 것 같은 아가씨예요."

"여왕인가."

"보령 열두 살이십니다."

열두 살, 이 말에 그 자리에 있던 모두가 눈을 휘둥그렇게 떴다.

"놀랍군."

"공왕 등극은 몹시 큰 고난이 따르겠지요. 주인이 열두 살인데 조정이 안정될 리가 없어요."

"그렇겠지."

"그래서 주상의 친서를 받고 싶습니다. 부디 즉위에 경하 사절을 보내주십시오."

"너는 나에게 공왕의 뒷배가 되라는 것이로구나."

"그 정도도 없으면 슈쇼가 너무 힘들 테니까요."

"슈쇼라고 하나. 열두 살 소녀가 승산한 게야?"

"승산했죠."

리코가 웃으며 의자에 앉았다.

"아주 장한 아가씨예요. 사람 됨됨이는 보증하죠. 조정 초기의 파란만 잘 넘기면 좋은 왕이 될 겁니다."

메이키는 찻잔을 아들 앞에 놓았다.

"너, 설마 여자아이를 부추겨 봉산에 데려간 것은 아니겠지."

"설마."

리코가 큰 소리로 웃었다.

"내가 부추길 수 있는 아가씨가 아니야. 공국에서 만났어요. 승산하러 가는 길이었죠. 공에서 유명한 거상의 딸인데, 집을 뛰쳐나와 승산한다기에 봉산까지 따라갔어요."

"너란 아이는 내버려두면 어디에 가서 무슨 짓을 할지 알 수 없구나."

"하늘의 안배라고 하죠."

리코가 미소 지었다.

"열두 살 아이가 봉산으로 간다. 그 아이가 로 일가의 차남과 만난다. 방탕한 아들은 적어도 슈쇼가 등극할 때 뒷배를 대어줄 수 있지. 내가 어떻게 한 것이 아니라니까. 내가 공왕의 운수에 말려든 겁니다."

"굉장하다."

분키가 진지하게 외쳤다.

"열두 살에 황해라니, 열여덟 살인 나도 도저히 못 할 거야."

리코가 웃는다.

"너 지금 뻰뻰하게 오백 년쯤 나이를 깎지 않았어?"

분키가 혀를 내밀고 탁자 너머로 부친 쪽으로 몸을 내밀었다.

"저, 경하 사절로 갈래요. 제발 보내주세요."

한숨을 쉰 사람은 영청군, 리타쓰다.

"그래서 리코, 신분은 밝히고 왔니."

"역시 이럴 때는 놀라게 해줘야지 싶어서."

"그럼 네가 가지 않으면 의미가 없잖아."

"그러니까요. 그러니 주상, 꼭 경하 사절로 명해주십시오."

"치사해."

리타쓰가 불만을 외치는 분키를 말린다.

"이번에는 어쩔 수 없으니 리코를 사자로 세우자. 축하 물품을 생각해야겠군. 아버님, 그러면 되겠습니까."

승낙한 사람은 센신이 아니라 메이키였다.

"하는 수 없으니 그리하렴. 지휘는 리타쓰가 해라. 리코에게 맡겼다가는 무슨 짓을 할지 모르니까."

"알겠습니다."

"나라의 체면을 생각한다면 쇼쇼를 보내는 것이 제일 좋겠지만, 즉위 직후의 나라는 무리겠지. 쇼쇼는 몸이 약하니까."

"어머님, 그럴 때는 기린이니까, 라고 말씀하셔야죠. 그렇지, 공물에 세이사이를 넣어도 됩니까."

리코가 눈을 동그랗게 떴다.

"형님."

메이키가 고개를 끄덕였다.

"꼭 그렇게 하려무나. 리코가 가지고 있어도 변변한 일이 없어."

"큰일이군."

리코는 쓴웃음을 지었다.

"애써 길들였는데."

둘째 아들의 투덜거림에 큰아들은 쌀쌀맞았다.

"원망한다면 자신을 원망해, 방랑아. 황해에서 무슨 일이 있었다면 어쩔 셈이었어?"

"조심한다고 했는데."

"네가 조심했다는 말을 믿을 수 있을까. 공왕은 무엇을 좋아하시지?"

"기수. 음……. 세이사이라면 슈쇼도 불만은 없겠지."

"한 가지는 결정되었군."

"아, 예……."

힘없이 한숨을 쉬는 리코가 부친과 시선이 맞았다.

"아무래도 내가 준 것이 문제를 일으킨 모양이구나."

리코가 웃었다.

"괜찮아요. 슈쇼라면 세이사이를 소중히 다룰 테니까. 하지만 추우는 역시 좋더군요."

"다음 추우를 조르는 게냐?"

"이럴 때야말로 주상의 위광으로."

"그래, 앞으로 어떻게 일하는지에 따라 고려하지."

"그렇게 받아치시다니……."

리코가 쓴웃음을 짓고 북쪽 창문을 보았다.

아주 조용히 혼잣말했다.

"황주인 지인도 생겼으니……."

황해의 사정도 알았으니 직접 잡으러 가는 것도 나쁘지 않다.

닷새 뒤, 주국의 봉이 울었다.

공국에 일성一聲.

공왕 즉위.

보백普白 11년,

왕, 연침에서 붕어하다.

동 11년,

봉산에 공과供果 열리다.

12년,

봉산에 공과 부화하여 공기供麒라 칭한다.

18년,

사당마다 황기黃旗,

38년,

봄,

사이 쇼蔡晶, 건에서 황해로 들어간다.

태보 이를 맞이하여 맹약하고,

사이 쇼, 신적神籍에 들어가 공왕으로 즉위하다.

—『공사상서恭史相書』

도남의 날개 — 십이국기 6

1판 1쇄 2015년 11월 13일
1판 8쇄 2023년 3월 10일

-

지은이 오노 후유미 ◎ **일러스트** 야마다 아키히로 ◎ **옮긴이** 추지나
책임편집 지혜림 ◎ **편집** 임지호 ◎ **아트디렉팅** 이혜경 ◎ **조판** 이현정
저작권 박지영 형소진 이영은 ◎ **마케팅** 정민호 이숙재 김도윤 한민아 이민경 안남영 김수현
왕지경 황승현 김혜원 ◎ **브랜딩** 함유지 함근아 박민재 김희숙 고보미 정승민
제작 강신은 김동욱 임현식 ◎ **제작처** 영신사
펴낸곳 (주)문학동네 ◎ **펴낸이** 김소영 ◎ **출판등록** 1993년 10월 22일 제2003-000045호

-

주소 10881 경기도 파주시 회동길 210
문의 031-955-1901(편집) ◎ 031-955-2696(마케팅) ◎ 031-955-8855(팩스)
전자우편 editor@elmys.co.kr ◎ **홈페이지** www.elmys.co.kr

ISBN 978-89-546-3823-4(04830) ◎ **SET** 978-89-546-2614-9(04830)

–

엘릭시르는 출판그룹 문학동네의 장르문학 브랜드입니다.

–